Über dieses Buch Ein Engel ist sie wahrlich nicht – die effiziente, aber gefühlsarme Oberschwester Marion Hughes, die die Nachtaufsicht im St. Jude-Hospital führt. Angefangen bei den Ärzten bis hin zur jüngsten Schwesternschülerin schikaniert sie das ganze Krankenhauspersonal. Sie kennt die wunden Punkte eines jeden. Sie weiß von dem Kunstfehler, der dem Chefchirurgen in einem anderen Krankenhaus unterlaufen ist, von dem rätselhaften Tod der Frau des Assistenzarztes, von den ehrgeizigen Plänen der unscheinbaren Krankenschwester Carmichael, dem drogensüchtigen Freund des homosexuellen Krankenpflegers Hiram ... Sie ist wie eine böse Spinne, die mit ihrem Fädengewebe das ganze Krankenhaus überzieht. Eines Tages wird sie in ihrem Auto tot aus einem Fluß geborgen. Ein Unfall? Die Polizei nimmt es an. Und nur der Leser weiß es besser ...
Anthea Cohen widmete ihren ersten Kriminalroman Patricia Highsmith.

Die Autorin Anthea Cohen ist Engländerin und kennt den Schauplatz dieses Romans aus eigener Erfahrung. Sie hat fünfundzwanzig Jahre als Krankenschwester gearbeitet und nebenbei Aufsätze für Fachzeitschriften über Medizin und Krankenpflege geschrieben. Sie veröffentlichte außerdem Kurzgeschichten, Jugendbücher und bislang sechs Kriminalromane. ›Engel tötet man nicht‹ wurde vom Verlag Doubleday, New York, für die renommierte Reihe ›Crime Club‹ ausgewählt. Ihr zweiter Roman, ›Carmichaels kleines Glück‹, wird im Herbst 1987 als Fischer Taschenbuch erscheinen.

Anthea Cohen

Engel tötet man nicht

Kriminalroman

Aus dem Englischen
von Helga Herborth

Fischer
Taschenbuch
Verlag

Lektorat: Inge Seelig

Deutsche Erstausgabe
Veröffentlicht im Fischer Taschenbuch Verlag GmbH,
Frankfurt am Main, März 1987

Die englische Originalausgabe erschien unter dem Titel
›Angel Without Mercy‹
im Verlag Quartet Books Limited, London

Umschlaggestaltung: Rambow, Lienemeyer, van de Sand
Satz: Fotosatz Otto Gutfreund, Darmstadt
Druck und Bindung: Clausen & Bosse, Leck
Printed in Germany
780-ISBN-3-596-28209-8

Für Patricia Highsmith,
in Verehrung

Schwester Carmichael blickte unter dem grünen Lampenschirm auf ihrem Schreibtisch hoch und zu den zwölf Kinderbetten hinüber, die ringsum an der Wand standen.

Schwester Carmichael haßte die Kinderstation, und sie haßte die Kinder. Man konnte sich nicht mit ihnen verständigen; sie konnten einem nicht sagen, ob sie Bauchschmerzen hatten, oder ob ihnen der Kopf weh tat oder das Bein. Meistens schluchzten sie bloß oder heulten, schrien und strampelten und liefen rot an im Gesicht. Sie mochte die Kinder nicht, aber natürlich durfte sie das nicht sagen. Eine Schwester muß auch mit Kindern umgehen können.

Sie blickte um sich – vielleicht war eines der Kinder aufgewacht und brauchte sie. In dem geisterhaften Blau des Nachtlichts wirkten die Kinderbetten wie kleine Käfige. Im Augenblick war alles still.

Sie lauschte auf den schweren, schnellen Atem des kleinen Asthmatikers im Bett neben der Tür. Hinter ihr wimmerte ein Kind im Schlaf, aber dann beruhigte es sich wieder. Sie hob den Kopf und lauschte, ob aus dem Säuglingstrakt nebenan, wo die neugeborenen Babys lagen, irgendein Geräusch zu hören war. Weil sie so ängstlich war – immer war sie so ängstlich –, stand sie auf und ging hinüber in den Säuglingstrakt, blickte auf jeden der winzigen Körper hinab; sechs waren es, und ihre Bettchen waren noch kleiner als die im Kindersaal.

Sie machte ihre Runde, hielt das Licht ihrer Taschenlampe auf den Boden gerichtet, um die Kinder nicht aufzuwecken. Alle schliefen. Sie fürchtete das vertraute Geräusch, das Babys von sich gaben, ehe sie zu schreien anfingen – zuerst schnauften sie, dann hörte es sich an wie ein Schluchzen, und dann rissen sie ihren Mund auf und schrien mit der ganzen Kraft ihrer kleinen Lungen. Aber alles blieb still. Etwas beruhigter ging sie zurück und setzte sich wieder an ihren Schreibtisch. Sie blickte auf die Uhr. Halb vier. Die Nacht ging ihrem Ende zu. Acht Uhr – Frühstück – ein kurzer Gang durch die frische Luft. Dann würde sie ein paar Briefe schreiben und danach ins Bett! Schwester Carmichael entspannte sich ein wenig und vergaß ihre Ängste für eine Weile. Sie vertiefte sich wieder gewissenhaft in die Lektüre des Chirurgielehrbuchs, das vor ihr auf dem Schreibtisch lag.

Der alte Mr. Machin auf der Männerpflegestation hustete rauh und geräuschvoll. Pfleger Hiram Jones kochte sich gerade in der Küche einen Tee und fluchte leise. Er würde noch all die anderen alten Männer aufwecken, und dann fingen sie alle an! Wenn einer hustete, dann husteten alle. Der Altenpfleger wollte seinen Tee in Ruhe aufbrühen. Er lauschte, und im nächsten Moment hob tatsächlich ein schreckliches Hustkonzert an. Und wie erwartet, ertönte auch schon eine der Klingeln.
Hiram ging hinüber in den Bettensaal und sah zu dem kleinen roten Licht hin, das anzeigte, wer die Klingel gedrückt hatte. Es war der alte Mr. Machin, der mit dem Husten angefangen hatte. Hiram ging zu seinem Bett und sagte knapp: »Ja, was ist denn?«
»Kann ich bitte die Bettflasche haben?« fragte der alte Mann.
Pfleger Jones nickte und ging mit weichen Schritten zur angrenzenden Kammer hinüber. Auf seinem Weg dorthin fiel ihm ein, daß er nach der letzten Runde von Miss Hughes an jeden Patienten ein Urinal ausgegeben hattte. Miss Hughes hatte diese Praxis zwar streng verboten, aber zum Teufel mit ihr. Er war sich sicher, daß er auch an Mr. Machins Bett eine Flasche deponiert hatte.
Er ging ans Regal in der Kammer, und einen Moment lang blickte er durch das Fenster hinaus in die sternenklare Nacht; dann ging er leise zurück zu dem Bett und gab dem alten Mann das Urinal. »Hier. Aber habe ich Ihnen nicht vorhin schon eines gebracht – nach der Runde von Miss Hughes?« sagte er.
»Ja, doch – aber es ist mir ausgelaufen.« Der alte Mann blickte ihn vorwurfsvoll und ängstlich zugleich an.
»Ach Gott«, sagte Hiram Jones und nahm die Bettdecke hoch.

Zwischen den mageren, welken Beinen des alten Mannes war eine Pfütze. Dank des Gummituchs, das unter dem Bettlaken lag, konnte die Feuchtigkeit nicht in die Matratze eindringen. Die Bettflasche lag umgekippt neben dem linken Fuß des alten Mannes, und die Pfütze verteilte sich immer weiter über das Bettuch.

»Sie sollten lieber aufstehen«, sagte Hiram Jones müde. Er zog die Beine des alten Mannes über die Bettkante und half ihm aus dem Bett. Mr. Machin stand gebeugt neben dem Bett, er versuchte erst gar nicht sich aufzurichten, und Hiram Jones zog ihm das nasse Nachthemd über den Kopf und warf das triefende Bündel auf den Boden.

»So«, sagte er, griff nach dem Morgenmantel, der neben dem Bett hing, und legte ihn über die gebeugten Schultern von Mr. Machin, der sich nun schwerfällig auf die Platte des Nachtspinds fallen ließ. Hiram stapfte wieder fort und kam mit sauberer Bettwäsche, einem Eimer und einem Putztuch zurück. Er zog die Bettücher ab, rieb das Gummituch trocken und bezog das Bett mit frischem Leinen. Mr. Machin schob die Flasche zwischen seine Beine und stützte sich dabei mit einer Hand am Nachtspind ab. »So geht es einfacher«, sagte er.

»Bei der Flasche, die Sie im Bett hatten, fiel es Ihnen aber nicht schwer, sie vollzukriegen«, sagte Hiram Jones – nicht unfreundlich, aber resigniert.

»Ja, ich weiß ... ich weiß nicht, wie mir das passieren konnte. Ich muß eingeschlafen sein. Tut mir leid.«

Hiram Jones zog ein frisches Nachthemd über die ausgestreckten Arme des alten Mannes und half ihm wieder ins Bett. »Nun gut, aber passen Sie das nächste Mal auf«, sagte er. In seiner Stimme lag jetzt ein klein wenig mehr Schärfe, nicht weil er schlechte Laune gehabt hätte, sondern weil er es leid war – die Arbeit auf der Altenpflegestation, die schmutzigen Betten, von denen es jede Nacht mehr gab als saubere; die ständigen Forderungen der alten Leute. Er war es leid, die Schwierigkeiten zu Hause und hier im Krankenhaus – er war einfach ... müde.

Marion Hughes saß in ihrem Büro. Sie war nicht müde. Sie sah so frisch aus, so tüchtig, so wach und proper wie um acht Uhr am vergangenen Abend, als sie ihren Dienst begonnen hatte.

Wie alle, die heute Nachtdienst im St. Jude-Hospital hatten, blickte auch Marion Hughes immer wieder auf die Uhr. Es war jetzt vier Uhr früh. Teezeit. Sie streckte ihre Hand aus und drückte den Klingelknopf neben ihrem Schreibtisch. Kurz darauf öffnete sich die Tür, und eine Schwester steckte ihren Kopf ins Zimmer. »Ja, Miss Hughes?«

»Ihre Haube sitzt schief, Schwester.« Marion Hughes hatte kaum aufgeblickt. Wie konnte sie da wissen, daß die Haube nicht gerade saß? Aber vielleicht saß die Haube dieser Schwester immer schief. Sie hob ihre Hand und rückte sie zurecht. »Ja, Miss Hughes?« sagte sie wieder.

»Würden Sie Mrs. Upton bitten, mir meinen Tee und etwas Gebäck hochzubringen. Aber bitte nicht diese schrecklichen Dinger mit Vanillepuddingfüllung. Wenn sie mir die bringt, kann sie sie gleich wieder mitnehmen. Sagen Sie ihr das.«

»Ja, Miss Hughes.«

Der Kopf der Schwester verschwand, und die Tür schloß sich leise. Es empfahl sich, die Tür zu Marion Hughes' Zimmer leise zu schließen. Sie liebte keinen Lärm. Marion Hughes stand auf und ging hinüber zu dem kleinen Handwaschbekken, das auf ihre ausdrückliche Anordnung hin im Zimmer der Nachtaufsicht angebracht worden war. Sie prüfte ihr Gesicht im Spiegel und hob die Hand zum Nacken, um ihren Knoten zu inspizieren – es saß ordentlich, ihr dunkles Haar. Dann beugte sie sich weiter nach vorn, um ihr Gesicht näher zu prüfen. Sie griff nach ihrer Handtasche auf dem Tisch neben dem Waschbecken, holte einen Lippenstift heraus und zog die Unterlippe vorsichtig nach. Dann preßte sie die Lippen zusammen, um die Farbe gleichmäßig zu verteilen, legte den Stift zurück in ihre Handtasche und ließ das Schloß energisch zuschnappen. Wieder betrachtete sie fasziniert ihr Gesicht; es war schön, perfekt geformt, mit einer hohen Stirn. Sie stellte fest, daß ihre hellen blauen Augen ihr so kühl aus dem Spiegel entgegenblickten wie immer. Doch während sie sich betrachtete, bekamen sie plötzlich einen sorgenvollen Ausdruck, eine leichte Falte erschien auf ihrer Stirn; hastig

versuchte sie, sie mit dem Finger zu glätten. Aber im Grunde wußte sie genau, warum ihre Augen so sorgenvoll blickten, und sie sah einen Moment finster vor sich hin.
Marion Hughes hielt nichts von Frauen, die behaupteten: »Nicht, daß ich keine Chancen gehabt hätte. Mir ist nur der Richtige noch nicht über den Weg gelaufen.« Sie wußte, daß sie das von sich nicht behaupten konnte. Sie hatte nie Chancen gehabt – ein- oder zweimal war der Richtige am Horizont erschienen, und sie hatte zu hoffen begonnen. Aber dann war er ebenso schnell wieder verschwunden, wie er aufgetaucht war. Warum nur?
Marion Hughes fühlte sich irritiert. Warum ging ihr jede Spur von Koketterie abhanden?
Sie beneidete die jungen Schwestern, wenn sie sie dabei ertappte, wie sie mit den Pflegern oder einem neuen, gutaussehenden jungen Chirurgen flirteten; sie beneidete sie darum, wie leicht und natürlich sie ihre Weiblichkeit und Sinnlichkeit einsetzten, ohne darüber nachzudenken, während sie, Marion Hughes, ledig und siebenunddreißig Jahre alt, sich in der Gesellschaft von Männern immer unsicher, ja fast unbeholfen fühlte.
Sie wandte ihr Gesicht ab, wusch sich die Hände und trug etwas Handlotion auf, was jedoch kaum notwendig war, denn sie hatte die ganze Nacht über nichts anderes angerührt als ihren Schreibstift und Papier. Schließlich hatte sie nur Aufsicht zu führen und keine Schwesternarbeit zu verrichten.
Dabei habe ich solche Anstrengungen unternommen, dachte sie bitter. Sie war in den Golfclub eingetreten, hatte sogar recht gut gespielt; aber all die Männer, die sie dort getroffen hatte, waren entweder junge Adonisse, die sie in ihrem Alter keines Blickes würdigten, oder geile alte Männer. Und dann der Bridge Club – das war das Äußerste an Langeweile gewesen. Auch hier hatte sie eine gute Spielpartnerin abgegeben, aber die Männer waren alle in Begleitung ihrer wachsamen Ehefrauen erschienen, die entschlossen waren, ihre Domäne zu verteidigen. Auch das war also vergeblich gewesen. Sie schüttelte den Kopf, als wollte sie die Erinnerung daran verscheuchen. Sie konnte mit einer baldigen Beförderung rechnen, und damit würde sie sich wohl zufriedengeben müssen. Dann schoß ihr plötzlich Sir James Hatfield mit seinem schö-

nen Profil durch den Kopf. Seine Frau war vor fünf Wochen gestorben... Sie verscheuchte auch diese Gedanken, setzte sich entschlossen an ihren Schreibtisch und blickte auf den Bericht, den sie bis jetzt abgefaßt hatte.
Ihre bisherigen zwei Nachtrunden waren ohne Zwischenfälle verlaufen. Sie hatte die stellvertretende Nachtaufsicht getroffen, die in dem Raum unten saß. Auch bei ihr gab es wenig zu berichten. In der Chirurgischen Ambulanz war es sehr ruhig gewesen. Keine Einlieferungen für die Chirurgie und auch keine Notfälle; etwas ungewöhnlich war das, aber sehr angenehm. Es klopfte an der Tür.
»Herein«, sagte Marion Hughes knapp.
Die Tür öffnete sich, und eine dicke, ältere Frau kam herein; sie trug ein Tablett mit Teekanne, Milchkrug und Zuckerdose, einem Teller mit Gebäck und einer Teetasse, auf deren Untertasse ein blankpolierter Teelöffel lag. Das ganze Ensemble war Teil eines Teeservices – weiß mit blauen Rosen – und Miss Hughes' eigener, persönlicher Besitz, der in der Küche speziell für sie reserviert wurde. Sie würde kein anderes Geschirr benutzen. Wenn ich je ein Stück dieses Services zerbreche, dachte Mrs. Upton, werde ich wohl meine Arbeit hier aufgeben müssen; ich würde auf der Stelle fortlaufen, gar nicht erst das Ende der Nacht abwarten! Mrs. Upton setzte das Tablett auf dem Schreibtisch der Nachtaufsicht ab, die einen Platz dafür freigemacht hatte, und prüfte noch einmal, ob auch wirklich alles in Ordnung war.
»Danke, Mrs. Upton. Was macht Ihr Bein?«
Marion Hughes fragte immer nach irgendwelchen Bein-, Rücken- oder Kopfschmerzen, aber Mrs. Upton hatte das Gefühl, daß sich Miss Hughes in Wirklichkeit keinen Deut darum scherte. Vor ein paar Wochen, als ihr Bein sehr schmerzte, hatte Miss Hughes keine Sekunde gezögert, sie zweimal die drei Treppen hinunter zurück in die Küche und den ganzen Weg wieder hinauf zu hetzen – nur weil irgendeine Kleinigkeit auf dem Tablett ihr nicht gepaßt hatte. Die Milch, so hatte sie behauptet, sähe etwas geronnen aus; und das zweite Mal hatte sie an dem Gebäck etwas auszusetzen.
Nein, Miss Hughes macht sich keine Sorgen um einen, dachte Mrs. Upton; nicht mal wenn ich einen Hirntumor hätte, würde es ihr was ausmachen. Und die will Krankenschwester

sein! Nun, es gab zum Glück auch andere. »Gute Nacht dann, oder vielleicht sollte ich lieber ›guten Morgen‹ sagen«, verabschiedete sich Mrs. Upton und wagte ein Lächeln, das jedoch nicht erwidert wurde. Marion Hughes nickte und begann, sich ihren Tee einzuschenken. Mrs. Upton verließ das Zimmer. Je weiter sie sich von Miss Hughes entfernte, desto behaglicher fühlte sie sich.

Hiram Jones ging mit schnellen Schritten durch die Altenpflegestation und überprüfte alles noch einmal sorgfältig. Es war halb acht – gleich würde Miss Hughes ihre letzte Runde machen. Jeden Morgen schritt sie an den Bettenreihen entlang, und immer fand sie etwas auszusetzen; aber zu den Patienten war sie charmant.

Für Langzeitpatienten war sie eine Hexe; die, die nur kurz hier waren, betrachteten sie als Engel. Hiram Jones hatte die Hauptlast ihrer leise gesprochenen, bissigen Bemerkungen zu tragen.

An diesem Morgen kam sie zwei Minuten nach halb acht. »Guten Morgen, Mr. Machin, wie geht es Ihnen heute? Besser, hoffe ich.« Ihre helle Stimme fegte über den alten Mann hinweg, der kaum reagierte. Er mochte sie nicht. Dann ging sie mit Hiram beiseite. »Es sollte Ihnen doch möglich sein, dafür zu sorgen, daß dieser alte Mann etwas gepfleger aussieht«, sagte sie.

Die einzige Antwort, die Hiram einfiel, und die einzige, die sie akzeptieren würde, war: »Ja, Miss Hughes.«

»Dann kümmern Sie sich bitte darum.«

Sie gingen weiter, und wieder kam der Standardsatz: »Guten Morgen, Mr. Kemp. Ich hoffe, Sie hatten eine gute Nacht und es geht Ihnen besser.« Dann, als sie das Bett hinter sich gelassen hatten: »Mr. Kemp sieht ja wirklich völlig verwahrlost aus, Pfleger Jones! Sorgen Sie dafür, daß er morgens früh ordentlich hergerichtet wird; sein Kissenbezug hat einen großen Riß. Kümmern Sie sich darum, daß die Schwestern kein zerrissenes Bettzeug aufziehen. Sie wissen, daß es zusammengefaltet und dann in den Flickraum geschickt werden soll.«

Am Ende ihrer Sätze zog sie ihre Stimme immer ein wenig nach oben, so daß es sich eher wie eine Frage anhörte und nicht wie ein kritischer Kommentar. Sie war die einzige Person im Krankenhaus, die auf diese Art sprach, und Hiram Jones haßte diesen Ton.

Auch Schwester Carmichael auf der Kinderstation war fleißig. Sie hatte die Schwesternschülerin im Laufe der letzten Stunde viermal beauftragt nachzusehen, ob alle sechs Säuglinge trocken waren. Und diese Hetze hatte das Mädchen schließlich dazu getrieben zu sagen: »Es hat doch keinen Sinn, Schwester. Ich weiß, daß Miss Hughes gleich kommt und kontrolliert. Aber warum sich verrückt machen? Wenn eins sich in der letzten Sekunde naß macht, dann ist es eben naß.«
»Warten Sie nur ab, bis Sie die Verantwortung für eine Station tragen«, fuhr Carmichael sie an und hastete selbst in den Säuglingstrakt. Sie fühlte mit der Hand in jedes einzelne Bettchen und sagte dann triumphierend: »Das Baby im letzten Bett, wie heißt es noch, Baby Peters – es ist naß, gehen Sie hin und legen Sie es trocken.« Sie sah auf ihre Uhr. »Aber schnell, sie wird jede Minute hiersein.«
»O Gott«, seufzte die Schülerin resigniert und ging hinüber zu den Säuglingen.
Schwester Carmichael rief ihr nach: »Sie wird es in ihrem Ausbildungsbericht vermerken, wenn ein Baby naß ist.« In diesem Moment erschien Miss Hughes in der Stationstür.
Marion Hughes wartete immer an der Eingangstür zu den Stationen, bis die diensttuende Schwester zu ihr kam. Sie würde niemals – unter keinen Umständen – selbst losgehen und die Schwester suchen, gleichgültig, wieviel auf der Station zu tun und wie beschäftigt die Schwester gerade war. Das gehörte zu ihrer Strategie.
»Guten Morgen, Schwester Carmichael.« Marion Hughes blickte kühl in das verängstigte Gesicht vor ihr – auf die spitze zuckende Nase, die sandfarbenen Wimpern und die ausdruckslosen grauen Augen hinter den runden Brillengläsern; auf den Mund, der an den Winkeln ein wenig abfiel.

Schwester Carmichael strengte sich an, ein Lächeln zustande zu bringen. »Guten Morgen, Miss Hughes. Ich hoffe, Sie hatten eine angenehme Nacht.«
Marion Hughes betrachtete immer noch die Frau vor sich und dachte mit Befriedigung an ihr eigenes Spiegelbild.
Sie begann ihre Runde durch die Kinderstation, hielt an jedem der Bettchen an; einige der Kinder hüpften auf und ab und strahlten sie an – froh , daß der Morgen gekommen war, froh, daß die Nacht vorüber und die Dunkelheit verschwunden war. Einige der kränkeren Kinder starrten teilnahmslos vor sich hin. Marion Hughes sah sie an, schnalzte ein wenig mit der Zunge, aber ihre Augen blieben teilnahmslos. »Wie süß«, sagte sie über ein kleines Mädchen, das aufrecht in seinem Bettchen saß – den Daumen im Mund, mit blonden über die Schultern fallenden Locken; seine braunen Augen blickten sie an – vielleicht suchten sie Trost, aber Trost gehörte nicht zum Geschäft von Miss Hughes. Wieder murmelte sie: »Süßes kleines Kind«, und ging weiter. Ob *sie* Kinder gern hat, fragte sich Schwester Carmichael.
Als ob sie Gedanken lesen könnte, wandte sich Marion Hughes zu ihr um: »Sie sind nicht gern auf der Kinderstation, nicht wahr, Schwester? Schade, denn schließlich gehört auch die Kinderpflege zum Schwesternberuf.«
Schwester Carmichael stotterte: »Doch, Miss Hughes, ich bin gern auf der Kinderstation. Ich kann mir nichts Schöneres vorstellen, als hier zu arbeiten, ich hab' die Kleinen sehr gern.«
Miss Hughes drehte sich um und sah Schwester Carmichael ins Gesicht: »Es ist nicht nötig, daß Sie mir solche Märchen erzählen, Schwester. Ich habe es von Anfang an gewußt, von der ersten Nacht an, in der Sie hier waren, daß Sie nicht in der Lage sind, mit Kindern umzugehen und daß Sie Kinder nicht besonders mögen. Nun, es sind ja nur noch ein oder zwei Wochen, die Sie auf der Station zubringen müssen; Ihre Leiden haben also bald ein Ende.«
»Ja, Miss Hughes. Es sind nur noch ein paar Wochen.«
Schwester Carmichael fühlte sich vernichtet. Sie hatte geglaubt, daß sie immer, wenn Marion Hughes auf die Station gekommen war, gut Theater gespielt hätte. Aber sie hatte sie nicht täuschen können, nicht einen Moment lang.

Ihre Täuschungsmanöver waren von verzweifeltem Ernst gewesen. Sie war schon über dreißig, und es wurde Zeit für einen Stationsschwesterposten; andere, jüngere, waren längst vor ihr befördert worden.
Die Stationsschwester auf der chirurgischen Frauenstation würde bald das Krankenhaus verlassen, weil sie heiratete; und Carmichael hatte vor, sich um diese Stelle zu bewerben.
Nicht mehr einfach Schwester Carmichael, sondern Stationsschwester Carmichael – den Kindern zu entkommen, dem Nachtdienst ... und Marion Hughes. Aber als sie in das Gesicht der Frau vor sich blickte, sah sie alle ihre Träume vernichtet. Es hing so viel davon ab, wie die Nachtaufsicht sie beurteilte; auch die Beurteilungen all der anderen waren wichtig, aber gerade auf diese eine hatte sie gesetzt; sie hatte gehofft, sie würde gut ausfallen. Und als sie in Marion Hughes' Gesicht blickte, wußte sie, daß sie keine Chance hatte.
Carmichael fühlte eine Welle von Selbstverachtung in sich aufsteigen; sie verachtete sich dafür, daß sie jedesmal, wenn Marion Hughes auf die Station kam, versucht hatte, ein glückliches Gesicht aufzusetzen. An manchen Morgen war sie sogar so weit gegangen, mit einem Baby im Arm dazustehen und es hin und her zu wiegen, wenn Marion Hughes in der Tür erschien. Sie wandte ihr Gesicht ab. Wenn ihre Abneigung den Kindern gegenüber so offenkundig war, dann mußte ihre Abneigung gegen Marion Hughes genauso leicht zu durchschauen sein.

Hiram Jones warf sich seinen Mantel über, verabschiedete sich von dem Tagespfleger, der ihn ablöste und dem er gerade den Nachtbericht übergeben hatte. »Nimm sie doch nicht so ernst, Jones, mach dir doch bloß ihretwegen keine Sorgen«, sagte der Tagespfleger.
»Du hast gut reden, George, du hast nicht die ganze Nacht mit ihr zu tun, um dich lungert sie nicht ständig herum.«
»Ich hab' auch meinen Ärger mit ihr gehabt, wenn sie sich aufregt, daß wir Arbeit für den Nachtdienst hinterlassen, die wir nach ihrer Meinung hätten erledigen sollen.«

»Aber das ist nicht dasselbe«, sagte Hiram. »Du mußt sie schließlich nicht dreimal in der Nacht durch die ganze Station führen und dir anhören, wie sie an allem herumnörgelt. Und wenn sie in der Stimmung dazu ist, dann kommt sie viermal in der Nacht.«
»Vergiß es, du hast jetzt frei – bis heute abend. Betrink dich, ehe du nach Hause gehst, dann schläfst du gut.«
»Genau das werde ich wahrscheinlich tun. Ich bin so müde, ich geh' los und betrink mich. Danach werde ich mich hoffentlich besser fühlen.«

Carmichael ging in den Umkleideraum, zog ihre Schwesterntracht aus, streifte sich ihr braunes Kleid über und schlüpfte in ihren Kamelhaarmantel. Sie fühlte, wie sich Tränen hinter ihren Augen zusammenbrauten; aber sie würde sie nicht fließen lassen.
Sie wird mich nicht zum Weinen bringen. Schließlich ist sie nicht die einzige, die mich zu beurteilen hat. All die anderen Schwestern fanden mich ... Sie versuchte, auch die Gedanken an die anderen Schwestern zu verscheuchen; sie wollte überhaupt nicht mehr darüber nachdenken. Sie zog den dünnen Schwanz hellbraunen Haares über ihren Mantelkragen und begann, mechanisch ihren Mantel zuzuknöpfen. Dabei fiel ihr die Halb-acht-Runde wieder ein.
Zwei Babys waren naß gewesen; ein Kind hatte seine halbe Schüssel Cornflakes mit Milch über das Bett verschüttet. Sie hatte die Schwesternschülerin vorher ausdrücklich gebeten, nach diesem Kind zu sehen, denn es verkleckerte ständig sein Essen über das ganze Bett – dieses gemeine kleine Biest, das so engelhaft aussah. Und dann war die dritte, wirklich ernsthafte Katastrophe eingetreten. Miss Hughes hatte ihre Hand auf die Stirn eines Kindes gelegt, das apathisch in seinem Bettchen lag. »Dieses Kind fühlt sich an, als hätte es Fieber«, hatte sie gesagt und Schwester Carmichael direkt ins Gesicht gesehen; dann hatte sie auf die Fieberkurve in dem Berichtblatt des Kindes geblickt, die anzeigte, daß das Kind vor einer Stunde noch keine erhöhte Temperatur hatte.
»Messen Sie bitte noch einmal«, hatte Miss Hughes gesagt.

Und Schwester Carmichael war nichts anderes übriggeblieben. 39,2 Fieber! Wie um alle Welt konnte die Temperatur in einer Stunde so ansteigen? Schwester Carmichael wußte, daß sie das Thermometer sehr sorgfältig unter die Achsel des Kindes geschoben hatte. Wie auch immer – Miss Hughes hatte mit flinker Hand die Temperatur in dem Bericht von normal auf 39,2 geändert. Jeder würde es merken. Die Stationsschwester, der sie den Bericht am Morgen übergab, hatte die Augenbrauen gehoben, als sie auf diesen Eintrag stieß, und fragend zu Schwester Carmichael aufgesehen.
»Wie konnte das passieren, Schwester?«
Carmichael hatte nur kläglich den Kopf geschüttelt und gesagt: »Ich weiß es nicht.«
Das war kein guter Abgang heute, und auch um ihre Aussichten auf Beförderung stand es nicht gut. Carmichael knallte die Tür des Ankleideraums hinter sich zu, ging den Korridor entlang, die Treppen hinunter und durchquerte die Eingangshalle, wo die gerade eingetroffene Empfangsdame dabei war, ihre unzähligen Pflanzen zu begießen.
»Gute Nacht, Schwester Carmichael«, rief die Empfangsdame ihr gutgelaunt zu. Als Antwort brachte Carmichael kaum ein Nicken zustande; sie öffnete die Tür zur Vorhalle, in der links die Telefonzentrale lag. Sie sah die Telefonistin in eine Zeitschrift vertieft sitzen, während das Telefon neben ihr beharrlich klingelte.
»Das ist typisch«, murmelte Carmichael bitter vor sich hin, schritt durch die Eingangstür und ließ sie laut hinter sich ins Schloß fallen. Dann überquerte sie den Hof und ging durch das Haupttor in Richtung Bushaltestelle.

Die Kleinstadt Menton-on-Wye, zu der das St. Jude-Hospital mit seinen 115 Betten gehörte, lag im Sonnenlicht des frühen Morgens.
Die 115 Betten waren selten alle belegt; denn St. Jude war ein altes viktorianisches Krankenhaus, das ständig an allen Ekken und Enden repariert und renoviert werden mußte. Einmal war das Dach beschädigt, ein anderes Mal waren die Abflußrohre der OPs undicht. Die Existenz des Krankenhauses war gefährdet. Aber man gab sich alle Mühe. Man stellte Betten

für akute Fälle bereit, man hatte eine Altenpflegestation eingerichtet, und es gab Abteilungen für Allgemeinmedizin und Chirurgie.
Der Rasen, der das Krankenhaus umgab, wirkte gepflegt; die Beete waren mit Blumen bepflanzt, deren Blüten an diesem kühlen Morgen noch geschlossen waren. Die Bronzebüste Königin Viktorias über der Eingangstür, einst glänzend, nun aber von einer Alterspatina überzogen, sah wohlwollend hinab auf alle, die hier ein- und ausgingen.
Auf der rechten Seite des Krankenhauses lag die Kinderstation mit der großen Glasveranda zum Garten hinaus; die Kinder rannten bereits lachend und lärmend herum – froh, ihren käfigartigen Bettchen entkommen zu sein. Einige Fenster der Station waren geöffnet, und in der Sonne sah man deutlich, daß die Rahmen dringend der Reinigung bedurften.
Bald würde der Hof vollgeparkt sein von den Autos der Krankenhaus- und Belegärzte, im Augenblick war er noch leer. Plötzlich holperte ein großer Wagen, der sterile Verbandsstoffe anlieferte, durch das mit »Einfahrt« beschilderte Tor in den Hof; im selben Moment raste durch die »Ausfahrt« ein roter Sportwagen in den Hof hinein und kam kurz darauf mit quietschenden Reifen wenige Zentimeter vor der Mauer des Hauptgebäudes zum Stehen. Nigel Denton, frisch ernannter Assistenzarzt am St. Jude-Hospital, hatte auf die Bremsen getreten. Er war zu einem Notfall gerufen worden, ein entzündeter Blinddarm. Nach seiner dramatischen Ankunft lehnte er sich in seinem Sitz zurück und blickte um sich; seine Haltung war dabei so entspannt, daß sie die Theatralik seiner Ankunft Lügen strafte. Marion Hughes hatte das Quietschen der Räder auf dem Hofasphalt gehört und gesehen, wie das rote Auto durch die falsche Einfahrt fuhr. Die Eile, die chaotische Fahrweise des Arztes und die Tatsache, daß er nun, nach dieser Zurschaustellung von Dringlichkeit, ruhig in seinem Auto sitzen blieb – all das ärgerte sie. Sie betrachtete ihn mit Mißfallen, schloß die Eingangstür des Krankenhauses hinter sich und ging die Treppe hinunter.
»Guten Morgen«, sagte sie kühl. »Ich nehme an, Sie sind Mr. Denton, der neue Assistenzarzt in der Chirurgie.«
»Wie haben Sie bloß erraten, daß ich Chirurg bin. Ich könnte doch ebensogut ein praktischer Arzt sein, den man zu einem

Herzanfall gerufen hat.« Denton versuchte, humorvoll zu klingen.
Die kalten blauen Augen blickten ihn prüfend an.
»Ich finde nicht, daß Sie wie ein praktischer Arzt aussehen. Sie sehen aus wie ein Chirurg«, sagte die Nachtaufsicht, während sie ihn kühl musterte.
»Habe ich Sie nicht schon einmal irgendwo gesehen?« fuhr sie fort.
»Oh, das würde mich freuen«, sagte Denton in dem Versuch, die Situation zu entspannen.
»Darf ich Ihnen vorschlagen, sich zu beeilen – das OP-Personal wartet bereits auf Sie«, Marion Hughes' Stimme blieb kühl, während sie ihn weiterhin ungerührt betrachtete. »Ja, ich habe Sie schon einmal gesehen«, sagte sie, »und es wird mir zweifellos auch einfallen, wo.« Damit ging sie.

Nigel gab sich einen Ruck, schwang seine Beine aus dem Auto, streckte sich kurz und rannte durch die Eingangstür des Krankenhauses. Er streckte seinen Kopf durch die kleine Öffnung in der Tür, die zum Büro der Telefonistin führte. Sie saß dort und feilte ihre Nägel, während das Telefon neben ihr klingelte. »Sie lassen sie ein bißchen zappeln, wie? Damit sie denken, daß wir hier Hochbetrieb haben. So ist es richtig.«
Die Telefonistin blickte von ihren Nägeln hoch. »Ja«, sagte sie lakonisch.
»Wer war denn diese attraktive Dame, der ich gerade begegnet bin? Sie hat mich angesprochen.« Nigel verzog sein Gesicht zu einer komischen Grimasse. »Ja, wirklich, sie hat mich einfach angesprochen. Allen Ernstes.«
»Ja, mit unserer Miss Hughes zu sprechen ist, als ob man eine Zitrone auslutscht«, sagte die Telefonistin; aus ihrer Stimme klang ein wenig Mitleid, und dann fügte sie hinzu: »Aber wer sind Sie denn überhaupt?«
»Denton, der neue Assistenzarzt in der Chirurgie«, antwortete er. »Vor drei Monaten eingestellt, gestern war der erste Tag für mich in diesem Krankenhaus, hab' mich jedoch kaum umgesehen, kenne noch kaum jemanden bis jetzt. Sie habe ich

auch noch nicht gesehen. Wie ist es denn hier überhaupt so?«
»Unaussprechlich«, sagte die Telefonistin und wandte sich wieder ihren Fingernägeln zu.
Das Telefon hatte aufgehört zu klingeln; irgend jemand mußte resigniert aufgegeben haben.
»Danke für die aufmunternden Worte, mein Engel«, sagte Nigel und zog seinen Kopf aus der Öffnung zurück, durchquerte die Empfangshalle und hastete dann die Treppen zu den OP-Räumen hoch.

Der OP-Trakt des St. Jude-Hospitals lag drei Treppen hoch, im letzten Stockwerk des Krankenhauses. Als Nigel die geschlossenen Außentüren der OP-Räume erreichte, war er leicht außer Atem geraten.
Keine Kondition mehr, alter Junge, sagte er zu sich. Er blickte hoch, die Worte OPERATION – EINTRITT VERBOTEN leuchteten über der Tür auf. Ich hoffe doch nicht, dachte er, daß sich hier irgend jemand vorgedrängt hat. Er stieß die Haupttür auf und fand sich in einem kleinen Vorraum wieder; auf der linken Seite führte eine Tür zum Ruheraum, auf der gegenüberliegenden Seite eine andere zum Umkleideraum der männlichen Chirurgen; beide Türen waren geschlossen. Vorsichtig öffnete er die Tür zum OP vor sich, erblickte die grünbekittelten Gestalten, die dort hin und her gingen, und die schwarzen Kissen auf dem Operationstisch, auf die der runde Lichtkreis der OP-Lampe herabstrahlte. Dann hörte er eine Stimme: »Schließen Sie doch die Tür, um Himmels willen, was denken Sie denn, wo Sie sind.«
Er schloß sie, öffnete vorsichtig die Tür zum Umkleideraum und sah sich um. Offensichtlich hatte man nicht daran gedacht, einen OP-Kittel für ihn bereitzulegen. Er ging wieder hinaus in den Vorraum und stieß die OP-Tür auf, diesmal entschlossener, und ehe irgend jemand etwas sagen konnte, rief er: »Ich bin der neue Chirurg, Denton, wo zum Teufel ist mein OP-Kittel?« Und er ließ die Tür hinter sich zuschwingen.
Endlich erfolgte eine Reaktion. Er war kaum wieder im Umkleideraum angelangt, als eine Schwester in der Tür erschien,

bekleidet mit einem kurzen grünen OP-Kittel. Die Haube mit dem enganliegenden Gummiband verbarg erfolgreich ihr Haar. Ihr Gesicht war blaß und fleckig, und sie sah sehr, sehr jung aus. »Mr. Denton?« sagte sie. »Ihr Schrank ist der dahinten, der ohne Namensetikett, Ihren Namen müssen Sie selbst draufschreiben. Die Stiefel stehen unter dem Waschbecken. Manchmal geraten sie alle durcheinander. Passen Sie also auf, daß Sie nicht einen mit Größe 38 und einen mit Größe 41 erwischen.« Sie kicherte, legte dann schnell ihre Hand vor den Mund, als hätte sie etwas Ungehöriges gesagt, und murmelte: »Entschuldigung«, und verschwand.

Gerade als Nigel die Tür zu seinem Schrank öffnen wollte, kam sie noch einmal zurück. »Sie brauchen sich nicht zu beeilen, Ihr Fall ist noch gar nicht oben«, sagte sie.

»Aber er war für halb neun vorgesehen, und jetzt ist es Viertel vor neun.«

»Ich weiß, aber Max hat Dienst. Wissen Sie, wenn ein Fall eingeliefert wird, solange der Nachtpfleger noch nicht nach Hause gegangen ist, so muß er ihn hochbringen; das ist die Regel hier; aber Max paßt das nicht. Jedenfalls, er hat Ihren Patienten noch nicht hochgebracht. Also bis später dann.« Sie blieb eine Weile stehen, sah ihn an und kaute vor sich hin. Vielleicht auf einem Stück Frühstückstoast, das sich zwischen ihren Zähnen eingeklemmt und nun gelöst hatte, spekulierte Nigel.

»Wollen Sie mir zusehen, wenn ich mich ausziehe?« sagte er, als sie keine Anstalten machte, zu gehen. »Oder wird mir hier ein winziges Stück Privatsphäre zugestanden – als neuem Chirurgen, der gerade angekommen ist und kurz davor steht, die erste Operation seines Lebens durchzuführen.«

»Das stimmt doch gar nicht«, sagte die Schwester, immer noch vor sich hinkauend.

»Na ja«, gab er zu. »Ganz stimmt das nicht. Ich habe schon ein paarmal operiert und schon viele Operationen im Fernsehen gesehen. Hoffen wir also, daß der Patient mit Ihrer Hilfe die Operation lebend übersteht. Aber jetzt gehen Sie.« Und sie ging.

Von der Desinfektionsschleuse, die durch eine Glaswand vom Hauptraum abgetrennt war, konnte Nigel Denton den immer noch leeren OP-Tisch sehen und den Lichtkreis in der Mitte darüber. An dem Waschbecken neben ihm stand ein Mädchen oder eine Frau. Es war schwer zu beurteilen in ihrer OP-Ausrüstung, ihrer Maske und Haube, ob sie jung oder alt war, aber er meinte eine Strähne grauen Haares an der einen Seite ihrer Haube hervorlugen zu sehen. »Ich bin June Fyldes, die Erste OP-Schwester. Ich werde Ihnen heute assistieren, da es ja Ihr erster Tag hier ist.« Über ihrer Maske lächelten ihre Augen ihn an. Sie war die angenehmste Person, die er bisher im St. Jude-Hospital getroffen hatte.

»Vielen Dank. Sonst assistieren Sie wohl nur den allmächtigen Oberärzten?«

»Das würde ich nicht behaupten«, sagte June Fyldes, während sie emsig ihre Unterarme bis hoch zu den Ellbogen schrubbte. »Hin und wieder habe ich schon das Gefühl, daß es auch zu meiner Pflicht gehört, mich um die Neuankömmlinge zu kümmern.« An ihren Augen erkannte er, daß sie wieder lächelte.

»Danke«, sagte er. In diesem Moment sah er durch die Glaswand, wie sich die OP-Türen öffneten und ein Bett hereingeschoben wurde, an dessen Fußende ein graubekittelter Hilfspfleger folgte, vermutlich der berüchtigte Max vom Nachtdienst. Als das Rollbett exakt auf der Höhe des OP-Tisches zum Stehen kam, ergriff eine der grüngekleideten OP-Schwestern zusammen mit dem Hilfspfleger die Stangen der Tragbahre, und der Patient wurde mit geübten Griffen vom Rollbett auf den OP-Tisch verlegt. Nigel fuhr fort, seine Arme zu schrubben. Er beobachtete, wie der Pfleger die Tragbahre wieder unter dem Patienten wegzog, und vernahm das kurze dumpfe Klacken, mit dem die Holzstangen der Tragbahre auf das Holz des Rollbetts fielen. Dann zog der Pfleger auch die Decke, die man über den Patienten gebreitet hatte, fort und legte auch diese auf das Rollbett. Eine OP-Schwester kam mit einer leichteren Decke und legte sie über den Patienten. Der Pfleger wollte gerade rückwärts aus der Tür gehen, als eine Schwester ihm zurief: »Vergessen Sie das Kissen nicht, sonst wird Schwester Dench Ihnen etwas erzählen.« Der Pfleger kam zurück und nahm das Kissen unter dem Kopf des Patien-

ten fort. Eine Schwester ersetzte es durch ein OP-Kissen, und das Rollbett fuhr hinaus.
»Wer wird die Narkose geben?« fragte Nigel June Fyldes.
»Höchstwahrscheinlich Dr. Mayhew«, sagte sie. »Ihn trifft es meistens bei den Operationen am frühen Morgen. Aber es macht ihm nichts aus. Er ist praktischer Arzt hier in der Stadt und ein guter Anästhesist. Ah, da ist er ja«, sagte sie, als ein Mann durch die OP-Tür hereinkam. Sie nickte ihm zu. Dr. Mayhew hob einen Arm, um sie durch die Glaswand hindurch zu grüßen, dann ging er zu dem Patienten.
Als sie die Desinfektionsprozedur beendet hatten, war der Patient bereits unter Narkose. Dr. Mayhew zog gerade die Nadel aus der Vene und beugte den Arm des Patienten nach oben, in dessen Ellbogenbeuge ein Wattetupfer geklemmt war.
Die Schwestern brachten den Patienten in die richtige Lage, entfernten die Decke, breiteten grüne Handtücher über den ganzen Körper, der nun völlig verdeckt war – bis auf den kleinen Teil über dem Blinddarm, wo der Bauch geöffnet werden sollte.
Dr. Mayhew zog den Narkoseapparat näher an das Kopfende des Operationstisches, legte eine Maske über Nase und Mund des Patienten und befestigte sie flink und geschickt mit schmalen Heftpflasterstreifen; er blickte hoch zu Nigel und June Fyldes, nickte und ließ sich dann auf einem Stuhl am Ende des Tisches, neben dem Kopf des Patienten, nieder. Er hatte ein Buch auf seinem Schoß und begann, darin zu lesen, während der Blasebalg des Beatmungsgeräts neben ihm sich sanft blähte und wieder zusammenfiel. Alles wirkte sehr effizient und organisiert. Nigel Denton wartete mit dem Skalpell in der Hand, und June Fyldes stand auf einer Kiste ihm gegenüber, auf der anderen Seite des Patienten, denn sie war kleiner als Denton. Wieder sahen beide zu dem Anästhesisten hin.
»Können wir beginnen?« fragte Denton, Dr. Mayhew blickte hoch, besah sich den Patienten, nickte, und Nigel Denton setzte sein Messer vorsichtig in dem Bereich über dem Blinddarm an, und eine schmale dünne Linie begann leicht zu bluten. Die Operation hatte begonnen, und Denton fühlte sich plötzlich heimisch.
Alles verlief glatt. Nigel fand, daß das OP-Personal in diesem Krankenhaus effizent war. Aber schließlich war es Tag, und es

war genügend Personal anwesend; er fragte sich, wie es wäre, wenn er nachts operieren müßte. Er sah zu June Fyldes auf und dann wieder hinab auf den Einschnitt.
»Wie ist es nachts?« fragte er. »Ich meine, wenn nachts operiert werden muß.«
»Okay«, sagte sie, während sie eifrig die Wunde abtupfte und das Sauggerät geräuschvoll das Blut aus dem von den Wundhaken freigelegten Gewebe aufsaugte. »Es ist okay.«
Dr. Mayhew blickte auf und warf ein: »Solange Sie Marion Hughes aus dem Weg gehen.«
»Marion Hughes, wer ist das?« fragte Denton. »Oh, ich glaube, ich bin ihr heute morgen begegnet.«
»Die größte Hexe, die auf Erden herumläuft.«
Denton sah den Anästhesisten überrascht an, in dieser Bemerkung lag so viel Abneigung. Solch feindselige Worte erwartete man nicht von Dr. Mayhew mit seinem gutmütigen Gesicht. Und als June Fyldes gelassen bemerkte: »Nun, Dr. Mayhew, er sollte sich lieber seine eigene Meinung bilden«, ließ Nigel das Thema fallen und sagte nichts mehr.
Er beendete die Operation, setzte geschickt die Wundnaht, und June Fyldes betupfte die Wunde unablässig, um sie zu trocknen. Sie hatte aufgehört zu bluten und wurde nun mit einem Stück Mull bedeckt. Die Schwestern begannen, die Handtücher zu entfernen, und Denton verließ den OP. Ein Brandy würde mir jetzt guttun, dachte er und lächelte fast über sich selbst. Natürlich war das ein alberner Gedanke! All das hatte er längst aufgegeben, aber bei Gott, wie gut würde ihm jetzt ein Brandy tun.
Du hast doch nur einen Blinddarm herausgenommen, mein Lieber, murmelte er zu sich selbst, als er allein im Umkleideraum war, und schon ist dir nach einem Brandy zumute! Es ist zehn Uhr morgens. Nimm jetzt einen Brandy, und man wird es riechen, wenn der Chef hereinkommt – das wäre ein schöner Anfang!
»Möchten Sie einen Kaffee, Doktor?« Eine Schwester steckte ihren Kopf durch die Tür.
Er nickte. »Bitte«, sagte er.
Ein wenig später kam sie mit einer Tasse Kaffee herein, der auf die Untertasse übergeschwappt war, und stellte sie auf den Tisch.

»Sonderservice für den OP«, sagte sie und ging hinaus.
Nigel setzte sich an den Tisch, rückte seine Krawatte gerade, dann hob er die Tasse und schlürfte den Kaffee in kleinen Schlucken. Er war lauwarm und schmeckte nach Metall. Aber da es sonst nichts gab, trank er ihn.
June Fyldes öffnete die Tür. »Wissen Sie, wo die Kantine ist?« fragte sie.
Er nickte.
»Okay«, sagte sie. »Heute morgen werden Sie auch Sir James Hatfield kennenlernen.«
»Oh, den großen Sir James«, sagte Nigel. »Ich habe ihn noch nicht gesehen. Bei meinem Einstellungsgespräch war er nicht anwesend, und auch gestern war er nicht da. Ferien?«
»Nein, er hat seine Frau verloren. Sie starb vor ungefähr einem Monat – vor fünf Wochen«, sagte June Fyldes. »Und er hat sich einen Monat freigenommen.«
»Ist es angenehm, mit ihm zu arbeiten?« fragte Nigel, während er den Rest des schrecklichen Kaffees hinunterzwang.
»Nein«, sagte June Fyldes und beließ es bei dieser Bemerkung.
»Aber er ist ein guter Chirurg?« fragte Denton.
June Fyldes blickte ihn offenherzig an und sagte: »Kein besonders guter, aber dazu sollte ich mich wohl lieber nicht äußern. Die anderen sind in Ordnung«, fügte sie wie als Trost hinzu.
»Sir James ist der Oberarzt hier, und daß er außerdem einen Titel hat, macht die Sache noch vertrackter.« Sie nickte ihm freundlich zu, kehrte zurück in ihre Domäne und überließ es Nigel, hinunterzugehen und sich seinen Weg durch die Stationen zu bahnen, sich den Schwestern vorzustellen und zu versuchen, etwas über die Chirurgie-Patienten herauszufinden, ehe Sir James oder der andere Chirurg ankamen.
Was für eine Aufgabe, dachte er, und noch nicht einmal ein Brandy! Er fühlte sich bereits so erschöpft, als hätte er einen ganzen Arbeitstag hinter sich gebracht. Vielleicht lag es daran, daß alles noch so neu war; bald würde er sich gewiß besser fühlen; das hoffte er.

Als Hiram Jones nach Hause kam, war John nicht da, Hiram haßte es, wenn John nicht zu Hause war. Das kleine Apartment wirkte leer und einsam, wenn John nicht da war, um ihn mit seinem ›Na, wie war's heut' nacht‹ zu begrüßen und ihn vielleicht, wenn er in der Stimmung dazu war, zu umarmen. Aber Johns Stimmungen schwankten sehr.
Hiram ging durch zur Küche, öffnete den Kühlschrank, nahm eine Flasche Milch heraus und trank direkt aus der Flasche. Er drehte sich um und sah für einen Moment sein Bild im Spiegel neben der Küchentür. Die Milch hatte seinen Lippenbart weiß gefärbt. Hastig wischte er sich über den Mund. John mochte es nicht, wenn er die Milch aus der Flasche trank. Er verschloß die Milchflasche, stellte sie schnell wieder in den Kühlschrank und schloß die Tür. In diesem Moment hörte er, wie John die Eingangstür öffnete und hinter sich ins Schloß fallen ließ. Im nächsten Moment erschien sein Kopf in der Küchentür.
»Schon zu Hause, Hiram? Zurück von der Maloche?« sagt er.
»Wo warst du John, um diese Zeit?« fragte Hiram.
John antwortete mit seiner kapriziösen, unbeschwerten jungen Stimme, die Hiram immer besonders irritierend fand: »Ich war die ganze Nacht unterwegs – mit der Clique.« Dann kam er weiter in die Küche, stellte sich direkt vor Hiram und blickte ihn angriffslustig an: »Hast du was dagegen?«
»Ich habe ja überhaupt nichts gesagt«, antwortete Hiram beschwichtigend.
»Nein, aber du guckst so«, sagte John. In sein Gesicht trat ein beleidigter Ausdruck, er schob seine Unterlippe nach vorn, wie ein verwöhntes Kind, dem man etwas verboten hatte. Hiram wußte nie genau, ob er John noch mehr liebte, wenn er so aussah, oder ob er ihn dann weniger liebte. Ganz unvermittelt fiel ihm Marion Hughes ein. Wußte sie von ihm und John? Wußte sie von seiner Homosexualität? Er nahm es an; John unterbrach seine Gedanken.
»Hast du mir ein paar Pillen mitgebracht? Hast du wieder welche beiseite schaffen können?« Er schmiegte sich an Hiram.
»Heute nacht war es entsetzlich – diese schreckliche Frau! Viermal hat sie die Runde auf meiner Station gemacht, drei-

mal bei den anderen, und bei jeder Runde fand sie etwas auszusetzen.«
»Die gute Hughes hat sich wieder einmal unbeliebt gemacht!« rief John und tanzte durch die Küche. »Aber das kann dich doch nicht gehindert haben, ein paar Pillen abzuzweigen? Ich könnte wirklich welche gebrauchen. Ich fühl' mich so aufgeputscht. Ich brauch Schlaf – genauso wie du.«
Hiram steckte die Hand in seine Hosentasche und holte einen Umschlag heraus.
»Hier sind ein paar drin«, sagte er.
John öffnete den Umschlag. »Oh, gut, gut. Nicht viele, aber immerhin ein paar.«
»Ich bekomme es langsam mit der Angst zu tun. Ich habe immer Angst, daß diese Hexe fragen könnte, wie viele Pillen in der Nacht zuvor verteilt wurden und daß irgend jemand es ihr sagt – ihr erzählt, daß sie überhaupt keine bekommen haben«, sagte Hiram.
»Du kannst ja immer sagen, daß sie alle senil sind, daß sie den letzten Rest ihres winzigen Verstands verloren haben – für die Hälfte von ihnen trifft das ja sowieso zu. Du hast so wenig Phantasie, Hiram«, sagte John und steckte sich ein paar Kapseln in den Mund.
»Ich geh jetzt pennen, gute Nacht!« Er ging in sein Schlafzimmer und ließ die Tür laut hinter sich zufallen. Hiram seufzte zermürbt, ließ sich auf einen Küchenstuhl fallen und steckte sich eine Zigarette an. Wieder sah er Marion Hughes vor sich. Ich frage mich, was sie tun würde, wenn sie wüßte, daß ich Pillen für John mit nach Hause nehme, anstatt sie den Patienten zu geben, dachte er. Mit einer heftigen Bewegung drückte er seine Zigarette, er hatte sie kaum halb geraucht, auf der Platte des Resopaltisches aus, stand auf und sagte verzweifelt mit lauter Stimme: »Wenn nur diese Hexe nicht wäre, wenn ich sie nur nicht jede verdammte Nacht sehen müßte.« Er hörte es förmlich, wie sich ihre Stimme bei den letzten Worten hob: »Wir stehlen also Tabletten, Krankenpfleger Jones?«
»Sie verfolgt mich bis nach Hause, bis in meine Träume«, murmelte er. »Ich werde selbst zwei Tabletten nehmen und schlafen gehen. Was hat es für einen Sinn wegzugehen und sich zu betrinken, das macht es auch nicht besser.«

Schwester Carmichael ging durch das Krankenhaustor, überquerte die Straße und wartete in der kühlen Morgenluft auf ihren Bus. Als er nach wenigen Minuten ankam, stieg sie ein; während der zehnminütigen Fahrt hielt sie die Augen gesenkt und blickte weder nach rechts noch links. Sie hatte in dieser Nacht viel an Boden verloren. Miss Hughes würde...

Carmichael versuchte, die Frau aus ihrem Kopf zu vertreiben. Um Himmels willen, vergiß es, dachte sie und stieg an ihrer Haltestelle aus. Sie ging die Straße hinunter bis zu dem Haus, in dem sie ihr möbliertes Zimmer gemietet hatte. An der Eingangstür holte sie den Schlüssel aus ihrer Handtasche. Sie wollte ihn gerade ins Schloß stecken, als sich die Tür öffnete und ein Mann beiseite trat, um sie hereinzulassen.

»Guten Morgen, Mr. Stokes«, stammelte Carmichael.

Mr. Stokes war ein gutaussehender Mann, er erwiderte ihren Gruß mit einer typischen Frühmorgensmuffligkeit. »Guten Morgen, Miss...« und ging, ohne ihr einen Blick zu schenken, an ihr vorbei.

Sie seufzte. Er gefiel ihr, vom ersten Moment an, als sie hier eingezogen war, hatte er ihr gefallen. Er war vielleicht ein wenig jünger als sie – aber vielleicht war er einsam. Sie hatte sich schon überlegt, bei ihm anzuklopfen, unter dem Vorwand, irgend etwas auszuborgen – vielleicht einen Krug Milch –, aber sie hatte es dann doch nicht getan. Zwei Kinder kamen die Treppen des zweiten Stocks heruntergerannt und hätten sie beinahe umgeworfen. Sie stieg bis zum letzten Stock hoch und gelangte zur Tür ihres eigenen Zimmers. Die Tür war wieder verkratzt, die Kinder taten das, mit Münzen – diese kleinen Biester! Ein paar Schritte den Flur entlang öffnete sich eine Tür, eine Hand kam heraus, griff nach einer Milchflasche und verschwand wieder. Die Tür fiel mit einem kleinen, knappen Geräusch ins Schloß. Es war eigenartig – immer, wenn sie hörte, wie sich eine Tür öffnete und wieder schloß, fühlte sie sich einsam. Sie betrat ihr Zimmer, schloß die Tür hinter sich und lehnte sich einen Moment lang dagegen. Sie fühlte sich müde, nicht eigentlich körperlich müde, aber psychisch erschöpft. Sie dachte: Ich bin so müde wegen Miss Hughes, weil ich meine Chance auf Beförderung verspielt habe. Ich bin keine schlechte Krankenschwester. Ich bin eine gute Krankenschwester. Aber wenn sie einen so behandelt, das demoralisiert einen, das ist es, was ich bin, demoralisiert. Zum Teufel mit ihr.

Sie fragte sich, was all die anderen, die heute nacht Dienst im St. Jude-Hospital gehabt hatten, jetzt wohl taten – jetzt am Morgen, wo sie, wie sie selbst, frei waren. Sie dachte oft daran, wenn sie in ihrem möblierten Zimmer hin und her ging und ihre kleinen Handgriffe verrichtete. Wie viele von ihnen lebten allein in möblierten Zimmern? Manche hatten Ehemann und Kinder, zu denen sie zurückkehren konnten; andere waren mit ihren Freunden oder frisch angetrauten Ehemännern beschäftigt. Sie fragte sich, ob die, die allein lebten, dieses Leben ebenso haßten wie sie selbst.

Eine Stationsschwesternstelle – mehr Geld –, sie würde eine Hypothek auf einen kleinen Bungalow mit Garten aufnehmen können; sie könnte sich eine Katze halten. Sie hatte sich immer eine Katze gewünscht; Katzen machte es nichts aus, auf einen zu warten, bis man nach Hause kam; sie begrüßten einen. Und das war es, was sie sich wünschte: irgend etwas, irgend jemand, der sie begrüßte, wenn sie nach Hause kam.

Und diese Hexe würde alles verderben, wenn sie die Möglichkeit dazu hatte – mit einer schlechten Beurteilung würde sie alles verderben. Wenn sie nur etwas dagegen unternehmen könnte! Aber gegen Marion Hughes konnte man nichts unternehmen. Das wäre, als wollte man Ebbe und Flut anhalten.

Sie kochte sich einen Kaffee, nahm automatisch ihr Lehrbuch aus ihrer Tasche, legte es auf den Tisch und setzte sich davor. Sie durfte nicht nachlassen. Sie mußte weiterlernen, sich nie bei einem Fehler erwischen lassen. Sie durfte nicht nachlassen – auf keinen Fall. Die Buchstaben verschwammen vor ihren Augen. Carmichael gab sich einen Ruck, blinzelte kurz, trank einen Schluck Kaffee, und dann starrte sie wieder auf die Seite vor sich.

Marion Hughes parkte ihr Auto außerhalb des Wohnblocks, in dem ihr Apartment lag. Glücklicherweise war man noch nicht dazu übergegangen, Parkuhren anzubringen. Vor jedem Gebäude hatte man Parkplätze für die Be-

wohner reserviert – zumindest theoretisch, denn die Plätze waren oft durch andere Autos zugeparkt. Aber heute morgen hatte sie Glück.
Mit festen Schritten ging sie auf das Haus zu, schritt durch die Eingangstür und stieg die drei Stockwerke zu ihrem Apartment hinauf. An dem Fahrstuhl hatte das »Außer Betrieb«-Schild gehangen. Marion Hughes schnitt eine leichte Grimasse. Nun, dachte sie, das nächste Mal, wenn ich meine Miete bezahle, werde ich dem Verwalter Bescheid sagen. Ich bezahle nicht für Annehmlichkeiten, die es gar nicht gibt. Sie schloß die Tür zu ihrem Apartment auf und blickte sich mit Befriedigung in der ordentlichen, hübsch eingerichteten Diele um.
Sie betrat das Wohnzimmer, ging hinüber zum Plattenspieler und legte eine ihrer Mozart-Platten auf. Er war laut gestellt, sie dachte an ihren Nachbarn und drehte ihn etwas leiser; dann ging sie in die Küche, um sich einen Kaffee zu kochen.
Während sie darauf wartete, daß das Wasser kochte, blitzte Nigel Dentons Gesicht wieder vor ihr auf. Sir James wird ihn nicht mögen, dachte sie; und er ist nicht die Art Mann, die mir gefällt. Irgend etwas an ihm kommt mir bekannt vor. Wo habe ich ihn schon einmal gesehen? Bestimmt nicht bei seinem Einstellungsgespräch, denn das hat ja am Tage stattgefunden. Es würde ihr schon einfallen. Sie vergaß nie etwas. Sie war stolz auf ihr Gedächtnis, ihre Fähigkeit, Informationen aufzunehmen und zu speichern. Diese besondere Art von Gedächtnis hatte ihr schon gute Dienste geleistet in ihrer Schwesternkarriere.
Der Kessel schaltete sich automatisch ab; das Wasser hatte gekocht. Sie nahm einen Löffel Instantkaffee und Milchpulver aus dem Schrank und goß das heiße Wasser darauf. Während sie nachdenklich umrührte, kamen ihr die Gedanken vom frühen Morgen, als sie sich im Spiegel betrachtet hatte, wieder zurück. Männer, die für sie in Frage kamen und das richtige Alter hatten, gab es nicht allzu viele, und außerhalb des Krankenhauses würde sie von dieser Kategorie wohl kaum welche treffen. Sie dachte wieder an die Leute vom Golf Club und die vom Bridge Club. Die meisten Frauen im Bridge Club waren älter gewesen als sie selbst, aber sie hatten ihre

Männer fest im Griff gehabt. Ein oder zwei Ehemänner hatten versucht, mit ihr anzubändeln, aber das war es nicht, was sie wollte. Sie wollte Sicherheit, eine gesellschaftliche Stellung, Prestige. Man mußte ihr schon etwas bieten – sie sah sich in ihrem geräumigen Wohnzimmer um –, mehr, als sie sich selbst leisten konnte. Warum sonst sollte sie heiraten?
Sir James Hatfield ... Ja. Er war im Grunde der einzige Mann, den sie kannte, der wirklich in Frage kam. Er hatte Titel und Geld. Sie wäre sehr stolz, mit ihm zusammen in einem Restaurant gesehen zu werden. Er wüßte, wie man die Kellner behandelt, wie man Wein bestellt. Ja, diese Dinge waren wichtig. Zu der Musik im Hintergrund ließ sie ihre Gedanken weiterwandern. Lady Hatfield... Aber wie beginnen? Wie fing man so etwas an? Sollte sie ihn etwas später anrufen und zum Abendessen einladen – unter dem Vorwand, daß er sicher einsam wäre, seine Frau vermißte? Aber gewiß gab es schon tausend Leute, die sich um ihn kümmerten. Nein, das ginge nicht. Er mußte sie öfter zu Gesicht bekommen, dafür mußte sie sorgen. Daß sie nur Nachtdienst hatte, war von Nachteil. Sie sah ihn nicht oft genug. Sie mußte sich darum kümmern, daß sie ihn öfter sah. Sie trank ihren Kaffee aus.

Nigel Denton betrat den Aufenthaltsraum der Assistenzärzte und sah sich um. Auf einer Fensterbank lag ein Stapel Zeitungen, auf dem Tisch sah er einen Berg von Fallberichten und daneben, aus irgendeinem Grunde, eine leere Eierschachtel. In der Ecke stand ein Fernsehgerät, und die Stühle waren wie Soldaten an den Wänden aufgereiht. Der Teppich hatte eine eigenartige braunrote Farbe, und die Wände waren rosa gestrichen. Der Anblick machte Nigel Denton leicht gereizt. Er ließ sich auf einen der Stühle sinken und fand ihn erstaunlich bequem. Dann bemerkte er neben dem Kamin, vor dem ein elektrischer Heizer mit künstlichem Holzeffekt stand, eine Klingel. Er betätigte sie. Ein wenig später erschien ein Gesicht in der Tür.
»Ja?«
»Ist es wohl möglich, eine Tasse Kaffee zu bekommen?« fragte Nigel. »Ich komme gerade von einer Operation...«

»Ja«, sagte das Gesicht und verschwand.
Er wartete, und es dauerte nicht lange, bis das Gesicht zurückkam, diesmal sah er den grünen Kittel, der dazugehörte. Ein Tablett wurde vor ihn auf den Tisch gestellt mit zwei großen Kannen darauf, einer mit Milch und einer mit Kaffee – beides erstaunlicherweise heiß – und einer Zuckerdose und Tasse mit Untertasse. Die Gestalt mit dem grünen Kittel war ohne ein Wort wieder verschwunden. Nigel goß sich Kaffee ein und verlängerte ihn mit der Milch.
Dieser Kerl, Sir James, dachte er und sah auf seine Uhr. Bis jetzt war noch keiner der Oberärzte erschienen, und es war immerhin halb zwölf. Wann fängt man denn in diesem Krankenhaus an zu arbeiten? Er zog eine schmale Flasche aus seiner Tasche und schüttete sich etwas Brandy in seinen Kaffee und schlürfte ihn genüßlich. In diesem Moment wurde die Tür aufgestoßen, und ein junger Arzt kam herein, das Stethoskop baumelte an seiner Kitteltasche. Auch er betätigte den Klingelknopf, dann schnupperte er in der Luft.
»Kaffee mit Brandy – das ist wohl ein neuer Sonderservice des Krankenhauses?« fragte er und sah Nigel an, wobei er eine Augenbraue komisch nach oben zog.
»Nein, ich habe mir selbst dazu verholfen. Ich hatte das Gefühl, ich brauche einen Schluck«, sagte Nigel defensiv.
»Nigel Denton, der neue Assistenzarzt in der Chirurgie.«
»Ja, ich weiß. Mein Name ist Hayward. George Hayward. Ich bin der Dienstarzt hier. Entsetzlicher Job. Von früh bis spät, manchmal die ganze Nacht durch, wie letzte Nacht.«
»Dr. Percival Whitehouse haben Sie sicher noch nicht kennengelernt?« fuhr er fort. »Beten Sie zu Gott, daß Sie das auch nicht tun werden. Er ist ein Narr, mein Chef, er denkt, er weiß alles. Wenn man ihn ließe, würde er immer noch Kaolin-Breiumschläge machen. Er wird bald fünfundsechzig, sieht aber aus wie achtzig. Ich weiß nicht, wann er sich zurückziehen wird. Ich hoffe, bald. Sie können einfach nicht aufhören, diese alten Herren. Sie wackeln immer weiter hier herum, und soviel ich weiß, tragen ein paar von ihnen in Plastiktüten eingewickelte Blutegel in ihren Hosentaschen herum.«
Zum ersten Mal an diesem Tage lachte Nigel Denton. Er hatte

das Gefühl, es gäbe auch eine komische Seite am Betrieb des St. Jude-Hospitals zu entdecken.
»Haben Sie noch etwas Brandy übrig?« fragte George. Nigel nickte und zog die Flasche aus seiner Tasche und goß einen Schuß in den Kaffee des Dienstarztes, den man ihm gerade hereingebracht hatte.
»Jetzt werden wir nach Alkohol stinken, wenn unsere Chefs hereinkommen«, sagte George fröhlich. »Und sie werden uns vorwerfen, Alkoholiker zu sein. Und die beste Antwort darauf ist die, die immer und überall die beste ist: ›Ja, Sir, Sie haben recht, Sir.‹«
Nigel lachte wieder. »Wird hier nachts viel operiert?« fragte er. »Und muß ich alle Nachtoperationen übernehmen?«
»Die meisten, mein Junge«, sagte George. »Und in diesem Krankenhaus nachts zu arbeiten ist die Hölle, und ich sag' Ihnen auch warum. Es ist wegen einer Person, genannt die Nachtaufsicht. Sie ist keine angenehme Dame. Sie ist eine Hexe. Und ich bin sicher nicht der einzige, der ihr mit Vergnügen den Hals umdrehen würde.«
»Die mit den blauen Augen?« fragte Denton.
»Kennen Sie sie schon?« fragte George, während er genüßlich seinen Kaffee schlürfte.
»Kaum«, sagte Nigel. »Ich bin ihr nur zufällig begegnet, als sie heute morgen das Krankenhaus verließ. Aber bestimmt werde ich sie heute nacht treffen, wenn irgend etwas anstehen sollte. Sie wirkte nicht gerade freundlich.«
»Nicht gerade freundlich«, George warf seinen Kopf zurück und lachte. »Sie werden sie heute nacht schon kennenlernen. Man erwartet von Ihnen, daß Sie um zehn Uhr eine Visite machen. Dann werden Sie sie kennenlernen, und ich wäre überrascht, wenn sie vor sinnlicher Begierde bewußtlos zu Ihren Füßen niedersinkt.«
»Sie meinen, ich bin nicht ihr Typ?« fragte Denton.
»Das nicht«, sagte George. »Darum geht's überhaupt nicht. Die ist hinter viel größeren Fischen her, als wir es sind.«

Vier Tage gingen vorüber, und Nigel lernte die verschiedenen Persönlichkeiten des St. Jude-Hospitals ein wenig besser kennen. Er traf seine beiden Chefs, Gordon Mayes und Sir James Hatfield. Gordon Mayes war ein noch recht junger

Oberarzt, der sich nur allmählich in seine neue Stellung einfand und sich offenkundig noch immer von Sir James eingeschüchtert fühlte. Beide konnten Privatpatienten ins Krankenhaus bringen. Und ohne Zweifel war Sir James Hatfield der Meister auf diesem Gebiet. Von den achtzehn Betten, die allen Chirurgen insgesamt zustanden, eingeschlossen den Mund-Nasen-Ohren-Ärzten, Gynäkologen und Orthopäden, gelang es Sir James normalerweise, mindestens acht Betten zu belegen; und oft genug schaffte er es sogar, dem wütenden Hals-Nasen-Ohren-Chirurgen noch ein zusätzliches Bett wegzuschnappen. Aber solche Praktiken waren nichts Ungewöhnliches, und Nigel kannte sie bereits von anderen Krankenhäusern her.
Erst in der dritten Nacht traf Nigel dann die berüchtigte und ungeliebte Miss Hughes. Er hatte die Tagesschwestern über sie reden gehört; eine attraktive Stationsschwester hatte ihn sogar gewarnt, sich vor ihr in acht zu nehmen; er fand das übertrieben. Er kannte schließlich genug Stations-, Ober- und sonstige Schwestern. Aber als er ihr dann gegenüberstand, wurde ihm klar, daß sie nicht zu den üblichen Kategorien gehörte.
Er hatte Glück gehabt. In den ersten zwei Nächten hatte man nicht nach ihm gerufen, und er hatte versucht, es zu vermeiden, Miss Hughes bei der Zehn-Uhr-Runde zu begegnen, die unvermeidlicher Bestandteil der Routine im St. Jude-Hospital war, wie er von George wußte. Die dritte Nacht verlief jedoch anders.
Die Bereitschaftsärztin der Chirurgischen Ambulanz, eine unscheinbare freundliche Frau, hatte ihn, als sie im Aufenthaltsraum gemeinsam Kaffee tranken, gefragt, ob es ihm möglich sei, sie eine Nacht in der Ambulanz zu vertreten. Sie wollte sich woanders bewerben. Und das Krankenhaus, in dem sie sich vorstellen wollte, lag so weit entfernt, daß sie nicht rechtzeitig am Abend ihren Dienst wieder antreten konnte. »Im St. Jude gefällt es Ihnen also nicht?« hatte Nigel gefragt.
»Nein, ich bin jetzt zwei Jahre hier, und das reicht. Zuviel Unangenehmes ist hier passiert. Hier werde ich es nie zur Stationsärztin bringen, und das möchte ich aber. Die Stelle, um die ich mich bewerbe, ist zwar auch keine Stationsarztstelle,

aber vielleicht gibt es dort Aufstiegschancen. Ich weiß nicht, wie ich es schaffen soll, dorthin zu fahren und rechtzeitig zurück zu sein – es sei denn, Sie übernehmen den Dienst für mich.«
Nigel nickte. »Natürlich werde ich ich das tun. Es wird mich nicht umbringen, ab und zu einmal rund um die Uhr zu arbeiten«, sagte er.
Die Ärztin bedankte sich erleichtert und strich sich dann müde das Haar aus der Stirn.
»Es war entsetzlich heute nacht«, erzählte sie ihm. »Und dann mußte ich mich noch mit dieser schrecklichen Nachtaufsicht herumstreiten. Es wurde ein Autounfall eingeliefert, große Aufregung! Vier Autos waren beteiligt, aber nicht allzu viele Verletzte, vier waren es – vier oder fünf; drei waren ernstlich zugerichtet, die anderen hatten kleinere Verletzungen. Aber sie muß dazu gerufen werden – nur um Bescheid zu wissen.«
»Ich hatte noch nicht das Vergnügen, die Dame kennenzulernen; ich habe sie nur einmal kurz gesehen, als sie aus dem Krankenhaus kam«, sagte Nigel. »Und ich kann nicht behaupten, daß ich mich darauf freue.«
»Nein, sie verdirbt das Arbeitsklima hier im Krankenhaus. Wenn so jemand Karriere macht, jemand, der keine Skrupel hat, dann wirkt sich das verheerend auf das Arbeitsklima aus. In ihren Berichten hält sie die kleinste Kleinigkeit über alles und jedermann fest.«
»Harte Worte«, sagte Nigel. »Ich habe schon gehört, daß sie ein kleiner Tyrann ist. Aber ist sie wirklich so schlimm?«
Die Ärztin nickte.
»Ja, sie ist so schlimm. Ich finde sie hinterlistig – wie ein schlüpfriger Aal kommt sie mir vor. Man weiß nie, was sie gerade denkt oder was sie als nächstes tun wird. Mich schwärzte sie eines Nachts bei Dr. Whitehouse an. Sie behauptete, ich hätte einen Patienten wieder nach Hause geschickt, der stationär hätte behandelt werden müssen.«
»Eine Krankenschwester, die eine Entscheidung des Arztes in Frage stellt? Das kann doch nicht wahr sein«, sagte Nigel.
Die Ambulanzärztin nickte.
»Doch. Ich schickte den Mann wieder nach Hause. Er hatte Schmerzen in der Brust. Ich machte ein EKG bei ihm und

konnte nicht das kleinste Anzeichen entdecken, das darauf hingewiesen hätte, daß es sich um das Herz handelte. Tatsache ist, daß der Vater des Mannes kurz zuvor an einem Herzinfarkt gestorben war. Wie dem auch sei – wir waren völlig überlastet in jener Nacht, überall waren Extrabetten aufgestellt –, und so ließ ich den Mann nach Hause gehen.«

»Passierte ihm irgend etwas?«

»Nein, nichts. Er war vollkommen in Ordnung, aber die liebe Miss Hughes schrieb deswegen einen Brief an Dr. Whitehouse.«

»Na und?« entgegnete Nigel. »Sie haben ihm doch gewiß einen Brief für seinen Hausarzt mitgegeben, oder nicht? Und damit waren Sie doch abgedeckt.«

»Ja und nein«, antwortete die Ärztin. »Ich hatte entschieden, daß die Brustschmerzen des Mannes nichts Ernstliches waren, aber niemand konnte wissen, ob er wirklich seinen Hausarzt aufsuchen würde. Ich sagte dem Patienten natürlich, daß er es tun solle, aber Sie wissen ja, wie die Leute sind. ... All das hat dazu geführt, daß ich von hier weg will und mir einen anderen Job suche. Manchmal denke ich jedoch ... es ist nur wegen Marion Hughes. – Schwach, nicht wahr?«

Ja, sehr schwach, dachte Nigel, aber er sagte es nicht. Er sagte nur: »Nein, überhaupt nicht. Ich habe schon einmal von einer Schwester gehört, die so etwas tat – die die Ärzte anschwärzte. Sie soll es nur wagen, so etwas mit mir zu tun.«

»Seien Sie vorsichtig, bei ihr weiß man das nie. Wie auch immer, die Notiz, die sie an Dr. Whitehouse schrieb, hatte sie in überaus gewählte Worte gesetzt. George Hayward hat sie mir gezeigt. Nebenbei, er ist ein Schatz. Haben Sie ihn schon kennengelernt?«

Nigel nickte. »Er ist ein netter Kerl. Was zum Teufel schrieb sie denn in dem Brief an Ihren Chef?«

»Irgend so etwas wie ... ›daß sie sich leicht beunruhigt fühle wegen des Patienten, der in der Nacht zuvor mit Schmerzen in der Brust in die Chirurgische Ambulanz eingeliefert worden sei. Nach ihrer langjährigen Erfahrung habe sie das Gefühl, es wäre besser gewesen, ihn zur Beobachtung dazubehalten. Denn schließlich komme es immer wieder vor, daß eine tragische Fehldiagnose gestellt würde, und die Verant-

wortung in solchen Fällen treffe natürlich immer den Chefarzt ... Und der gute alte Whitehouse ist zwar Chefarzt, aber nicht der stärkste aller Menschen. Er fiel drauf herein. Er ließ den Patienten noch einmal ins Krankenhaus rufen. Nun, es war alles in Ordnung. Ich hatte recht gehabt und sie unrecht, aber irgendwie bleibt doch der Eindruck hängen, daß sie recht hatte und sich Sorgen macht, und daß man selbst nicht sorgfältig genug war. Vielleicht glauben Sie, daß das lediglich Machtkämpfe unter Frauen sind. Aber Sie werden schon sehen.«
Nigel sollte es sehen – in jener dritten Nacht, in der er den Bereitschaftsdienst für die Ambulanzärztin übernahm.

Die Nacht verlief angenehm ruhig. Nigel hatte seine Zehn-Uhr-Runde beendet und sich dann entschlossen, in den Aufenthaltsraum zu gehen und abzuwarten, ob man nach ihm rufe. Er hatte in der Chirurgischen Ambulanz Bescheid gesagt, wo er zu finden sei. Einige Stunden lang blieb alles ruhig; er hatte es sich in einem der Sessel bequem gemacht und war gerade eingenickt, als das Telefon klingelte.
»Ein Autounfall, Doktor.« Die Schwester klang nicht besonders beunruhigt oder besorgt.
»Was ist passiert?« fragte er.
»Der Bursche ist offenbar ins Schleudern gekommen. Die Polizei hat ihn gleich herbegleitet. Getrunken hat er aber offensichtlich nicht. Sein rechtes Bein scheint gebrochen zu sein, so wie es aussieht – ein komplizierter Bruch.«
»In Ordnung. Ich komme sofort«, sagte Nigel.
Er ging hinunter in die Chirurgische Ambulanz. Im Wartesaal erblickte er die beiden Männer des Krankenwagens, die sich dort zu einem Schwätzchen niedergelassen hatten. Eilig ging er an ihnen vorbei in den Behandlungsraum, um sich den Patienten anzusehen. Der Mann war jung und kräftig, hatte aber offensichtlich starke Schmerzen. Nigel verlangte nach einem Beruhigungsmittel und legte vorsichtig das grüne Handtuch wieder über das verletzte Bein. Während die Schwester das Medikament holte, überflog er die Eintragungen auf dem Einlieferungsformular – George Howell, dreiunddreißig Jahre

alt, las er, und darunter die Adresse. Nigel verließ die Bettnische des Mannes und ging hinaus in den Warteraum, um mit den Männern des Krankenwagens zu sprechen. In diesem Moment öffneten sich die Plastiktüren, und Miss Hughes betrat den Raum.
»Guten Abend, Mr. Denton«, sagte sie, dann wandte sie sich an die Männer des Krankenwagens.
»Nun, was haben Sie uns gebracht?« fragte sie.
»Einen Autounfall, Miss«, sagte der ältere der beiden Männer.
»Aber nicht allzu ernst, er ist gegen einen Baum gefahren.«
»Alkohol?« fragte Marion Hughes.
»Nein, es sieht nicht so aus.« Der Mann schüttelte den Kopf.
»Wie konnte er dann gegen einen Baum fahren. Es ist doch kein Glatteis draußen, oder?«
»Nein, Rollsplitt, glaube ich. Sein Auto kam ins Schleudern und prallte gegen einen Baum. Es hat sich wirklich gelohnt – mit diesem Auto, ein neuer Rolls-Royce, was sagen Sie dazu? Wenn er mir gehörte, dann würde ich am Straßenrand sitzen und weinen, und mein Bein wäre mir egal.«
»Ein Rolls-Royce?« fragte Miss Hughes, plötzlich sehr interessiert. »Ich werde mit ihm sprechen, werde mich um den Patienten kümmern.«
Nigel Denton grinste. Dieses Syndrom war ihm nur allzugut bekannt: Krankenschwestern auf der Ausschau nach einem Patienten, bei dem es sich lohnte, ihm besondere Aufmerksamkeit zu schenken. Nun, der Mann dort drinnen hatte auf ihn nicht gerade wie der Besitzer eines Rolls gewirkt. Man würde ja sehen.
Marion Hughes ging hinüber zum Behandlungsraum. Nigel folgte ihr. Sie stellte sich dicht an die Liege, auf der der Patient darauf wartete, daß man ihn zur Röntgenaufnahme und dann auf eine der Stationen brächte. Die Schwester war gerade dabei, ihm eine Tetanusspritze und ein Beruhigungsmittel, das Nigel veordnet hatte, zu geben.
»Guten Abend, Mr. Howell.« Marion Hughes' Stimme klang liebenswürdig. Die Schwester sah auf, begegnete Nigels Blick und schnitt eine Grimasse. Auch sie kannte dieses Spiel.
Auf der Liege nebenan entdeckte Nigel Mantel und Hut. Eine Chauffeursuniform – stellte er mit Vergnügen fest. Vorsichtig zog er den Bettvorhang ein wenig weiter zu, so daß Marion

Hughes die Uniform nicht sehen konnte und keinen Grund hatte, ihr charmantes Geplauder zu unterbrechen.

»Es tut mir leid, daß Ihnen das passieren mußte. Die Männer des Krankenwagens haben mir gerade erzählt, welch schönes Auto Sie haben. Solch ein Pech. Und Ihr Bein...« Sie sah zu Nigel auf.

»Gebrochen. Ich fürchte, er wird hierbleiben müssen.« In seinen Augen glimmte es spöttisch, was er jedoch zu verbergen versuchte. Aber Marion Hughes bemerkte es und blickte ihn mißtrauisch an. Dann antwortete der Mann auf der Liege.

»Mein Auto?« sagte er. »Es gehört meinem Boss. Ich wollte es gerade zu ihm nach Hause fahren.«

»Ich verstehe.« Marion Hughes' Haltung wurde plötzlich sehr steif. Sie schob den Vorhang beiseite; sie hatte gesehen, wie Nigel ihn zugezogen hatte. Und er wußte, daß ihr klar war, daß er es getan hatte, um die Chauffeursuniform zu verbergen. Marion Hughes trat aus der Bettnische heraus und verließ die Chirurgische Ambulanz ohne ein weiteres Wort.

»Ein Punkt für mich«, murmelte er vor sich hin. ›Aber die Retourkutsche wird gewiß nicht lange auf sich warten lassen‹, fügte er in Gedanken hinzu.

Einige Nächte später saß Marion Hughes in ihrem Büro. Sie hatte den Bericht der Nacht noch einmal überflogen und starrte vor sich hin; sie fragte sich, wie lange es wohl dauern würde, bis sich die Gelegenheit ergab, die sie herbeiwünschte.

Es war ungewöhnlich, daß noch kein Fall eingeliefert worden war, der es erforderte, nach einem der Oberärzte zu rufen. Um das gebrochene Bein hatte sich der orthopädische Chirurg gekümmert, aber für den interessierte sie sich nicht. Es mußte Sir James Hatfield sein, er und kein anderer. Sie war fest entschlossen, aber gleichzeitig hatte sie ein wenig Angst vor ihrer Entschlossenheit – Angst, zurückgewiesen zu werden. Während sie ihren Gedanken nachhing, wurde ihr plötzlich klar, daß genau dies der wunde Punkt bei ihren Schwierigkeiten mit Männern war: ihre Angst vor Zurückweisung. Sie lächelte vor sich hin und überlegte, wie die Psychiater das wohl erklären würden. Vielleicht mit einer »überdominanten« Mutter. Nun, das war nicht ganz falsch. Sie war überdominant gewesen, ihre Mutter; von ihr fortzukommen und die Krankenschwesterausbildung zu beginnen, hatte eine große Befreiung bedeutet.

Das Telefon unterbrach ihre Gedanken. »Miss Hughes?« Es war die Nachtschwester der Chirurgischen Ambulanz, ein unscheinbares Mädchen, das Angst vor Miss Hughes und ihrer Kritik hatte und ständig bemüht war, keine Fehler zu machen.

»Es wurde gerade eine Patientin eingeliefert, Miss Hughes. Die Ärztin, Miss Creasey, glaubt, daß ihre Milz gerissen ist. Sie hat einen recht schweren Schock und muß sofort auf die chirurgische Frauenstation verlegt werden. Sie hatte einen Autounfall.«

»Nun, Schwester, dann ist ja alles klar, oder gibt es irgendein Problem? Gewiß...« Marion Hughes' Stimme hatte den üblichen verächtlichen Unterton, und am Ende des Satzes zog sie ihre Stimme noch weiter nach oben als gewöhnlich.

»Oh, nein, Miss Hughes«, fuhr die devote Stimme fort. »Ich komme natürlich zurecht. Es ist nur, der Name der Dame ist« – sie machte eine Pause, um die Wirkung ihrer Worte zu verstärken – »es ist Lady Marshall, und ich dachte – nun – ich fragte mich, ob man sie auf die chirurgische Frauenstation bringen soll, oder ob Sie es für besser halten, die Patientin auf der Privatstation unterzubringen. Ich wollte nicht einfach... Was meinen Sie, Miss Hughes? Ich hielt es für besser, Ihnen die Entscheidung zu überlassen.«

»Ich komme sofort hinunter in die Ambulanz.« Marion Hughes legte den Hörer entschlossen auf. Vielleicht war dies die Gelegenheit, auf die sie hoffte. Sie blickte kurz auf ihre Wandtafel, um zu sehen, welcher der Oberärzte heute in Rufbereitschaft war. Es war Gordon Mayes. Nun, dieses Problem war leicht zu lösen, sofern diese Närrin Creasey nicht schon Nigel Denton alarmiert hatte, sondern nur die Station und den OP. Sie war sicher, daß Nigel Denton problemlos mit einer gerissenen Milz fertig würde, aber wenn sie es verhindern konnte, würde er nicht die Gelegenheit dazu bekommen.

Sie betrat die Chirurgische Ambulanz, die Plastiktüren des Warteraums schwangen hinter ihr zu. Im Wartesaal saß ein

Paar; der Mann hatte einen Verband um seinen Finger, durch den das Blut durchsickerte. Miss Hughes stieß die Tür zum Behandlungsraum auf und bemerkte dabei, daß die weiße Farbe mit schwarzen Fingerabdrücken bedeckt war; in ihrem Hinterkopf hielt sie fest, daß dies morgen früh in ihrem Bericht erscheinen würde.

»Die Chirurgische Ambulanz ist die Visitenkarte eines Krankenhauses. Und ich meine doch, daß die Stationsschwester darauf sehen sollte, daß alles makellos ist.« So ungefähr würde sie es ausdrücken. Man würde schon merken, daß ihr nichts entging.

Sie schloß die Tür des Wartesaals hinter sich und betrat den Behandlungsraum. Die Schwester stand dort und blickte ihr entgegen; ihre Mundwinkel hatten sich vor Aufregung nach unten verzogen, dann sagte sie: »Ich hoffe, es war richtig so, Miss Hughes. Ich wollte Sie natürlich nicht unnötig herbemühen, aber ich dachte...«

»Sie haben völlig richtig gehandelt«, sagte Miss Hughes, blickte der Schwester kurz ins Gesicht und lächelte sie mit zusammengepreßten Lippen an. Sie hatte in der Tat das Richtige getan, und vielleicht würde sie es noch einmal tun müssen, damit sich die Umstände so fügten, wie Miss Hughes es sich wünschte. Aber Marion Hughes hoffte, daß es schon heute soweit wäre. Sie würde sich dieser Schwester mit Wohlwollen erinnern, wenn es darum ginge, ihr Verhalten während des Nachtdienstes zu beurteilen.

»Überlassen Sie alles mir, ich werde mich darum kümmern. Hat man dem Arzt schon Bescheid gesagt? Noch nicht?«

»Nein, noch nicht, Miss Hughes. Miss Creasey sagte, ich solle Mr. Denton rufen...«

»Aber Sie haben es noch nicht getan, Schwester? Gut. Dann rufen Sie Sir James Hatfield an.«

»Ich, Miss Hughes?« Die Schwester klang entsetzt. Es war nicht üblich, daß eine Schwester mit einem der Oberärzte telefonierte. Das war Aufgabe des Bereitschaftsarztes in der Chirurgischen Ambulanz. Aber heute entschied Miss Hughes.

Sie ging hinüber zur Bettnische, wo die Patientin gerade untersucht wurde. Sie sah eine Frau mittleren Alters. Sie war sehr blaß und sah ängstlich in das Gesicht der Ärztin über ihr.

Miss Creasey versuchte offensichtlich, sie zu beruhigen und wandte sich überrascht um, als Marion Hughes näher kam. Es war nicht die Zeit für eine ihrer Runden, und die Ärztin wunderte sich, wie sie von der Einlieferung der Patientin wissen konnte. Dann zuckte es durch ihren Kopf: die Schwester. Sie selbst hatte die Schwester gebeten, Denton anzurufen, aber sie hatte mit Miss Hughes telefoniert. Offenbar gab es ein geheimes Einverständnis zwischen den beiden.
»Ich habe Lady Marshall gerade erklärt, daß wir sie in die Chirurgie verlegen müssen«, sagte sie und betrachtete aufmerksam Marion Hughes' Gesicht.
Marion Hughes zog die Ärztin beiseite, und die Schwesternschülerin, die abseits der Liege gestanden hatte, ging zur Patientin hin und nahm deren Hand in die ihre.
»Kann ich ein Wort mit Ihnen sprechen?« sagte Marion Hughes sanft. Sie gingen weiter bis zu dem kleinen Vorraum. »Da die Patientin eine adelige Dame ist, sollten wir ihr vielleicht den Privatflügel vorschlagen; und das bedeutet, daß wir einen der Oberärzte herbeirufen müssen, wie Sie wissen.«
»Oh, natürlich. Daran hatte ich nicht gedacht. Ich habe mir eigentlich mehr Sorgen um den Zustand der Patientin gemacht«, sagte Miss Creasey.
»Selbstverständlich. Das macht gar nichts. Ich habe die Schwester beauftragt, Sir James Hatfield anzurufen.«
»Aber er ist heute nicht in Rufbereitschaft, sondern Dr. Mayes«, sagte Miss Creasey schnell.
»Ach, wußten Sie das nicht? Dr. Mayes hat eine Einladung zum Dinner, und Sir James vertritt ihn.«
»Nein, das wußte ich nicht«, sagte die Ärztin, und ihre Stimme klang ungläubig. Dieses Spiel war ihr schon oft begegnet, aber noch nie so unverfroren. In dem Krankenhaus, in dem sie früher gearbeitet hatte, war sie dahintergekommen, daß eine der Schwestern, immer wenn ein Notfall eingeliefert wurde, nach demselben Chirurgen rief – gleichgültig ob er Rufbereitschaft hatte oder nicht, so daß dieser Arzt in den Genuß aller Honorare kam. Aber dies hier – das war zu viel.
»Nun«, sagte Miss Hughes leichthin. »Er kann schließlich nicht jeden informieren, wenn er einmal zum Abendessen eingeladen wird. Vielleicht hielt man es nicht für wichtig, Ihnen Bescheid zu sagen.«

Jane Creasey fühlte, wie ihr das Blut in die Wangen schoß. Sie wollte gerade etwas erwidern, als die Schwester vom Telefonieren zurückkam.
»Sir James sagt, er wird jede Minute hiersein, Miss Hughes«, berichtete sie und blickte ängstlich zu der Ambulanzärztin hin.
»Ist es nicht Aufgabe des für die Chirurgische Ambulanz verantwortlichen Arztes, den Chirurgen anzurufen, Schwester?« sagte Miss Creasey ärgerlich. Die Schwester sah fragend zu Miss Hughes auf, so als suche sie Schutz bei ihr, und sie bekam ihn.
»Ja, gewiß. Die Schwester war sicher ein wenig überbesorgt«, sagte Miss Hughes, und dann an diese gewandt: »Gehen Sie jetzt hinüber zur Patientin, Schwester.« Die Schwester schlängelte sich hastig an ihnen vorbei; sie witterte die Spannung in der Luft und hatte es eilig, zurück zur Bettnische von Lady Marshall zu kommen.
»Vielleicht möchten Sie Sir James jetzt anrufen? Ich bin sicher, daß er das zu schätzen wüßte – falls er sich nicht schon auf den Weg gemacht hat. Es tut mir leid, daß die Schwester ein wenig voreilig war. Sie ist eine etwas ängstliche junge Frau, nicht wahr?« Miss Hughes' Stimme klang herausfordernd. Die Blicke der beiden Frauen begegneten sich.
»Oder war es vielleicht so, daß Sie sie beauftragten, Sir James anzurufen?« Miss Creaseys Stimme zitterte vor Wut.
»Wollen Sie damit andeuten, daß ich versuche, Sir James Hatfield Privatpatienten zu beschaffen? Das wäre in der Tat eine sehr ernsthafte Beschuldigung.« Die kalten blauen Augen hatten sich auf das Gesicht der Ärztin geheftet; der schöne Mund war fest zusammengepreßt, wie eine Falle.
»Nein, ich will überhaupt nichts andeuten. Ich will nur sagen, daß . . .«
Die Tür zum Warteraum öffnete sich, und ein Patient steckte seinen Kopf durch die Tür. »Muß ich noch lange warten? Ich sitze schon seit einer halben Stunde hier, und mein Finger blutet immer noch.«
»Nein, natürlich nicht. Ach ja, Ihr Finger. Hat die Schwester Ihre Daten aufgenommen?« Der Mann nickte. Und Miss Hughes fuhr beflissen fort:
»Kommen Sie mit, gehen Sie vor zum Schreibtisch der Ärztin.

Ich bin sicher, sie hat jetzt Zeit für Sie.« Dann ging sie zum Telefon und wählte.
»Privatflügel?« sagte sie. »Wir werden Ihnen eine Patientin hochschicken. Lady Marshall. Wahrscheinlich wird sie sofort operiert werden müssen. Wir haben Sir James benachrichtigt.«
Sie legte den Hörer auf und drehte sich zu Dr. Creasey um, aber Dr. Creasey schenkte ihr keine Aufmerksamkeit mehr; es ist sinnlos, dachte sie. Und Marion Hughes wußte, daß sie das dachte.
Wieder wandte sich Marion Hughes zum Telefon, diesmal um den OP anzurufen und Nigel Denton vorzuwarnen, daß er Sir James würde assistieren müssen.
»Nun, dann sehen wir uns mal diesen Finger an«, sagte Dr. Creasey resigniert.
Marion Hughes' Gesicht entspannte sich. Sie ging durch die Chirurgische Ambulanz und rief: »Schwester, kommen Sie, und helfen Sie der Ärztin. Schwester George kann unterdessen bei Lady Marshall bleiben.« Dann ging sie hinüber zur Bettnische und sah in das weiße Gesicht der Frau, das ihr entgegenblickte. »Ich habe es arrangiert, daß Sie in den Privatflügel verlegt werden. Das ist doch gewiß in Ihrem Sinne.«
Lady Marshall nickte. »Ja, natürlich«, sagte sie schnell. »Ich würde nicht gern in einem großen Krankensaal liegen.«
»Das dachte ich mir. Ich habe den Oberarzt angerufen, er wird gleich hiersein und nach Ihnen sehen.« Sie drückte Lady Marshalls Hand beruhigend. »Die Schwester wird bei Ihnen bleiben und Sie dann zum Privatflügel hochbringen. Und ich werde in wenigen Minuten wieder bei Ihnen sein und Sie begleiten.«
Lady Marshall nickte dankbar und blickte Marion Hughes' sich entfernender, gutgewachsener Gestalt nach. Sie hob ihre Augen zu der neben ihr stehenden Schwester auf. »Welch reizende Person«, sagte sie. »So beruhigend und tüchtig.« Die Schwester nickte und lächelte die Patientin an und enthielt sich jeden Kommentars.
Marion Hughes verließ die Chirurgische Ambulanz mit entschlossenem Schritt. Sie würde zum Privatflügel hochgehen und sich selbst darum kümmern, daß man das Zimmer für Lady Marshall ordentlich herrichtete. Dann würde sie in die

Ambulanz zurückkehren und Lady Marshall hochbegleiten. Als sie den Korridor entlang ging und sich der Treppe zuwandte, fühlte sie einen ungewohnten Anflug von Nervosität. Was ihre beruflichen Fähigkeiten betraf – ihr Auftreten gegenüber der Patientin, dem OP und der Station –, hatte sie keine Zweifel an sich selbst; aber was ihre Fähigkeit betraf, Sir James als Frau gegenüberzutreten, ihn dazu zu bringen, sie als begehrenswerte Frau zu betrachten, da fühlte sie sich nicht so sicher.

Um eines mußte sie sich unbedingt kümmern. Sie hastete die Treppen hoch zu ihrem Büro, hob den Hörer ab und verlangte eine Außenleitung. Automatisch blickte sie auf ihre Uhr. Sie hoffte, daß Dr. Mayes noch nicht schlafen gegangen war.

»Hier Mayes«, seine Stimme klang hellwach und munter übers Telefon.

»Hier ist die Nachtaufsicht vom St. Judes. Ich hoffe, ich habe Sie nicht geweckt, Dr. Mayes.«

»Nein, ich habe noch gelesen, wollte gerade ins Bett gehen. Was gibt's?« Seine Stimme klang liebenswürdig.

»Nun, Miss Creasey, der Bereitschaftsärztin in der Chirurgischen Ambulanz ist ein Fehler unterlaufen. Sie hat die Rufbereitschaftsliste falsch gelesen – und wir haben einen Autounfall hier – innere Verletzungen –, und sie hat Sir James benachrichtigt. Ich habe sofort versucht ihn zurückzurufen, und ihn daran zu hindern herzukommen. Aber unglücklicherweise war er schon unterwegs.«

»Nun, das war wirklich ungeschickt. Die Listen sind doch deutlich genug.« Gordon Mayes' Stimme klang immer noch liebenswürdig, er war ein unkomplizierter Mensch.

»Nun ... so etwas passiert eben hin und wieder einmal. Miss Creasey ist nicht immer ... aber dazu sollte ich mich wohl nicht äußern.« Miss Hughes ließ ihre Stimme leicht und warm klingen. »Wir alle machen einmal einen Fehler.«

»Ja, gewiß, aber eigentlich verstehe ich es nicht ... nun, macht nichts. Wenn Sir James verärgert sein sollte, sagen Sie ihm, daß ich ein andermal die Rufbereitschaft für ihn übernehme.«

»Das ist nett von Ihnen, Dr. Mayes«, sagte Marion Hughes. »Ich danke Ihnen für Ihr Verständnis. Ich bin sicher, Sir James wird es auch verstehen.«

»Aber ich hoffe doch, daß er ein Wörtchen mit Creasey reden wird«, sagte Dr. Mayes; seine Stimme klang nun ein wenig ungehalten.
»Oh, das wird er sicher«, sagte Marion Hughes.
»Also, gute Nacht, Dr. Mayes«, und sie legte den Hörer sanft auf die Gabel.

Das Nachtpersonal im OP war bereits vorgewarnt und hatte mit den üblichen Vorbereitungen begonnen. Die OP-Schwester tätigte die erforderlichen Telefonanrufe: sie rief den Chefanästhesisten an; dann benachrichtigte sie Nigel Denton, der assistieren sollte, dann den Privatflügel, um sicherzugehen, daß man dort informiert war – diese Doppelkontrolle gehörte zur Routine des St. Jude-Hospitals –, und schließlich den Hilfspfleger des OP.
Die OP-Lampe war eingeschaltet. Der elektrische Sterilisator war in Betrieb gesetzt für den Fall, daß dringend zusätzliche Instrumente gebraucht wurden, obgleich der OP-Wagen mit seinem Aufgebot an Instrumenten schon bereitstand und im richtigen Moment lautlos aus der Sterilisierschleuse hereingerollt käme.
Die OP-Schwester ging hinüber in ihr Büro, um sich fertigzumachen. Das Telefon klingelte. »Hier ist Miss Hughes, Schwester. Ich werde heute Sir James als Erste OP-Schwester assistieren.«
Einen Moment lang herrschte völlige Stille. »Darf ich fragen, warum?« sagte die OP-Schwster.
»Ja, das dürfen Sie. Es handelt sich um einen wichtigen Fall, und Sie wissen, daß meine OP-Erfahrung ebenso groß ist wie die Ihre. Und ich möchte meine Kenntnisse auf dem laufenden halten. Deshalb werde ich Sir James assistieren.«
»Aber Miss Hughes...«, die aufgebrachte OP-Schwester konnte kaum sprechen. Am anderen Ende ertönte ein Klikken; und sie stand dort, mit dem Hörer in der Hand und einem Ausdruck schierer Rage im Gesicht.
»Diese Frau«, murmelte sie vor sich hin. »Nun, dann muß ich wohl heute das Laufmädchen spielen. Was zum Teufel will sie nur von ihm? Was soll das?« Sie fuhr fort, sich ihre OP-Klei-

dung anzulegen. Heute würde sie also Zweite OP-Schwester sein, hin und her laufen müssen für Sir James und Marion Hughes; aber lieber das, als sich ganz verdrängen zu lassen. Sie verließ ihr Büro und sagte den beiden Schülerinnen, daß sie heute die zweite Geige im OP spielen würde.
»Miss Hughes wird heute Erste OP-Schwester sein. Also passen Sie beide gut auf, daß alles glatt läuft.«
»Es läuft doch immer alles glatt, Schwester«, sagte eine der Schülerinnen trotzig, und die OP-Schwester schloß sie insgeheim ins Herz bei diesen Worten.
»Ich weiß.« Sie zögerte, weiterzusprechen. Doch ihr Puls schlug schneller vor unterdrücktem Ärger, und sie wußte, daß es ihr sehr schwerfallen würde, sich zu beherrschen, wenn sie Miss Hughes schließlich im OP gegenüberstünde.

Bis zu Hiram Jones war es inzwischen durchgedrungen, daß eine Patientin eingeliefert worden war und daß Miss Hughes alles an sich gerissen hatte, die Bereitschaftsärztin in der Ambulanz vor den Kopf gestoßen und die OP-Schwester verärgert hatte, um selbst Sir James zu assistieren, der dazu noch nicht einmal der Chirurg in Rufbereitschaft war.
Das bedeutet, dachte Hiram Jones, daß sie ihre Zwei-Uhr-Runde wird ausfallen lassen müssen. Gott sei Dank, flüsterte er. Ein bißchen Frieden! Und er beschloß, in die Küche hinunterzugehen, ein paar Kartoffeln zu holen und sich Spiegelei mit Pommes frites zu braten. Wenigstens eine kleine erfreuliche Aussicht! Es war ein schrecklicher Tag gewesen.
An Tabletten heranzukommen wurde immer schwieriger. Die alten Männer wurden unleidlich, wenn sie ihre Schlafpillen nicht bekamen. Und einer hatte sich bereits bei Miss Hughes beschwert – dieser alte Teufel Machin, natürlich. Wenn jemand nachts klingelte, dann war es Machin; wenn sich jemand bei Miss Hughes beschwerte, daß er die ganze Nacht kein Auge zugetan habe, war es Machin; und es war Machin, der die anderen aufweckte und störte. Gestern nacht, oder vielmehr gestern morgen, hatte er Miss Hughes geschworen, daß man ihm seine Schlaftabletten nicht gegeben habe. Hi-

ram hatte sich verteidigt: »Er vergißt vieles, sein Gedächtnis läßt immer mehr nach.«
Der alte Machin hatte ihn gehört und ihm nachgerufen: »Nicht so wie Ihres. Sie haben mir keine einzige gegeben. Ich weiß es, wenn ich welche bekomme, Miss.«
Miss Hughes hatte Hiram fest ins Gesicht geblickt und dann gesagt: »Er ist doch einer der wenigen alten Herren, die noch Nembutal bekommen, nicht wahr?« Hiram hatte kläglich genickt. Vielleicht wird John bald ohne seine Pillen auskommen müssen, wenn mir kein anderer Weg einfällt, als sie von den Patienten abzuzweigen, dachte er.
In diesem Moment hörte er eine Klingel aus dem Bettensaal. Hiram fluchte leise.
»Ich wette, es ist Machin«, murmelte er. Aber es war nicht Machin, sondern ein anderer alter Mann ganz hinten im Krankensaal.
»Ich hab' Schmerzen auf der Brust«, sagte er und blickte Hiram vorwurfsvoll an.
Schmerzen in der Brust – so etwas durfte man nicht ignorieren. Hiram Jones klopfte ihm beruhigend auf die Hand und sagte: »Wo genau tut es weh?« Der alte Mann machte mit seiner welken Hand eine Bewegung über seine Brust bis hin zum linken Arm. Mehr brauchte Hiram nicht zu wissen. Er schaltete das rote Licht über dem Bett des Mannes aus und das blaue Nachtlicht ein. Dann durchquerte er mit schnellen, leichten Schritten den Krankensaal bis zum Telefon und wählte.
»Dr. Patel«, sagte er. »Ich glaube, es ist besser, Sie kommen hoch und sehen sich einen unserer alten Herren hier an. Er hat Schmerzen in der Brust und im linken Arm, er ist achtzig, aber trotzdem...«
Die asiatische Stimme an anderen Ende willigte sofort ein. Hiram legte den Hörer nieder, rollte das EKG-Gerät neben das Bett des alten Mannes und zog vorsorglich die Bettvorhänge zu. Nun, nichts mit Pommes frites und Spiegeleiern, dachte er.

Auch Schwester Carmichael in der Kinderstation hatte die Neuigkeiten gehört. Nachrichten verbreiten sich schnell in einem Krankenhaus. Eine Schwesternschülerin hatte es ihr in der Pause erzählt und natürlich maßlos übertrieben. »Sie haben sich fürchterlich gestritten. Man konnte sie über den ganzen Flur hinweg hören, Creasey und die Hughes...« Es war eine angenehme Unterbrechung der Nacht gewesen, und Schwester Carmichael war sehr befriedigt.
Sie empfand dasselbe wie Hiram: keine Zwei-Uhr-Runde. Gott sei Dank. Sie würde ruhig an ihrem Schreibtisch sitzen können – falls nicht einer der kleinen Bastarde zu schreien anfing. Nach der Pause kehrte sie auf ihre Station zurück und fühlte sich so glücklich wie schon seit vielen Nächten nicht mehr. Sie lächelte sogar der Schülerin zu, als sie sie in die Pause entließ.
»Irgendwelche Probleme?« fragte sie.
»Nein«, die Schülerin schnappte nach ihrem Mantel. »All unsere lieben Kleinen sind so still wie die Mäuschen, aber jetzt, wo Sie zurückgekommen sind, kann ich natürlich für nichts mehr garantieren.« Sie zwinkerte Schwester Carmichael ein wenig maliziös zu und entschwand durch den Korridor.
Oh, wie dieses Mädchen zu sein, dachte Carmichael. Wäre ich doch wie sie! Sie schert sich keinen Deut darum, ob sie irgendwann einmal einen Stationsschwesterposten bekommt oder nicht. Sicher hat sie unzählige Boyfriends und würde genausogut irgendeinen Job bei Woolworth machen – ihr ist es gleichgültig. Wenn man so ist wie sie, lebt sich's leicht.
Nachdem sie kurz in die kleinen Betten geblickt hatte, ob auch wirklich alles ruhig war, setzte sie sich an ihren Schreibtisch. Der kleine Asthmatiker war inzwischen nach Hause entlassen worden. Sein schwerer Atem würde die Nacht nicht mehr stören. Kaum hatte sie sich jedoch gesetzt, als sie das vertraute Geräusch aus dem Säuglingstrakt hörte. Resigniert seufzte sie, schritt den Saal hinab und ging hinüber zum Säuglingstrakt. Das Baby hatte seinen Mund schon weit geöffnet, und in dem Moment, als sie es hochnahm, brach es in Geschrei aus. Es war naß. Sie nahm ihm die Windeln ab, ließ sie in den Eimer neben dem Wickeltisch fallen, wusch und puderte den Po des Säuglings, der nicht aufhörte zu schreien.

Nachdem sie das Baby trockengelegt hatte, wiegte sie es einen Moment lang in ihren Armen. Es hatte seine geröteten Augen geöffnet und blickte sie an. Nun schrie es nicht mehr. Es war ein Mädchen. Während sie es betrachtete, fragte sie sich: wird es einmal zu einer Schwester Carmichael heranwachsen, oder wird es eine Miss Marion Hughes werden? Der Himmel mag es wissen, dachte sie; aber kein Gefühl von Wärme für das kleine Bündel in ihren Armen stieg in ihr auf. Gewiß, jetzt war es noch ein verletzliches Wesen, aber niemand konnte wissen, ob es nicht zu jemand heranwachsen würde, der nur darauf aus war, einem zu schaden und weh zu tun. Am besten wäre es, dem jetzt schon vorzubeugen, ehe es irgendwelchen Schaden anrichten konnte. Plötzlich erschrak sie vor ihren Gedanken. Hastig legte sie das Kind zurück in sein Bettchen. Es blieb still und schlief sofort ein.

George Hayward war nach einem erschöpfenden Tag in tiefen Schlaf gefallen, als das Telefon zu läuten begann. »Verdammt«, fluchte er, während er versuchte, wach zu werden. Es war Dr. Patel.

»Ich habe einen Fall hier auf der Altenpflegestation, ganz sicher bin ich mir nicht, Doktor«, sagte er. »Er hat Schmerzen in der Brust... Ich dachte, vielleicht ist es besser, Sie kommen hoch und sehen ihn sich einmal an.«

George richtete sich mühsam im Bett auf.

»Warum zum Teufel können Sie sich nie entscheiden, um was es sich handelt! Sind Sie sicher, daß es nicht sein Blinddarm ist?« sagte er ärgerlich, immer noch verschlafen.

Dr. Patel murmelte ein paar entschuldigende Worte, aber er klang sehr besorgt.

»Okay. Okay«, sagte George beschwichtigend. »Ich komme. Aber lassen Sie die Gäule nicht mit sich durchgehen. Übereilen Sie nichts. Ich bin sofort oben.«

Patel tat ihm leid. Es mußte die Hölle sein, in einem Land zu arbeiten, wo einem alles – bis hin zur Sprache – immer fremd bleiben würde. Er schwang seine Beine über die Bettkante, zog seine Hosen über die seines Pyjamas und streifte sich einen Wollpullover über den Kopf. Er blickte auf den kleinen

Reisewecker neben seinem Bett. Halb zwei. Nun, in einer Stunde wird wohl alles erledigt sein und ich wieder in meinem Bett liegen, sagte er zu sich selbst.
Er verließ den Ärztewohntrakt und durchquerte den Garten; plötzlich fiel sein Blick nach unten, und er bemerkte, daß er noch seine Pantoffeln trug. Hoffentlich läuft mir Marion Hughes nicht über den Weg, dachte er. Ihren wachsamen Augen würde so etwas nicht entgehen, und zweifellos würde sie sich auch eine ihrer netten kleinen Bemerkungen nicht verkneifen können – »wirklich, Herr Doktor, Sie sollten sich Ihre Sachen bereitlegen, für den Fall, daß Sie nachts gerufen werden« – so etwa würde sie sich ausdrücken. Entsetzliche Frau.
Er betrat das Krankenhaus und eilte die Treppen zur Altenpflegestation hoch. Er benutzte nicht den Lift, denn das wurde nachts nicht gern gesehen. »Der Lärm, wissen Sie« – auch eine der kleinen Bemerkungen von Miss Hughes – »er stört die Patienten.« Diese Frau, sie tut, als gehöre das Krankenhaus ihr, mit allem und allen die darin sind!

Sir James Hatfield war früh zu Bett gegangen; als das Telefon neben seinem Bett klingelte, kämpfte er sich aus seinem unruhigen Schlaf hoch. Seit seine Frau gestorben war, mußte er es selbst beantworten. Sie war immer die erste gewesen, die aufgeschreckt war und den Hörer abgenommen hatte; dann hatte sie ihn sanft berührt und gesagt: »Jimmy, das Krankenhaus.«
Dann war sie aufgestanden und hinunter in die Küche gegangen, um ihm einen Kaffee zu kochen. Er vermißte sie auf eine sehr verhaltene Art – aber schließlich war sie auch eine sehr verhaltene Frau gewesen. Sein Aufstieg zum Oberarzt und dann die Verleihung seines Titels hatten schwer auf ihren Schultern gelastet; die mit dem neuen Prestige verbundenen gesellschaftlichen Verpflichtungen hatten sie überfordert. Er wußte es, vielleicht hatte er ihr nie genug dafür gedankt. Nun, ihr Tod war jedenfalls ein Schock gewesen.
Er versuchte, den Hörer in die richtige Lage zu bekommen, und schließlich murmelte er in die Muschel: »Sir James Hatfield, ja bitte?«

Eine Schwester war am anderen Ende. Ein Anflug von Zorn überkam ihn. Wie kam eine Schwester dazu, ihn anzurufen?
»Wir haben einen Notfall hier, Sir. Miss Hughes bat mich, Sie anzurufen.« Die Stimme klang entschuldigend, aber gleichzeitig selbstsicher. Sie fuhr fort: »Eine Lady Marshall wurde eingeliefert. Miss Hughes ist der Meinung, man sollte sie auf die Privatstation legen. Wir haben der Patientin gesagt, daß sie hierbleiben muß, und sie möchte ... privat behandelt werden.«
»Was fehlt ihr, Schwester?« Sir James wußte, daß er dies nicht die Schwester hätte fragen sollen, sondern den Arzt. Aber allmählich dämmerte ihm, warum man ihn gerufen hatte. Er wußte sehr wohl, daß er heute nacht keine Rufbereitschaft hatte. Miss Hughes mußte ihre Hand im Spiel haben.
»Dr. Creasey glaubt, daß ihre Milz gerissen ist.«
»In Ordnung, Schwester, danke. Ich komme sofort«, sagte Sir James automatisch. Er legte den Hörer zurück auf die Gabel, dann ließ er seinen Kopf einen Moment auf der Holzeinfassung des Doppelbettes ruhen.
Lady Marshall. Er kannte sie nicht, aber ein Titel bedeutete immer Geld. Dann dachte er über Marion Hughes nach. Wie hatte sie die Tatsache umgehen können, daß er keine Rufbereitschaft hatte? Nun, er würde es in Erfahrung bringen. Auch sie ging offenbar davon aus, daß Lady Marshall Geld hatte; vielleicht hatte sie sich sogar Gewißheit verschafft – sich ihr Auto angesehen, ihre Kleider. Marion Hughes war schlau, daran bestand kein Zweifel. Aber selbst er hatte sich schon oft getäuscht. Patienten kannten viele Schliche, sich ums Bezahlen des Chirurgenhonorars zu drücken; sie ließen sich als Kassenpatient operieren, und dann erst verlangten sie, auf den Privatflur verlegt zu werden. Er kannte ihre kleinen Tricks, jeden einzelnen.
Sir James schlug die Bettdecke zurück und stand auf. Er hoffte, daß Marion Hughes sich nicht irrte. Er ließ sich nicht gern mitten in der Nacht wecken, wenn doch der neue Mann, wie hieß er noch, Denton, den Fall ohne weiteres selbst übernehmen konnte. Aber wenn ein gutes Honorar drin war, dann wollte er sich nicht beschweren.
Er kleidete sich schnell an, jedoch ohne Hast. Er betrachtete sich im Spiegel und ließ den Elektrorasierer über sein Kinn fahren. Dann ging er in das angrenzende Badezimmer und

träufelte sich Tropfen in die Augen, um sie zu erfrischen und den Schlaf aus ihnen zu vertreiben. Entschlossen strich er sein Jackett glatt. Vielleicht war Lady Marshall die Frau eines Barons oder Herzogs; vielleicht auch die Witwe eines Barons – eine sehr wohlhabende Frau, so schien es zumindest. Aber besser, sich vorher zu vergewissern. Wieder fiel ihm Gordon Mayes ein. Wenn jemand einen Fehler gemacht hatte oder ... Aber das würde man später sehen.
Er knipste das Schlafzimmerlicht aus, stieg rasch die Treppe hinunter, schaltete das Licht in der Eingangshalle ein. Dann schloß er die Haustür hinter sich und öffnete die Garagentür. Innen glänzte ihm, vom Licht der Straßenlaterne beschienen, der Rover beruhigend entgegen. Er bestieg den Wagen, eine Drehung im Zündschloß, und er sprang an. Es war ein guter Kauf gewesen, dieses Auto. Ein wenig würde er noch warten müssen, dann könnte er sich auch einen Rolls leisten. Vielleicht würde Lady Marshall ihren Teil dazu beitragen. Der Wagen rollte geräuschlos auf die Straße hinaus und dann in Richtung St. Jude-Hospital.

Nigel Denton reagierte am Telefon fast genauso wie die beiden anderen Ärzte.
»Okay. Ich komme sofort«, sagte er verschlafen. Auch er schwang seine Beine über die Bettkante und fluchte. Gleichgültig, wie viele nächtliche Rufe man schon hinter sich hatte, man gewöhnte sich nie daran. Er fragte sich, warum man wegen einer gerissenen Milz nach Sir James gerufen hatte. Mit so etwas wurde er doch spielend selbst fertig. Warum also Sir James, der noch nicht einmal Rufbereitschaft hatte?
Während der gestrigen Tagesoperationsliste hatte er Sir James assistiert, und er war von dessen chirurgischen Fähigkeiten nicht übermäßig beeindruckt gewesen. Er operierte solide, aber nicht brillant. Nun, dachte Nigel, während er sich hastig ankleidete, wahrscheinlich ist es ein Privatpatient. Er fragte sich, ob Sir James seine Assistenten am Honorar beteiligte, und er fragte sich auch, ob er Marion Hughes begegnen würde – sehr unwahrscheinlich, denn der OP war nicht ihre Domäne.

Er zog sich einen Wollpullover über und stieg in die Jeans, die er für solche Fälle bereitgelegt hatte, zog den Reißverschluß hoch und fröstelte leicht. Wenige Sekunden später schloß er die Tür des Ärztewohntrakts hinter sich und ging über den Rasen zum Krankenhaus.

Er sah zu dem Gebäude auf und betrachtete die wenigen erleuchteten Fenster – oben das große Fenster des OP, das sein Licht hinab in den Garten warf, und das kleinere Fenster daneben, das zum Ruheraum gehörte. Auch auf einer der anderen Stationen war Licht zu sehen. Wo? Er versuchte es zu orten. Auf der Altenpflegestation! Wahrscheinlich hatte man auch George geweckt ... Nun ...

Er zog seinen Kopf tief in seinen Rollkragenpullover ein und stieß die Eingangstür zum Krankenhaus auf, dankbar für die Wärme, die ihm entgegenschlug. Das war wenigstens etwas. Krankenhäuser waren immer angenehm warm, wenn man aus der kalten Nacht kam.

Sir James lenkte seinen Wagen durch die Krankenhauseinfahrt und stellte ihn auf dem für ihn reservierten Parkplatz ab. Obwohl er dies schon seit Jahren tat, erfüllte ihn dieser Platz jedesmal mit derselben Genugtuung. Er stieg aus, verschloß den Wagen, betrat das Krankenhaus, nahm das ehrerbietige »Guten Abend, Sir« der Telefonistin entgegen, und mit geschmeidigen Schritten stieg er die Treppen hinauf. Er kannte das Embargo, mit dem Miss Hughes den Lift belegt hatte; normalerweise hätte er sich nicht darum gekümmert und ihn doch benutzt; aber heute nacht hatte er das Gefühl, er schulde ihr etwas. Also nahm er die Treppen, und als er oben gelangte, konstatierte er mit Befriedigung, daß er nicht das leiseste Zeichen von Atemlosigkeit verspürte. Er blickte hoch und sah die Worte OPERATION. BITTE NICHT EINTRETEN über der Tür aufleuchten, er öffnete die Tür und ging durch zum OP.

Dort war bereits alles vorbereitet – die OP-Lampe eingeschaltet, die mit grünen, sterilen Tüchern bedeckten Instrumentenwagen um den Tisch arrangiert. Zwei Schwestern bewegten sich lautlos hin und her. Er schloß die Tür und wandte sich zum Umkleideraum. Nigel Dentons Kleider lagen über einen Stuhl drapiert, er mußte also schon dort sein. Er nickte sich selbst zu – er war zufrieden. Er liebte es, als letzter seinen Auftritt im OP zu haben. Er streifte sich seine OP-Kleidung über und ging hinüber in den Sterilisierbereich. Denton stand dort über eines der Becken gebeugt. Er drehte sich zu ihm um und sagte durch seine Maske: »Guten Abend, Sir.« Sir James nickte kurz, dann wandte er sich an die Schwester, die neben Nigel stand und ebenfalls dabei war, ihre Arme zu waschen. Über ihrer Maske blickten ihn blaue Augen an, die er gut kannte.

»Guten Abend, Sir James«, sagte Miss Hughes mit sanfter Stimme. »Ich dachte, da Sie heute operieren, werde ich selbst Ihnen als Erste OP-Schwester assistieren.«

»Das ist sehr freundlich von Ihnen«, sagte Sir James. »Ich weiß von den berühmten Chirurgen, mit denen Sie zusammengearbeitet haben, und ich werde mein Bestes versuchen, damit Sie nicht denken, sie wären besser als ich.« Er lachte jovial und setzte seine Maske auf.

Marion Hughes blickte kaum von ihrem Becken auf, aber ihre Stimme klang außerordentlich liebenswürdig. »Ich bin sicher, da besteht wenig Gefahr, Sir James.«

Hinter seiner Maske schnitt Nigel eine Grimasse. Bei seiner Ankunft im OP war er überrascht gewesen, Marion Hughes dort anzutreffen; er hatte die OP-Schwester gefragt, warum Marion Hughes heute hier arbeite; und ihre Antwort: »Fragen Sie nicht mich, fragen Sie diese Hexe, sie führt etwas im Schilde« – hatte ihn nicht weniger überrascht.

Neugierig blickte er an Sir James vorbei zu dem über das Becken gebeugten Kopf mit der OP-Haube, die das dunkle glänzende Haar fast ganz verbarg.

Er erinnerte sich an seinen ersten Tag, als sie ihn vor dem Eingang des Krankenhauses angesprochen hatte, und er sich gefragt hatte, wer sie wohl sei. Nun ... inzwischen wußte er es. Er fragte sich auch, für welche berühmten Chirurgen sie gearbeitet haben mochte und warum sie sich so gedrängt hatte, heute nacht selbst Sir James zu assistieren. So etwas würde sie nicht ohne guten Grund tun, dachte er. Weil es eine Privatpatientin war? Vielleicht erhoffte sie sich ein Extrahonorar, aber eigentlich wirkte sie nicht wie die Sorte Frau, die hinter

dem Geld herrannte. Er verwarf seine Gedanken und fuhr fort, seine Arme zu schrubben. Wenig später gingen alle drei in den OP zu der Patientin auf dem OP-Tisch.
Der Chefanästhesist, Dr. Galbraith, den Nigel bereits bei den Operationen tagsüber getroffen hatte, saß am Kopfende des Tisches. Die Patientin war intubiert und im Stadium der Vollnarkose.
Sir James blickte zu dem Anästhesisten, und dieser nickte. Denton betupfte den bloßgelegten Bereich, der weiß schimmerte zwischen den grünen Handtüchern, und Sir James setzte das Skalpell an.
Nach Dentons Ansicht war der Einschnitt ein wenig größer als unbedingt nötig für eine Milzoperation, aber als die Operation ihren Lauf nahm, fiel Denton die Effizienz auf, mit der Marion Hughes Sir James Hatfield assistierte; sobald er seine Hand ausstreckte, hielt er auch schon das gefragte Instrument in ihr. Offensichtlich war sie sehr vertraut mit der Arbeitsweise von Sir James.
Eine der Schwesternschülerinnen, die am Fußende des Tisches stand, hielt das Tupfertablett bereit; und während die Operation voranschritt, wurden die blutigen Tupfer einer nach dem anderen dort abgelegt, so daß man sie am Ende der Operation zählen konnte und wußte, ob sie vollzählig waren.
Sir James plauderte liebenswürdig vor sich hin, während er arbeitete. »O je, diese Milz ist in der Tat gerissen. Sehen Sie sich das an, Denton. Sie ist nicht mehr zu viel nutze. Wollen Sie sie sich einmal ansehen, Galbraith?«
Der Anästhesist erhob sich und betrachtete die Masse blutigen Gewebes, das der Einschnitt, den die Wundhaken zu einem großen tiefen Loch auseinanderzogen, freigelegt hatte. Er nickte, dann ging er zurück zu seinem Stuhl und vertiefte sich wieder in sein Exemplar des *British Medical Journal*. Hin und wieder blickte er auf, kontrollierte den Narkoseapparat und steckte dann seine Nase wieder in die Zeitschrift. Plötzlich . . .
»Ziemlich blau, mein Freund«, sagte Sir James. Dr. Galbraith sah erschrocken auf.
»Tut mir leid«, sagte er und verabreichte der Patientin etwas mehr Sauerstoff. Sir James nickte zustimmend. Und dann

verlief die Operation in den gewohnten, routinierten Bahnen. Denton hatte das Gefühl, daß Lady Marshall eine größere Narbe auf ihrem Bauch davontragen würde, als unbedingt notwendig gewesen wäre, aber ansonsten wäre alles in Ordnung. Man überließ es ihm, die letzten Stiche anzubringen, und er vernähte das Obergewebe geschickt und schnell. Marion Hughes tupfte die Wunde ab, warf den Tupfer auf den Wagen und streifte ihre Handschuhe ab. Aus den Händen der Zweiten OP-Schwester nahm sie einen langen Streifen Heftpflasters und bedeckte damit schnell und kompetent die Wunde, dann nahm sie einen letzten Tupfer und säuberte die Pflasterränder mit ihm. Die Operation war beendet. Sir James' und Marion Hughes' Blicke begegneten sich, Marion Hughes zog sich die Maske vom Gesicht, lächelte und sagte gerade so laut, daß Sir James es noch hören konnte. »Eine wunderschön verlaufene Operation, Dr. Denton. Es ist ein Vergnügen, Sir James zu assistieren.«

Denton blickte zu dem großen Mann hin. Kein Zweifel – er hatte sie gehört. Eine leichte Veränderung in seiner Haltung verriet es. Denton antwortete ihr nicht, und kein Wort wurde mehr gewechselt.

Die Schwestern entfernten die Handtücher, legten eine Decke über die Patientin, der Hilfspfleger erschien, und die Patientin wurde behutsam vom OP-Tisch auf ein Rollbett gehoben und zurück zum Privatflügel gebracht.

Nigel war klar, daß das Ganze ein Manöver war. Gordon Mayes hätte die Operation durchführen müssen; ihm hätte das Privathonorar zugestanden. Aber was immer hier auch gespielt wurde – die Patientin war erfolgreich operiert worden, und das, so sagte er zu sich selbst, war schließlich das Wichtigste.

Manchmal, dachte er grimmig, sind über dem Lärm, mit dem alle die Äxte gegeneinander wetzen, die Schreie der Patienten nicht mehr zu hören.

Sir James, Nigel Denton und Miss Hughes verließen den OP und überließen es den zurückbleibenden Schwestern, alles wieder herzurichten – die Instrumente hinunter

zum Sterilisierraum zu schicken, die schmutzigen Handtücher in den Leinenschacht zu werfen, den OP zu säubern – alles das zu tun, was nach einer Operation getan werden mußte – sei es tags oder nachts.
Marion Hughes zog ihre OP-Haube ab; ihr Haar fiel üppig und glänzend über ihre Schultern und umspielte ihr Gesicht; es war lang, und da es die meiste Zeit zu einem Nackenknoten hochgesteckt war, fiel es nun an den Enden in weichen Lokken und wippte ein wenig auf und ab, wenn sie ging. Nigel betrachtete sie, während sie zum Büro des OP-Trakts gingen, und dachte: sie sieht gut aus. Schade, daß sie eine solche Hexe ist. Sir James, der sie ebenfalls betrachtete, dachte mehr oder weniger dasselbe. Welchen Einfluß sie in diesem Krankenhaus ausübte, das war ihm jedoch weitgehend unbekannt.
Als sich Marion Hughes dann an Sir James wandte, ließ sie keinen Zweifel daran aufkommen, daß sie nur ihn meinte und nicht Nigel. »Vorn im Büro gibt es schönen heißen Kaffee, Sir James«, sagte sie. »Kommen Sie doch mit nach vorn, und ich werde veranlassen, daß Lady Marshalls Unterlagen dorthin gebracht werden. Dann können Sie alles in Ruhe eintragen.«
Sir James nickte. Er hatte keine Lust, ins Büro zu gehen, aber andererseits gab es auch keinen Grund, warum er seine Eintragungen nicht jetzt gleich machen sollte. Da es sich um eine Privatpatientin handelte, zog er es vor, das selbst zu erledigen und nicht seinem Assistenten zu überlassen. Er entließ Nigel mit einem Nicken, der sich daraufhin zum Umkleideraum wandte, und folgte Marion Hughes ins Büro.
»Ich denke, ich verzichte lieber auf den Kaffee, Miss Hughes. Wenn ich jetzt einen trinke, werde ich das kleine bißchen, das von der Nacht noch übrig ist, nicht schlafen können. Kaffee regt mich zu sehr an. Vor einer Operation – gerne, aber nachher lieber nicht.« Er setzte sich ein wenig schwerfällig an den Schreibtisch und sagte fast gereizt: »Wo ist denn nun die Akte? Bringen wir es hinter uns.«
Eine Schwester erschien mit einem Hängeordner, der die Akte von Lady Marshall enthielt.
»Hier ist sie, Sir James«, sagte Marion Hughes und legte sie vor ihn auf den Tisch. »Möchten Sie wirklich keinen Kaffee?« fragte sie wieder.

»Nun, wenn es heiße Milch gibt«, sagte er, »gut, dann trinke ich eine Tasse, aber bitte mehr Milch als Kaffee.«
»Gern«, sagte Marion Hughes, goß heiße Milch und ein wenig Kaffee in eine Tasse und stellte sie neben Sir James' Ellbogen, dann schenkte sie sich selbst eine Tasse ein. Sie setzte sich ihm gegenüber an den Schreibtisch und beobachtete ihn, wie er mit seiner kritzeligen Doktorschrift die Daten der Operation notierte, die er an Lady Marshall ausgeführt hatte – was er vorgefunden hatte und welche Nachbehandlung erforderlich war.
Während sein Stift eilig über das Papier flog, wartete Marion Hughes ab. Plötzlich sagte sie. »Soll ihr die Stationsschwester etwas Penicillin geben, ehe sie aus der Narkose aufwacht?«
Sir James blickte sie überrascht an. Es war nicht Sache der Nachtaufsicht, die Medikation für einen Patienten vorzuschlagen. Aber als er in jene blaßblauen Augen sah und in ihnen einen Ausdruck entdeckte, den er nicht ganz verstand, sagte er etwas matt: »Ja, gute Idee, man kann nicht vorsichtig genug sein – ich werde es notieren.«
Er fuhr fort zu schreiben, und Marion Hughes fuhr fort, ihn zu beobachten. Während sie das tat, hob sie ihre Hand und arrangierte ihr Haar so, daß es ihr etwas weiter ins Gesicht fiel. Sie fühlte, wie ihr Herz schneller schlug als gewöhnlich. Sie war nervös. Nun war es an ihr, das zu versuchen, was all den jungen Schwestern mit solch großer Leichtigkeit gelang. Sie mußte versuchen, Sir James als attraktive Frau zu erscheinen, als begehrenswerte Frau, als eine Frau – wie war der Ausdruck –, die gut fürs Bett war. Denn schließlich war ihr klar, daß er für mindestens ein Jahr nicht ans Wiederheiraten denken würde. Aber die Heirat mußte ja nicht am Anfang stehen; es konnte mit einer Affäre beginnen. Wenn sie doch nur mehr Zutrauen zu sich hätte, dachte sie. Wenn sie doch nur wüßte, was sie sagen mußte, um in ihm zumindest so etwas wie ein Interesse an ihr zu wecken. Aber solange er weiterschrieb, sagte sie nichts.
Schließlich hielt er inne, setzte die Kappe auf seinen Stift und steckte ihn in die Innentasche seines Jacketts. »Sir James, ich freue mich sehr, Sie einmal zu sehen. Da ich immer Nachtdienst habe, komme ich nur selten in diesen Genuß, das ist einer der großen Nachteile.« Sie senkte ihren Kopf ein wenig,

blickte unter ihren Wimpern zu ihm auf und versuchte, ein leichtes Lächeln um ihren nervösen Mund spielen zu lassen.
Sir James sah auf, sein Gesicht voller Erstaunen. Guter Gott, dachte er. Sie versucht, mit mir zu flirten. Nun, dem müssen wir ein Ende setzen. Er hielt einen Moment inne und blickte sie an. Mit ihrem provokativ herunterfallenden Haar sah sie plötzlich sehr verändert aus. Er senkte seine Augen, und seine Hand strich über den Hängeordner auf dem Schreibtisch.
»Hören Sie zu«, sagte er. »Für meinen Geschmack habe ich genug nächtliche Rufe, und nach mehreren steht mir nicht der Sinn. Ich kann nicht ganz verstehen, warum man mich gerufen hat und nicht Gordon Mayes, der der Chirurg in Rufbereitschaft ist.« Seine Augen waren nun so kalt wie die ihren und schätzten sie ab.
Marion Hughes verlor die Kontrolle über sich. »Ich dachte, da sie eine Privatpatientin ist ... Normalerweise sind Sie sehr erfreut, wenn man Sie zu einem solchen Fall ruft, Sir James«, sagte sie; aber sie wußte, daß sie ihn sich mit dieser Bemerkung zum Feind gemacht hatte.
»So viel liegt mir nicht am Geld, Miss Hughes, das versichere ich Ihnen«, sagte er. »Bitte tun Sie das nicht wieder. Wenn Gordon Mayes Rufbereitschaft hat, dann soll man ihn rufen und mich nicht belästigen – ganz gleich, ob es sich um einen Privatpatienten oder einen Kassenpatienten handelt.«
Das war eine Zurückweisung, das, was Marion Hughes mehr als alles andere fürchtete – eine Zurückweisung. Sie hatte verloren. Sie war unbeholfen gewesen, ihr gelang noch nicht einmal der leichteste Flirt, noch nicht einmal der unter gesenkten Lidern hervorgeworfene Blick, den all die jungen Schwestern so meisterhaft beherrschten. Sie konnte es einfach nicht. Bei Männern war sie ein Versager, aber sie hatte noch eine Karte im Ärmel. Und seine Zurückweisung, der stechende Schmerz, die sie ihr verursachte, bewog sie, diese Karte herauszuziehen.
»Ich weiß nicht, welche Erklärung Sie dafür finden wollen ...«, Sir James hielt inne, offenbar auf der Suche nach den richtigen Worten – ... »wie Sie diesen Gedächtnisverlust erklären wollen, den heute abend offensichtlich jedermann hier hinsichtlich der Rufbereitschaftsliste erlitten hat – falls es sich wirklich um so etwas wie Gedächtnisverlust handelt und

nicht um die bewußte Absicht, mir diesen Privatpatienten vor die Füße zu werfen. Sie kennen mich noch nicht lange, Miss Hughes, aber Sie sollten mich doch besser kennen, als so etwas zu tun.«

»Ich kenne Sie länger als Sie denken, Sir James«, sagte Marion Hughes. »Ich kannte Sie schon, als Sie Dienstarzt im Manton Hall-Hospital waren.« Sie blickte ihn an und wartete auf die Wirkung ihrer Worte. Sie erfolgte unmittelbar.

»Manton Hall. Sie kannten mich in Manton Hall?« Sir James sah erschrocken hoch, viel erschrockener als bei ihrem Versuch, mit ihm zu flirten.

»Ja, in der Tat. Ich war Schülerin damals, siebzehn Jahre. Man hatte mich auf die Kinderstation gesteckt, aber trotzdem bekam man etwas mit. Man sieht, man hört – man hat ein erstaunliches Aufnahmevermögen in diesem Alter; vielleicht erinnern Sie sich noch, wie leicht man in diesem Alter zu beeindrucken ist, Sir James.«

Sie wandte sich von ihm ab, immer noch ihren Arm erhoben, der nun dabei war, ihr Haar in den gewohnten ordentlichen Nackenknoten aufzustecken; es umspielte nicht mehr kokett ihr Gesicht, sondern war wieder straff nach hinten gekämmt – sie war wieder Nachtaufsicht Marion Hughes. Flüchtig nahm sie ihr eigenes Bild im Spiegel hinter dem Schreibtisch wahr, und sie stellte fest, daß etwas von ihrem alten Selbstvertrauen in ihr Gesicht zurückgekehrt war. Ihre Unsicherheit war gewichen, aber ihr Groll hatte sich um nichts gemildert.

Sir James starrte sie eine Weile stumm an, dann senkte er seinen Blick und sagte: »Wollen Sie so freundlich sein und eine Schwester beauftragen, die Akte zurück zum Privatflügel zu bringen.« Seine Stimme klang etwas leiser, zurückgenommener – und sehr gedankenvoll.

Marion Hughes verspürte den starken Wunsch, ihn breit anzugrinsen, aber sie hielt sich zurück. »Aber, aber, Sir James, ich werde keine Schwester bemühen. Ich bringe sie selbst hinunter.« Sie griff nach der Akte, die er wieder auf den Schreibtisch gelegt hatte, und, während sie das tat, streifte ihn ein Hauch ihres Parfüms. Er empfand den Geruch als abstoßend. Mit der Akte in der Hand wandte sie sich zur Tür, dann drehte sie sich noch einmal um und gestattete sich ein breites, kaltes Lächeln.

»Gute Nacht, Sir James«, sagte sie. »Oder sollte ich lieber ›Guten Morgen‹ sagen?« Sie drehte sich auf dem Absatz um und verließ den Raum. Er hörte, wie sie mit geschmeidigen Schritten den Korridor entlang ging, sich der Treppe zuwandte, die hinunter zur Privatstation führte.
Manton Hall – welches Aufeinandertreffen von Zufällen! Manton Hall. Plötzlich fühlte er sich sehr alt. Dann gab er sich einen Ruck und straffte seine Schultern, stand auf, nahm seinen Mantel vom Bügel und warf ihn über die Schultern. Er ging noch einmal zum Schreibtisch, so als habe er etwas vergessen. Aber es lag nichts mehr dort.
In diesem Moment betrat die OP-Schwester das Büro. Sie hatte ihre übliche gute Laune zurückgewonnen und lächelte ihn an.
»Immer noch hier, Sir James?« sagte sie. »Ist die Akte schon zur Privatstation gebracht worden.?«
»Wie ...? Ach ja, die Akte. Ja, Miss Hughes hat sie gerade selbst mit hinuntergenommen.«
Die OP-Schwester sah ihn an. »Ist alles in Ordnung, Sir James?« fragte sie. Sir James nickte. Plötzlich schoß es ihm durch den Kopf, daß es besser wäre, schon fort zu sein, ehe Marion Hughes zurückkam.
»Ja, ja, Schwester, alles in Ordnung, danke«, sagte er, ohne sich etwas anmerken zu lassen. »Ich wollte gerade gehen, gute Nacht.«
»Gute Nacht«, sagte die Schwester. Sir James verließ das Büro und ging die Treppen hinunter, durchschritt die Eingangshalle und dann die Eingangstür und bestieg seinen Wagen; ehe er den Schlüssel ins Zündschloß steckte, saß er eine Weile nachdenklich da.

Nigel Denton hatte den OP direkt hinter Sir James und Marion Hughes verlassen. Ihr Wunsch, mit dem großen Mann allein zu sein, lag spürbar in der Luft; und Nigel hatte nicht die Absicht, sie daran zu hindern. Als sie ins Büro gingen, war Nigel mit einem Gefühl der Erleichterung zurückgeblieben und seitwärts in den Umkleideraum verschwunden – endlich konnte er zurück in sein Bett.

Er zog seinen OP-Kittel aus, riß Haube und Maske herunter, warf alles auf einen Stuhl, schlüpfte wieder in Jeans und Pullover und verließ den Umkleideraum. Als er am Büro vorbeikam, bemerkte er, daß die Tür nur halb geschlossen war. Er rief einen Gutenachtgruß hinein, bekam aber keine Antwort. Er konnte das Gemurmel ihrer Stimmen hören und fragte sich, worüber sie wohl sprechen mochten. Dann rannte er die Treppen hinunter zur Eingangshalle und hinaus in den kalten Morgen.

Er sah sich um. Bald würde es hell werden; die grauen Straßen um das St. Jude-Hospital herum waren bereits vage erkennbar, und die ersten Vögel hatten zu zwitschern begonnen. Plötzlich fühlte er sich hellwach, und der vertraute Wunsch nach einem Drink überkam ihn. Er öffnete die Eingangstür zum Ärztewohntrakt und ging hinauf in sein Schlafzimmer. Er dankte Gott, daß er so weise gewesen war, eine halbe Flasche Whiskey zu kaufen. Er setzte sich auf die Bettkante und debattierte mit sich selbst, ob er sich einen Drink genehmigen solle oder nicht. Solche Augenblicke waren eine harte Probe. Der Morgen war nahe, und nach der Operation fühlte er sich aufgedreht. Er wollte nachdenken. Die Eindrücke, die während seiner ersten Tage im St. Jude auf ihn eingestürmt waren, wirbelten in seinem Kopf herum und verlangten danach, geordnet zu werden. Sir James Hatfield, Gordon Mayes, June Fyldes, selbst die kleine OP-Schwester mit dem fleckigen Gesicht – alle schienen sich in seinem Kopf versammelt zu haben, damit er über sie nachdenke, sie einordne, einschätze.

Er brauchte den Alkohol nicht als Stimulans, sondern um sich entspannen zu können. Er stand auf, ging zum Schrank, steckte die Hand in seine Manteltasche und zog die kleine Flasche Whiskey heraus. Er hielt sie eine Weile in der Hand und betrachtete das Etikett, dann ging er zum Waschbecken und griff nach seinem Zahnputzbecher und goß sich großzügig ein, verschloß die Flasche wieder, während er zu sich selbst sagte, das war's, ein Schlaftrunk, weiter nichts. Er legte sich auf das verkrumpelte Bett, schob sich ein Kissen unter den Nacken und nippte den Whiskey. Er wärmte; und sofort fühlte er sich besser; aber die Depression, die ihn in der Klinik befallen hatte, verschwand nicht. Doch er fühlte sich etwas leichter, das Leben erschien fast erträglich mit einem Glas

Whiskey in der Hand. Es schien ihm, als ginge es gar nicht um die Wirkung des Alkohols, sondern allein um das Gefühl von Sicherheit und Wärme, das einem die Tatsache verschaffte, ein Glas in der Hand zu halten. Aber trotzdem konnte er davon betrunken werden, dachte er. Er blickte zur Seite auf das andere Bett ihm gegenüber. Viele der Assistenzärzte waren verheiratet, und deshalb waren die meisten Zimmer für Ehepaare eingerichtet. Der Anblick des ordentlichen leeren Bettes mit der geblümten Tagesdecke brachte eine Flut von Erinnerungen zurück – solch starke Gefühle von Schuld, Scham und Entsetzen, daß er aufstand, den Zahnputzbecher auffüllte und wieder mit ins Bett nahm. Er setzte sich auf, dieses Mal mit dem Rücken zu dem gegenüberliegenden Bett.

Er dachte an seine Frau; er hatte gewußt, daß er wieder an sie denken würde. Er sollte die Erinnerung an sie verscheuchen, hatte ihm sein Freund, ein Psychiater, gesagt, als er mit ihm über diesen immer wiederkehrenden Wach-Alptraum gesprochen hatte. Er konnte nichts mehr ändern. Sein Bedauern konnte nichts rückgängig machen. Er hatte sich das selbst tausendmal gesagt. Aber wenn die Erinnerungen erst einmal da waren, konnte er sie nicht abschütteln. Er mußte wieder alles vor seinen Augen ablaufen lassen, wie einen Film mit Soundtrack, der noch einmal von vorn abgespult wird. Das war der Grund, weshalb er trank, sagte er zu sich selbst – deshalb.

Der Film in seinem Kopf begann dort, wo er immer begann. Er war noch sehr jung gewesen, als er heiratete, hatte gerade sein Examen hinter sich. Auch seine Frau war jung, voller Leben. Er war ihr in einem Nachtclub begegnet, wo sie als Stripteasetänzerin auftrat. Er liebte sie. Was sie tat, betrachtete er nur als Job. Sie würde ihn sofort aufgeben, wenn sie erst einmal verheiratet wären. Er wollte nicht, daß andere Männer sie nackt sahen. Und ein Jahr lang schien alles gut zu laufen.

Dann war Mandy unruhig geworden. Das alte Leben hatte für sie einen viel größeren Sog, als Nigel sich eingestehen wollte – das behauptete Mandy zumindest. Er haßte die Vorstellung und sagte es ihr. Aber sie liebte dieses Leben – die Aufregung, die Musik, das Tanzen und Trinken. Sie hatte es ihm so oft gesagt, daß sie dieses Vorstadtleben nicht aushalte – das Hausfrauenleben in dem kleinen Häuschen. Ihre Auseinandersetzungen waren immer heftiger geworden. Mandys Trinkerei hatte bedrohliche Ausmaße angenommen, und sie hatte ihn mitgerissen. Er trank einen Schluck, und schon begannen sie zu streiten; dann trank sie einen Schluck, und beide betranken sich, wurden immer streitsüchtiger, zum Schluß stritten sie sich bis aufs Blut.

Der Film lief vor seinen Augen ab, und der Soundtrack spielte akkurat und minutiös die Worte ein, so als kämen die Stimmen aus dem Zimmer nebenan und nicht aus seinem Kopf.

Eines Nachts war Nigel um drei Uhr aufgewacht. Mandy war noch nicht zu Hause. Das war nicht ungewöhnlich, aber in dieser Nacht überkam ihn plötzlich ein solcher Haß auf das Leben, das sie führte – oder war es ein Haß auf Mandy selbst und das Leben, das sie zusammen führten? –, daß er aufstand, sich ein paar Kleider überzog, zur Garage ging, entschlossen zum Club zu fahren, sie dort herauszuholen und zu sagen: »Das war's. Damit ist jetzt Schluß!« Warum ihn diese Entschlossenheit so plötzlich überkommen hatte, daran konnte er sich nicht erinnern. Es war, als wäre er aus einem Alptraum aufgewacht, einem Alptraum, in dem Mandy die Hauptrolle gespielt hatte.

Die Nacht war neblig und kalt. Er erinnerte sich daran, wie er die Haustür zugeschlagen und die Garage geöffnet hatte, in sein Auto gestiegen war und den Motor angelassen hatte. Es startete nicht gleich. Es war ein altes Auto und ruckelte rückwärts aus der Garage; den kurzen Weg hinab bis zur Hauptstraße mußte er im Rückwärtsgang zurücklegen. Er kannte diesen Weg wie im Schlaf. Nur einmal, ganz zu Anfang, als sie gerade eingezogen waren, hatte sein Auto eine kleine Beule abbekommen. Schnell war er den schmalen Weg hinunter zur Hauptstraße zurückgestoßen und hatte plötzlich ein eigenartig dumpfes Geräusch vernommen.

Nigel stützte seinen Kopf auf und trank noch einen großen Schluck Whiskey. Viel war nicht mehr übrig – und auch von seinen Erinnerungen nicht: der Film ging seinem Ende zu. Er hatte angehalten und war ausgestiegen. Unter dem Auto, mit einem Bein unter einem der Räder, lag Mandy. Aus einer großen Wunde an ihrer Stirn floß das Blut. Er wußte sofort, daß sie tot war. Auch wenn er kein Arzt gewesen wäre, hätte er es gewußt. Und dann – der Krankenwagen, die Polizei, die einen

Alkoholtest mit ihm machte. Natürlich fiel er negativ aus. Er hatte nicht getrunken, er hatte geschlafen.
Die Geschichte war zuerst in der Lokalpresse erschienen, dann in allen Zeitungen des Landes. Er hatte den Reportern erzählt, daß er losgefahren war, um seine Frau aus dem Club abzuholen. Warum gerade in dieser Nacht? Er war nicht in der Lage gewesen, darauf zu antworten. Er sagte nur, daß es eine kalte und düstere Nacht war, und er hatte ihr eine Freude machen wollen und sie abholen. Es hörte sich überzeugend an; und Mandy konnte nicht mehr widersprechen.
Nigel war inzwischen betrunken. Er fühlte sich warm und ruhig. Er hatte den ganzen Horror noch einmal durchlitten. Nun würde er für eine Weile Ruhe haben, so war es immer. Warum es ihn plötzlich überflutete, wußte er nicht genau. Vielleicht war es diesmal das andere Bett in seinem Zimmer gewesen, das alles wieder hochgeholt hatte. Manchmal war es eine Frau, die Mandy ähnlich sah. Und oft passierte es, wenn er nachts gerufen wurde. Nun, für diesmal war es vorüber. Er mußte an die Zukunft denken. Und er mußte mit dem Trinken aufhören, das war das letzte Mal heute. Er würde keine Flasche mehr kaufen, dachte er benommen, als er sich auf das Kissen zurücklehnte. Aber er war nicht so betrunken, daß er nicht realisierte, wie leicht dieser Vorsatz fiel, nachdem man sein Quantum Alkohol in sich hatte. Es war wie mit den Zigaretten. Es war sehr leicht zu sagen, daß man sich keine Pakkung mehr kaufen würde, wenn man eine volle in der Tasche hatte. Er schlief ein.

Schwester Carmichael auf der Kinderstation hatte eine ruhigere Nacht. Sie blickte auf die große Stationsuhr: halb fünf. Miss Hughes hatte die Zwei-Uhr-Runde ausfallen lassen; die stellvertretende Nachtaufsicht hatte die Runde übernommen und keine Forderungen gestellt, keine verletzenden Bemerkungen gemacht. Auch die Schwesternschülerin fühlte sich erleichtert und bereitete in der Küche ein kleines Mahl für sie beide. Das war strikt gegen die Regeln, aber sie hatten mindestens noch drei Stunden ohne Miss Hughes vor sich, und das war wundervoll.

Carmichael schnupperte genüßlich das Aroma der Pommes frites – selbst zubereitet von Kartoffeln, die sie Mrs. Upton unten in der Küche abgebettelt hatten. Spiegelei und Pommes frites, köstlich für die nächtliche Teepause. Sie freute sich darauf, und ihre lange Nase zuckte, diesmal nicht vor Angst, sondern aus Vorfreude.
Die Babys im Säuglingstrakt waren still, als sie an den Bettchen vorbeiging. In einer Nacht wie dieser mochte man auch die Kinder lieber.
Carmichael ging zurück in den Krankensaal der größeren Kinder, setzte sich an ihren Schreibtisch und begann, ihren Bericht zu schreiben. Sie wußte natürlich, was Miss Hughes ferngehalten hatte – Sir James und die Operation. Wahrscheinlich will sie sich bei Sir James einschmeicheln, irgend etwas führt sie im Schilde. Würde mich nicht überraschen, wenn sie ihn einfangen will, dachte Carmichael.
Wenn doch Sir James Marion Hughes heiraten würde! Das bedeutete, daß jemand anders ihren Job übernehmen würde; schlimmer konnte es nicht werden. Und dann würde sie selbst vielleicht zur Stationsschwester aufsteigen ... Carmichael schüttelte sich, sie träumte ja nur. Sir James würde mindestens ein Jahr lang keine Frau ansehen, und bis dahin wäre die Stelle auf der chirurgischen Frauenstation längst besetzt, und Schwester Carmichael wäre immer noch nur Schwester Carmichael.
Als sie daran dachte, daß sie bald in ihr möbliertes Zimmer zurückkehren würde, überkam sie eine Welle von Bitterkeit und Einsamkeit. Das kleine Stückchen Freiheit heute nacht hatte ihr das Gefühl gegeben, daß der Zeitpunkt, zu dem sie einen besseren Posten bekäme, nicht mehr allzu fern wäre: Kein möbliertes Zimmer mehr; dann würde sie ein hübsches Apartment bewohnen so wie, da war sie sich sicher, Marion Hughes. Das höhere Gehalt würde alles verändern, sie könnte sich schöne Möbel kaufen und ... Es war nur dieser entsetzliche Nachtdienst, der ihr Selbstvertrauen so beschädigt hatte. Sie warf ihren Stift ärgerlich auf den Bogen, den sie gerade ausfüllte. Kein Mensch sollte so viel Unglück verbreiten dürfen wie diese Frau, dachte sie. All die Leute, die sie angeschwärzt hatte. Jones auf der Altenpflegestation – weil sie ihn angeschwärzt hatte, mußte er sich vor dem Krankenhausko-

mitee verantworten. Um ein Haar hätte er seinen Job verloren. Carmichael konnte sich nicht mehr erinnern, um was es gegangen war – schlechte Behandlung der alten Männer? Nein, das konnte es nicht gewesen sein – sie hatte es vergessen.
Und dann die Nachtköchin, die Vorgängerin von Mrs. Upton! Sie wurde entlassen, weil Miss Hughes behauptet hatte, sie würde Essen stehlen. Sie hatte etwas mit nach Hause genommen – das stimmte zwar. Aber es waren nur die kläglichen Überreste eines Hühnerauflaufs gewesen, den sie sich mitten in der Nacht zubereitet hatte. Sie wollte es für ihre Katzen oder ihren Hund mitnehmen, aber Miss Hughes hatte das nicht gelten lassen und sie gemeldet; und dann wurde sie entlassen. Es war ein Schaden ohne Ende, den Miss Hughes anrichtete. Warum durfte sie das tun? Carmichael fragte sich, warum Miss Hughes ständig darauf aus war, irgend etwas zu entdecken, das sie melden konnte. Wahrscheinlich wollte sie damit ihre eigene Tüchtigkeit beweisen. Und dann war da noch der Creasey-Skandal und der Mann mit der Angina. Eine Geschichte folgte der anderen.
Die Schwesternschülerin unterbrach ihre Gedanken. »Essen ist fertig«, rief sie leise von der Tür aus. Schwester Carmichael legte den Finger vor den Mund und runzelte die Stirn. Sie sah sich im Saal um, aber keines der Kinder war aufgewacht. Sie stand auf und ging hinüber in die Küche zu ihrem herrlichen Mahl aus Ei und Pommes frites.
»Wir müssen dafür sorgen, daß der Geruch verflogen ist, ehe sie ihre Morgenrunde macht«, sagte sie und setzte sich vor ihren Teller voller Pommes frites und einem wie die Sonne leuchtenden Spiegelei. Die Schwesternschülerin saß ihr gegenüber, vor sich ihren eigenen Teller. »Wundervoll«, sagte sie.
Schwester Carmichael nickte. Sie wollte gerade in ihr Ei schneiden, damit der Dotter sich schön über die Fritten verteilen konnte, als sie noch einmal kurz aufblickte – im Türrahmen stand Miss Hughes.

Hiram Jones hatte eine höllische Nacht, obgleich Miss Hughes eine ihrer Runden hatte ausfallen lassen. John war den ganzen Tag über besonders schwierig gewesen, vor allem deshalb, weil ihm Hiram am Morgen keine Pillen mitgebracht hatte. Heute nacht, beschloß Hiram, muß es mir irgendwie gelingen, zumindest sechs Nembutalkapseln zu ergattern. Inzwischen bekamen nur noch sehr wenige Patienten Nembutal. Die Ärzte verschrieben dieses Medikament kaum noch. Man versuchte, die alten Männer, die es seit Jahren nahmen, von dem Medikament zu entwöhnen und ein anderes zu verschreiben, das weniger abhängig machte; aber einige der alten Herren waren nicht ruhigzustellen ohne ihre vertraute Kapsel; und so wurden einige wenige immer noch verteilt.

Als Hiram dann die Medikamente für die Nacht ausgab, war es ihm gelungen, sechs Nembutalkapseln einzubehalten. Die drei Männer, für die sie bestimmt waren, konnten nicht einschlafen und waren unruhig; ständig leuchtete das rote Licht über ihren Betten, weil sie irgend etwas wollten und unentwegt auf den Klingelknopf drückten. So wie jetzt. Hiram stapfte durch den Krankensaal bis zur hinteren Bettenreihe. Es war der alte Mr. Butterworth, einer der Nembutalabhängigen, der seine Kapseln nicht bekommen hatte – wegen John.

»Ich habe die ganze Nacht kein Auge zugetan«, sagte er. »Ich werde mich beschweren, ich werde mich beschweren. Es ist fast fünf Uhr, und ich habe noch kein bißchen geschlafen. Und Sie wissen, warum! Sie haben mir meine Pillen nicht gegeben, und ohne die kann ich nicht schlafen. Warum wollen Sie sie mir nicht geben ...«

»Seien Sie still«, sagte Hiram. »Sie wecken ja den ganzen Saal auf, und dann geht das Geklingel und Gehuste und Theater los.«

»Das geschähe Ihnen recht«, sagte Mr. Butterworth. »Geschähe Ihnen nur zu recht. Sie hätten mir meine Pillen geben sollen. Warum wollen Sie sie mir nicht geben? Ich habe diesen jungen Doktor gestern früh bei der Visite gefragt, und er sagt, ich dürfte mein Nembutal nehmen. Warum geben Sie es mir also nicht?«

»Ich habe es Ihnen gegeben. Um zehn Uhr haben Sie die Pillen eingenommen. Aber jetzt seien Sie still, um Himmels willen«, sagte Hiram.

»Nein, ich habe sie nicht eingenommen«, sagte Mr. Butterworth. »Sie können sagen, was Sie wollen, aber Sie haben sie mir nicht gegeben. Wenn Miss Hughes kommt, werde ich mich beschweren. Und es hat keinen Sinn, ihr zu erzählen, daß ... ich weiß, was Sie ihr immer sagen.«
»Ich sage überhaupt nichts«, sagte Hiram müde.
»Doch, das tun Sie. Sie sagen: ›die erinnern sich nicht‹, Sie sagen: ›die sind senil, schwachsinnig‹. Ich weiß es.« Die Stimme des alten Mannes klang nun hysterisch. »Aber ich werde schon zu meinen Pillen kommen. Ich lasse sie mir von zu Hause mitbringen. Ja, das werde ich tun. Zu Hause habe ich welche.«
Hiram, der sich gerade zum Gehen gewandt hatte, hielt inne. »Ach wirklich?« sagte er und ging zurück zum Bett des alten Mannes.
»Ja, ich habe eine ganze Flasche zu Hause. Mein Doktor hat sie mir verschrieben, ehe ich ins Krankenhaus kam. Und ich werde meine Tochter bitten, sie mir herzubringen. Ich verschließe sie einfach in meinem Spind, und dann brauche ich mich nicht mehr auf Sie zu verlassen.« Plötzlich trat ein tükkischer Ausdruck in seine Augen, und er sagte: »Ich hätt' es Ihnen nicht erzählen sollen. Ich hätte sie mir bringen lassen sollen und in meinem Spind verschließen und kein Wort sagen sollen! Aber ich verrate Ihnen nicht, wo ich sie verstecke. Nein.«
»Ja, tun Sie das, lassen Sie sich die Flasche von zu Hause bringen«, sagte Hiram. »Das wäre sehr vernünftig, wenn Sie Ihre eigene Flasche hier hätten. Sie könnten jede Nacht zwei nehmen. Wenn ich einmal nicht genug habe, dann können Sie zwei aus Ihrer Flasche nehmen. Sagen Sie Ihrer Tochter, sie soll sie herbringen.«
Mr. Butterworth blickte erstaunt über dieses Maß an Kooperation, das der Krankenpfleger zeigte. »Kann ich meine Tochter anrufen? Heute ist Besuchstag«, fragte er. »Bringen Sie mir das Telefon ans Bett? Aber es muß ganz früh sein, ehe meine Tochter zur Arbeit geht. Gegen acht Uhr – wenn Miss Hughes' Runde vorbei ist?«
»Ja, das mache ich«, sagte Hiram und versuchte, seinen Eifer zu verbergen. Eine ganze Flasche von dem Zeug! Wahrscheinlich fünfzig – vielleicht sogar hundert Kapseln! Da kann ich genügend abzweigen, und das wird das Leben mit John um

vieles erleichtern, dachte er. Nembutal war John lieber als alles andere. Das traf sich bestens.
»In Ordnung, ich bringe Ihnen das Telefon um acht. Erinnern Sie mich, falls ich es vergessen sollte, denn Sie wissen ja, wieviel ich um die Zeit zu tun habe«, sagte er.
Mr. Butterworth nickte listig. Er mochte Hiram Jones – trotz der Tatsache, daß er nicht immer seine Pillen bekam. Und wenn er es ihm erlaubte, sich welche bringen zu lassen – eine ganze Flasche in seinem Spind, das war wunderbar.
Hiram ging durch den Krankensaal und kümmerte sich um die verschiedenen Klingeln, die Mr. Butterworth' Gerede ausgelöst hatte. Er fühlte sich erleichtert. Wenn es klappte, wenn der alte Mann sich die Flasche ins Krankenhaus bringen ließ – das würde sich lohnen! Die Hälfte davon würde er für John abzweigen.
John, John, John, geliebter John, dachte er. Ich tue alles für dich. Ich stehle für dich, alles würde ich tun. Ob du für mich wohl dasselbe tätest?

Marion Hughes saß wieder in ihrem Büro. Es war viertel vor fünf; das Teetablett stand vor ihr auf dem Tisch, etwas später als üblich; aber diese Nacht hatte sich gelohnt, es hatte sich gelohnt, die mittlere Nachtrunde ihrer Stellvertreterin zu überlassen. Innerlich zitterte sie noch immer vor Ärger über Sir James' offenkundige Unempfindlichkeit gegenüber ihren weiblichen Reizen. Nun, die Worte ›Manton Hall-Hospital‹ hatten ihn gezwungen einzusehen, daß man Marion Hughes nicht so leicht beiseite schob. Sie fühlte plötzlich, wie ihr Selbstvertrauen zurückkehrte. Was hatte ihre Mutter immer gesagt? Sie kramte in ihrem Gedächtnis ... ›Es gibt noch andere Wege, eine Katze zu töten, als sie mit Sahne zu erstikken.‹ Ja, das stimmte. Das war ein sehr kluger Spruch; sie hatte ihn bisher noch nie so richtig gewürdigt.
Sie blickte wieder auf ihre Uhr – fast fünf Uhr; noch drei Stunden, dann wäre die Plagerei der Nacht zu Ende. Noch zwei Nächte, und dann ... ein paar Nächte frei.
Sie ging hinüber zum Spiegel. Ein wenig mehr Lidschatten, dachte sie. Und während sie ihrem Spiegelbild eine leichte

Grimasse schnitt, sagte sie zu sich selbst, daß Sir James sich wirklich glücklich schätzen sollte, wenn es ihr gelänge, ihn dazu zu bringen, sie zu heiraten. Sie erinnerte sich an eine Party bei den Hatfields, zu der sie vor einiger Zeit eingeladen worden war. Lady Hatfield hatte schrecklich ausgesehen, die Haare voller Haarspray – also wirklich. Wieder betrachtete sie sich im Spiegel. Mit ihr würde er sich etwas Besseres einhandeln, auch wenn er das, zumindest im Moment, nicht zu schätzen schien.

Es war sehr amüsant gewesen, unten auf der Kinderstation. Warum war sie überhaupt hinuntergegangen? Offenbar einer plötzlichen Eingebung folgend, denn es war nicht die Zeit für ihre Runde. Aber dies waren eben die Momente, in denen man die Leute dabei ertappte, wie sie etwas taten, was sie nicht tun sollten. Es hatte sich wirklich gelohnt, Carmichaels Gesicht zu sehen – als sie von ihrem Teller mit Ei und Pommes frites hochblickte. Wie dumm dieses Mädchen doch war, und ebenso die kleine Schülerin, die das Mahl zubereitet hatte. Nun, über die Kleine würde sie nicht viele Worte verlieren. Was hätte das Kind anderes tun sollen? Miss Hughes lächelte. Carmichael haßte sie, das war ihr klar. Und der Gedanke daran, wie sie morgen früh den kleinen Zwischenfall der Stationsschwester der Kinderstation melden würde, erfüllte sie mit Befriedigung.

Was fiel denen ein zu glauben, daß sie mit allem durchkommen würden? Hiram Jones und seine Pillenstehlerei. Carmichael und ihre heimliche Kocherei. Sie malte sich aus, wie Carmichael alle Fenster in der Küche aufgerissen und die Kälte hereingelassen hätte, um den Geruch zu vertreiben. Und dieses Mädchen in der Chirurgie, ob die wirklich glaubte, die Nachtaufsicht wüßte nicht, daß ihr Freund, der unten in der Telefonzentrale Dienst machte, morgens um sechs hereinschlüpfte, um Tee mit ihr zu trinken? Sie waren wirklich eigenartig, die Leute im Krankenhaus, einerseits clever und scharfsinnig – zum Beispiel, wenn es darum ging, die Leiden eines Patienten zu diagnostizieren oder dem Arzt die Symptome zu beschreiben, aber in vieler anderer Hinsicht dumm. Ja, sie wäre sehr gerne Lady Hatfield. Sie hatte viel Zeit. Während sie sich eine zweite Tasse Tee einschenkte, fragte sie sich, was wohl Sir James in diesem Moment dachte und fühlte.

John kam gegen drei Uhr früh nach Hause. Er war leicht betrunken – leicht jedoch nur deshalb, weil er nicht mehr genug Geld gehabt hatte, um weiterzutrinken. Und seine Freunde hatten es inzwischen satt, ihn ständig einzuladen. Ruhelos ging er durch die Wohnung. Er hatte genau die Menge Alkohol getrunken, die ihn stimulierte, und er wußte, er würde jetzt nicht einschlafen können. Er brauchte ein paar Pillen.
Er durchsuchte die Wohnung, sah in einige der Krüge, in denen Hiram manchmal ein paar von den weißen Kapseln versteckte. Er hoffte, daß Hiram ihn nicht im Stich gelassen hatte. Wie in Panik suchte er weiter; aber er konnte nichts finden. Nun, es hatte keinen Sinn, hier rumzuhängen. Er würde etwas tun, was er noch nie zuvor getan hatte – hoch ins Krankenhaus fahren und sehen, was los war. Er blickte auf seine Uhr. Drei Uhr. Wann, hatte Hiram gesagt, machte diese Hexe ihre Runden? Um zwei – dann eine um sieben Uhr morgens? So ungefähr. Er würde nicht lange brauchen, mit seinem Moped wäre er in zehn Minuten dort.
Er schlüpfte wieder in seine Lederjacke, griff nach seinem Sturzhelm und rannte die Treppen hinunter, während er leise vor sich hinfluchte. Warum zum Teufel konnten sie sich keinen Vorrat in der Wohnung halten? Hiram arbeitete in diesem dämlichen Krankenhaus und sollte doch wenigstens... Manchmal fragte er sich, ob er mit Hiram zusammenbleiben sollte oder ob es nicht besser wäre, sich nach jemand anderem umzusehen – nach jemandem, der ihn besser versorgte.
Er bestieg das Moped und knatterte in die Nacht hinein. Als ihm die kalte Luft entgegenschlug, fühlte er den Alkohol stärker. Er versuchte, nicht zu schwanken, und verlangsamte sein Tempo. Jetzt von der Polizei angehalten werden – ohne die kleinste Pille als Trost und Reserve –, das wäre zuviel. Vor dem Krankenhaus hielt er an, stieg ab und lehnte das Moped gegen die Mauer. Er betrat die Eingangshalle, die Telefonistin döste vor sich hin und schien ihn nicht zu bemerken. Alles sehr friedlich, dachte er, nirgends das leiseste Geräusch. Er blieb eine Weile stehen; die unzähligen Schrifttafeln und all die Pfeile, die zur Röntgenstation, zur Ambulanz oder sonstwo-

hin wiesen, verwirrten ihn. Dann entdeckte er den Pfeil für die Altenpflegestation, die war es, die er suchte. Als er sich der Treppe zuwandte, kam ein distinguiert aussehender Mann die Stufen herunter und ging an ihm vorbei zur Eingangstür hinaus, die er leise hinter sich schloß. Er sah bekümmert und sorgenvoll aus. John drehte sich um. In dem gedämpften Licht der Hoflampe konnte er gerade erkennen, wie der Mann draußen einen großen Wagen bestieg, wie er vor dem Lenkrad sitzen blieb und keine Anstalten machte, den Wagen in Gang zu setzen.

»Wie schön«, sagte John.

Altenpflegestation. Er folgte dem Pfeil und blickte in die hellerleuchtete Stationsküche – niemand war dort.

Er ging zur Tür des Krankensaales und öffnete sie. In der matten Beleuchtung des Saales sah er eine Gestalt auf sich zukommen. Es war nicht Hiram. Der Mann war viel jünger. Er sah gut aus, und John machte sich Gedanken über Hiram und ihn; dann verwarf er die Gedanken. Die Pillen waren im Augenblick wichtiger als seine Eifersucht.

»Ist Pfleger Jones da?« fragte er. Der junge Mann blickte ihn neugierig an.

»Nein, aber er muß jeden Moment zurückkommen.«

»Aus der Pause?«

Der junge Mann nickte. »Ich bin Atkins, der Pflegeschüler. Die Nachtaufsicht macht zwar jetzt noch nicht ihre Runde, aber meinen Sie nicht auch, daß es eine etwas ausgefallene Stunde ist, seine Freunde zu besuchen?« fuhr er fort. Er blickte auf die an den Knöpfen seiner weißen Uniform befestigte Uhr, dann wieder hoch zu John und lächelte andeutungsvoll.

»Es ist besser, Sie warten in der Küche. Er wird gleich hiersein. Sie sind John?« Er öffnete die Küchentür ein wenig weiter, und ein Lichtkegel fiel über den Korridor. Irgend jemand im Saal hustete, und dann ertönte eine Klingel.

Atkins wandte sich um und verschwand wieder in den abgedunkelten Krankensaal.

Das helle Küchenlicht ließ John blinzeln. Er setzte sich an den Tisch und trommelte mit seinen Fingern auf die Resopalplatte. Wie er das alles haßte; er war noch nie hierhergekommen, und er würde es nie wieder tun. Als er in der Tür zum Krankensaal gestanden hatte, mußte er sich die Nase zuhalten – welch ein Gestank. Nach Muff, Urin, Essen und alten Körpern. Er mochte diesen Geruch überhaupt nicht, und er wußte nicht, wie Hiram das alles aushalten konnte. Manchmal, wenn er daran dachte, daß Hiram sich um diese alten Leute kümmerte, konnte er ihn kaum anfassen, aber... Schließlich ist Hiram eine gute Quelle, dachte er und versuchte, die ganze Sache frivol zu sehen. Aber seine Phantasie schauerte bei der Vorstellung, wie Hiram Urinale verteilte, den alten Männern den Hintern abputzte... Er stand auf und wanderte durch die Küche und pfiff tonlos vor sich hin. In diesem Moment kam Hiram herein.

»John! Um Himmels willen, was tust du hier!« rief er.

»Ich konnte nicht schlafen, und ich habe keine Pillen. Ich hab' es satt«, antwortete John. »Ich frage mich, wozu ich mit jemand zusammen bin, der in einem Krankenhaus arbeitet.«

»Und ich habe geglaubt, du magst mich«, sagte Hiram, eine Spur von Bitterkeit in der Stimme, aber offensichtlich bemüht, die Szene nicht dramatisch werden zu lassen.

»Hast du welche? Ich brauch' etwas. Ich muß mich zumachen.«

Hiram steckte die Hand in seine Hosentasche und holte zwei Kapseln heraus.

»Soll das alles sein, zum Teufel?« John hatte seine Stimme zu einer bedrohlichen Lautstärke erhoben; und Hiram fischte resigniert in seiner Tasche und gab ihm zwei weitere.

»Das ist alles, was ich habe«, sagte er. »Und die zwei alten Männer, für die sie eigentlich gedacht waren, haben die ganze Nacht kein Auge zugetan.«

»Warum kannst du nicht ein paar mehr besorgen?« fragte John. »Ich kann nicht verstehen, wieso jemand, der in einem Krankenhaus arbeitet, nicht mehr Pillen beschaffen kann. Sie werden hier doch nicht jede einzelne verdammte Pille zählen. Dann wären sie ja den ganzen Tag beschäftigt.«

»Sie werden gezählt«, sagte Hiram. »Von diesen hier teilen sie nur sehr wenige aus, sie verschreiben meistens andere. Und von denen könnte ich dir leichter welche besorgen. Aber vielleicht kann ich dir bald mehr verschaffen – eine ganze Flasche voll.«

»Um so besser. Aber Gott steh dir bei, wenn ich jemals auf harte Drogen komme«, sagte John.
»Sag doch nicht so etwas, John. Du weißt, ich käme in Teufels Küche. Sie würden mich sofort entlassen. Also, bitte, reg dich ab.«
»Nun«, sagte John, »kann ich eine Tasse Tee oder irgend etwas haben? Ovomaltine? Das trinkt ihr hier doch immer?« Er kicherte. »Ich habe vorhin deinen jungen Freund getroffen, Atkins, sieht gut aus. Ich hoffe ...«
»Nein«, sagte Hiram müde. »Du weißt, mir liegt an niemand anderem – nur an dir.«
»Das ist auch gut so, Schatz«, sagte John und lächelte ein wenig maliziös. »Gut, dann werde ich mich mit diesen hier zufriedengeben. Unten im Eingang bin ich einem Burschen begegnet, sah gut aus – zwar ziemlich alt, aber sehr distinguiert, ganz mein Typ.«
»Das war sicher Sir James Hatfield«, sagte Hiram ohne Interesse. »Man hat ihn gerufen – zu einer Priavtpatientin. Wegen einem Kassenpatienten wäre er mitten in der Nacht auch nicht aus seinem Bett gestiegen, das kannst du glauben.«
»Recht hat er«, sagte John. »Ich würde in diesem Loch auch nicht arbeiten wollen – es sei denn für viel Geld, für sehr viel Geld, und nicht für den Hungerlohn, den sie dir zahlen.« John hopste durch die Küche und wandte sich zur Tür. »Ich glaube, ich mache mich jetzt lieber aus dem Staub. Eure gute Hughes kommt sicher gleich vorbei, und sie sähe mich bestimmt nicht gern hier. Obwohl ich sie gern einmal sehen würde. Also ... vergiß mich nicht, laß mich nicht im Stich!« Er öffnete seine Hand, in der noch die vier Kapseln lagen, dann ging er.
Hiram stieß einen langen Seufzer aus und ging dann hinüber in den Krankensaal. Er hoffte, John würde es sich nicht zur Gewohnheit machen, ins Krankenhaus zu kommen.

Sir James fuhr langsam und nachdenklich nach Hause. Er brachte den Rover in die Garage und betrat dann das stille Haus. Als Lottie noch lebte, hatte sie nach einem nächtlichen Ruf jedesmal auf ihn gewartet, ihn umhegt – eine heiße Schokolade bereitet oder irgendein anderes widerwärtiges

Getränk, während ihm ein Whiskey mit Soda viel lieber gewesen wäre. Nun, sie war nicht mehr da! Er ging in den Salon und mixte sich einen. Er empfand es als Erleichterung, sie heute nicht um sich zu haben. Er wollte nachdenken, gründlich nachdenken. Manton Hall. Welch schrecklicher, dummer, blöder Zufall, daß diese Frau dort war, als er dort seine Zeit als Dienstarzt absolvierte. Worauf wollte sie anspielen, was wollte sie mit dem anfangen, was sie wußte? Denn daß sie etwas wußte, daran zweifelte er nicht.
Die Arbeit als Dienstarzt in Manton Hall war sehr anstrengend gewesen, hatte ihn total ausgelaugt, obwohl er noch jung war: ständige nächtliche Rufe, und dann erwartete man natürlich, daß er auch tagsüber volle Arbeit leistete. Alles, woran er seit Jahren nicht mehr gedacht hatte, fiel ihm nun wieder ein.
Die Kinderstation – da war diese Geschichte passiert. Wußte sie davon? Irgendwie hoffte er, daß es diese Geschichte war, die sie kannte. Sie war das kleinere der beiden Übel. Es war ein Unfall gewesen, mit diesem Kind.
In jener Nacht hatte er viermal aufstehen müssen, und dann wurde er um drei Uhr morgens wegen einer Meningitis auf die Kinderstation gerufen. Das Kind, das eingeliefert worden war, hatte diese seltsamen, meningitischen Schreie von sich gegeben, sein Rücken war gekrümmt, der Hals steif: leicht zu diagnostizieren, er kannte solche Fälle. Er ordnete Penicillin an, Penicillin, das direkt ins Rückenmark injiziert werden sollte. Er war müde, todmüde. Er sah den Medikamentenwagen wieder vor sich, der für die Injektion vorbereitet war; und er sah auch die Schwester wieder vor sich, wie sie ihm gegenüber auf der anderen Seite des Bettes stand und darauf wartete, daß er ihr ein Zeichen gab, das Kind in die richtige Stellung für die Injektion zu bringen – dann, wie sie mit einer Hand den Leib des Kindes umgriff, mit der anderen die Füße nahm und den kleinen Körper über die Bettkante beugte. Er bedeckte den Körper des Kindes mit Handtüchern, ließ nur die Stelle an der kleinen Wirbelsäule frei, wo die Nadel angesetzt werden sollte, desinfizierte die Stelle, während die Schwester neben ihm den Ampullenhals abknickte. Die Flüssigkeit in die Spritze einziehen, das war seine Aufgabe. Eine Million Einheiten anstelle von tausend Einheiten Penicillin hatte er

aufgezogen! In jenen Tagen überließ man es der Schwester, das Penicillin mit sterilem Wasser zu verdünnen, und diese Schwester hatte die falsche Flasche gegriffen. Er hatte sich vorher nicht noch einmal das Etikett zeigen lassen. Wessen Schuld? Die der Schwester? Weil sie ihm das Etikett nicht hingehalten hatte? Letztendlich ist der Arzt für alle Fehler verantwortlich. Hätte er sich nur an die Regeln gehalten und sie aufgefordert, ihm das Flaschenetikett in Augenhöhe hinzuhalten, ehe sie die Ampullen mischte, so daß er es lesen konnte! Aber er hatte es nicht getan, er hatte die Flüssigkeit einfach aufgezogen.
Der Tod des Kindes war schrecklich für ihn gewesen. Die Eltern hatten das Krankenhaus verklagt. Man berief einen Untersuchungsausschuß ein; die Ärzteschaft hatte ihn wundervoll unterstützt und ihn entlastet. »Tod durch widrige Umstände«, »Tod durch Unfall«. Aber war es wirklich ein Unfall gewesen, oder war es ein Kunstfehler? Gewiß, man hatte ihn entlastet, aber er war nie ganz darüber hinweggekommen.
Daß Marion Hughes den Namen Manton Hall erwähnt hatte, brachte ihm alles wieder mit Gewalt zu Bewußtsein. Er versuchte, sich das Gesicht der Schwester vor Augen zu rufen, die ihm die Ampulle mit der Injektionsflüssigkeit gereicht hatte, aber er konnte sich nicht mehr erinnern, da war eine leere Stelle in seinem Gedächtnis. Er konnte sich noch nicht einmal an ihre Uniform erinnern. War es die Stationsschwester gewesen oder eine der anderen Schwestern? Hatte sie danach das Krankenhaus verlassen, ihren Beruf ganz aufgegeben? Armes Kind – wenn sie dasselbe durchgemacht hatte wie er! Nun, er nahm an, daß es so war. Aber er wußte nicht, was aus ihr geworden war. In der Tat, bis zu diesem Tag hatte er nie mehr an sie gedacht. War es diese Geschichte, auf die Marion Hughes angespielt hatte – der Tod des Kindes? Oder war es diese andere Sache – diese viel schlimmere; denn in Manton Hall hatte sich etwas für ihn noch viel Unangenehmeres ereignet. Wußte sie davon? Unruhig stand er auf, er konnte nicht sitzen bleiben, aber auch nicht schlafen gehen. Wußte sie von dieser anderen Sache – der Abtreibung? Sehr unwahrscheinlich; alles war so geheim geblieben, so glatt gelaufen, und doch . . Er hatte eine Affäre mit einer jungen Schwester gehabt, achtzehn Jahre, er konnte sich kaum noch an sie erin-

nern. Die Geschichte war so flüchtig gewesen, von solch kurzer Dauer. Manche Leute behaupteten, Schwestern wählten diesen Beruf nur, um sich einen Arzt zu angeln; vielleicht hatte die Kleine versucht, ihn zu angeln. Wie dem auch war – sie wurde schwanger von ihm. Und die eine Sache, die für ihn fest wie ein Fels stand, war, daß er nicht heiraten würde, ehe... Nun, er hatte ihr 25 Pfund gegeben und ihr gesagt, sie solle abtreiben lassen. Vage trat ihm nun doch ihr Gesicht vor Augen, ihre vor Tränen geschwollenen Augen, ihr fleckiges Gesicht – überhaupt nicht attraktiv. Warum hatte er sich nur mit ihr eingelassen, was hatte er in ihr gesehen? Sie hatte ihren freien Tag dann dazu benutzt, die Abtreibung vornehmen zu lassen. Als sie am nächsten Tag ins Krankenhaus zurückkam, sah sie schrecklich aus. Drei Tage später lag sie auf der gynäkologischen Station. Ein Dienstarzt, der einen Besuch auf der gynäkologischen Station macht? Das hätte befremdlich ausgesehen, und er hatte es nicht gewagt. Aber er hatte mit dem Gynäkologen darüber gesprochen, beiläufig, so als ginge ihn die ganze Sache nichts an. Und der Gynäkologe hatte ihm den Fall geschildert.

»Offensichtlich ist sie zu irgendeiner Engelmacherin gegangen, und die hat den Uterus verletzt. Eine schlimme Entzündung, das Mädchen hätte leicht sterben können. Ich würde gern den Kerl zu fassen kriegen, der sie schwanger gemacht hat und sie dann zu so jemand hinschickt...« Auf diese Art hatte er endlos weitergesprochen, und James Hatfield begriff, in welch heikler Situation er sich befand. Wenn sie irgend jemand davon erzählte, seinen Namen erwähnte, sagte, daß er ihr 25 Pfund gegeben hätte, um abtreiben zu lassen... Hatte sie darüber gesprochen? War sie mit Marion Hughes befreundet gewesen? Das wäre schlecht, sehr schlecht. Die andere Geschichte, nun, er war entlastet worden. Aber die Abtreibung, es wäre entsetzlich, wenn das herauskäme, selbst nach so vielen Jahren noch. Niemand wußte davon, das zumindest hatte er bisher geglaubt. Er überlegte. Wie sollte er damit umgehen? Er würde es nicht zulassen, daß diese Frau die Geschichte von dem Tod des Kindes wieder aufwärmte. Das wäre schon schlimm genug; aber wenn sie von der anderen Sache wußte, oder gar von beiden, dann war sie eine Bedrohung für ihn. Er würde etwas unternehmen müssen.

Er erinnerte sich wieder an den Klatsch über ihre Meldung in diesem – was war es noch gewesen? – Anginafall. Er mußte herausfinden, was sie wußte. Wenn es der Tod des Kindes war, dann brauchte er sich nicht allzusehr zu beunruhigen. Aber wenn es die Abtreibung war, die illegale Abtreibung, die er bezahlt hatte, dann mußte sie irgendwie zum Schweigen gebracht werden. Mit Geld? Von dieser Idee versprach er sich nicht viel; im Hintergrund seiner Gedanken wußte er, was sie wollte. Eine Heirat. Sie war nicht mehr jung. Siebenunddreißig? Sie sah gut aus, aber sie war ein kalter Fisch.
Sir James ist ein Kind gestorben. Es war ein Unfall, sagt man – das würde er ertragen können. Aber: Sir James hat ein junges Mädchen zu einer illegalen Abtreibung getrieben; das Mädchen wäre fast daran gestorben – das wäre zu viel, einfach zu viel. Er war endlich frei und ledig, und er dachte nicht daran, irgendeine Nachtschwester zu heiraten. Madeleine, Lady Madeleine Craughton würde er heiraten, und eher würde er Marion Hughes in die Hölle befördern, ehe er es zuließ, daß sie das verhinderte.
Zuerst mußte er herausfinden, was sie wußte, was sie wollte. Er stand auf. Er fühlte sich ruhiger, stellte das Whiskeyglas zurück in den Schrank und ging hinauf in sein Schlafzimmer.

Schwester Carmichael auf der Kinderstation fühlte sich zerschlagen. Sich so ertappen zu lassen – das war das Ende. Hätte sie doch nur nicht... So wichtig waren ihr die Eier und Pommes frites doch gar nicht gewesen – und dann – Marion Hughes vor sich stehen zu sehen, mit einem Lächeln im Gesicht, diesem selbstzufriedenen Lächeln, das zu sagen schien: ›Genau das habe ich erwartet.‹
Carmichael war aufgesprungen, hatte, wie so oft, nur ein Stammeln zustande gebracht – hatte gefühlt, wie ihr Mund von den Kartoffeln fettig war, und sich nicht getraut, nach einem Taschentuch zu greifen, um sich den Mund abzureiben.
»Es tut mir... leid, Miss Hughes. Mir war plötzlich so flau, das Abendessen war nicht gut, und ich bat die Schülerin...«.
»Hören Sie auf, Schwester, erfinden Sie keine Ausreden«,

hatte Marion Hughes gesagt. »Sie wissen sehr gut, daß außer den Frühstückseiern für die Kinder auf der Station keine Mahlzeiten zubereitet werden dürfen. Und da die Eier für jede Station genau abgezählt werden, nehme ich an, daß morgen früh zwei Kinder ohne ihr Frühstücksei auskommen müssen. Oder geben Sie vielleicht Mrs. Upton die falsche Zahl an? Setzen Sie ein oder zwei mehr ein, so daß Sie und die Schülerin sich bedienen können? Das ist Diebstahl – Diebstahl von Krankenhauseigentum, das wissen Sie. Und die Kartoffeln – woher haben Sie die? Wahrscheinlich von Mrs. Upton abgebettelt! Ein sehr würdiges Verhalten für eine Krankenschwester und Möchtegern-Stationsschwester.«
Schwester Carmichael war verstummt. Es gab nichts, was sie erwidern konnte, nichts, was sie tun konnte. Diese Frau blieb immer Sieger, es war besser, zu schweigen. So stand sie einfach da, und in ihr Gesicht trat ein trotziger Ausdruck, den man nicht an ihr gewohnt war. Marion Hughes, das wußte sie, hatte ihn bemerkt. Carmichael erkannte es daran, daß sich die Haltung der Gestalt im Türrahmen plötzlich straffte.
»Selbstverständlich werde ich das morgen früh der Stationsschwester melden müssen. Es bleibt mir nichts anderes übrig. Ich würde mich gern vor mein Nachtpersonal stellen, aber das ist sehr schwierig, wenn Leute darunter sind wie Sie, Schwester Carmichael. Welches Beispiel geben Sie denn der Schülerin? Was meinen Sie, was sie tun wird, wenn sie später einmal die Verantwortung für eine Station übernimmt? Wo ist sie überhaupt?« fragte sie und blickte auf den verlassenen Teller.
Schwester Carmichael nickte stumm in Richtung des Krankensaales. In dem Moment, als sich die Schülerin über ihr Mahl hermachen wollte, hatte drüben im Saal ein Kind zu weinen begonnen. Sie war zu ihm geeilt. Natürlich war das Glück auf ihrer Seite, dachte Carmichael. Nie ist es auf meiner Seite. Miss Hughes schritt in den Krankensaal und ließ Carmichael allein in der Küche zurück.
Still blieb sie dort stehen. Sie wußte, Marion Hughes würde die Schülerin beschimpfen, aber nicht so schlimm wie sie. Denn schließlich trugen die Schülerinnen keine Verantwortung.
Als Miss Hughes mit der Schülerin aus dem Kindersaal kam, konnte Carmichael sie von der Küche aus hören.

»Ich hätte Sie für klüger gehalten. Aber natürlich, wenn die Schwester Sie um etwas bittet, wenn sie Sie beauftragt, für sie zu kochen, dann können Sie schlecht nein sagen. Ich bin immerhin froh, daß Sie bei den Kindern waren und sich um sie kümmerten. Wenn so etwas noch einmal vorkommen sollte, bitte, rufen Sie mich an und sagen Sie mir, daß es Ihnen nicht möglich ist zu tun, was die Schwester von Ihnen verlangt. Haben Sie das verstanden?«

»Ja, Miss Hughes«, hatte die Schülerin gemurmelt, und kurz darauf hatte Carmichael Miss Hughes' Schritte gehört, die sich den Korridor entlang entfernten. Als sie kaum noch hörbar waren, war die Schülerin in die Küche zurückgekehrt.

»Verdammt«, hatte sie gesagt. »Und das alles wegen einem Teller Ei mit Fritten. Diese Frau braucht mal einen Kerl.«

»Hören Sie auf mit solchen Redensarten, das mag ich nicht«, Schwester Carmichael hatte plötzlich gespürt, wie ihr die Tränen in die Augen schossen, und die Schülerin war schnell zu ihr gegangen und hatte den Arm um ihre Schultern gelegt.

»Ach, lassen Sie doch, Schwester«, hatte sie gesagt. »Sie ist doch nichts weiter als eine dumme Nachtaufsicht, und meine Sprüche tun mir leid. Ich weiß, ich fluche schnell... Aber wirklich! Sie holt die schlimmsten Seiten aus einem heraus. Als ob ich sie anrufen und ihr erzählen würde, daß Sie mich gebeten haben, uns etwas zu essen zu machen.«

»Es wäre gescheiter, Sie täten es«, hatte Carmichael bitter geantwortet.

Hiram Jones hatte die übliche Morgenrunde zu ertragen, aber Miss Hughes schien abwesender als sonst. Er hatte sie noch nie so besorgt gesehen, und die Sorgen schienen sie nachsichtiger zu stimmen.

»Guten Morgen, Mr. Machin«, sagte sie. »Guten Morgen, Mr. Johnson, ich hoffe, Sie hatten eine gute Nacht.« Schnell war sie an den Betten vorbeigehuscht. Das zerrissene Bettuch, das Hiram aus einem der Betten hatte heraushängen sehen, blieb unbemerkt. Sie war eilig durch den Saal gegangen und hatte dann auf ihre übliche knappe Art gesagt: »Danke, Pfleger Jones«, und war verschwunden. Hiram fühlte sich, als fiele eine schwere Last von ihm ab. Der Besuch von John während der Nacht hatte ihn alarmiert, und er fühlte sich erleichtert, daß zumindest die Runde so rasch und fast kommentarlos vonstatten gegangen war. Er ging zurück in die Küche, wo gerade das Frühstück vorbereitet wurde und sagte: »Ich hole das Telefon.«

»So früh am Morgen?« Atkins blickte überrascht auf.

»Ja, einer der alten Herren möchte nach Hause telefonieren; da heute Besuchstag ist, will er seine Tochter bitten, ihm etwas mitzubringen. Sie geht früh zur Arbeit, deshalb muß er sie jetzt anrufen. Haben Sie das Telefon gesehen, als Sie zur Pause gingen?«

»Das Telefon? Ja, es stand neben dem Lift. Ich hole es Ihnen, wenn Sie wollen.«

»Nein, lassen Sie sich nicht stören, ich hole es selbst«, sagte Hiram. Er wollte nicht, daß sein Schüler irgend etwas von dem Gespräch, das der alte Mann mit seiner Tochter führte, mitbekäme. Er rollte das transportable Telefon in den Krankensaal; geräuschlos fuhr es über den gekachelten Boden. Hiram schob es dicht an das Bett des alten Mannes heran.

»Mr. Butterworth«, sagte er. Mr. Butterworth war wieder eingeschlummert. »Sie baten mich doch, Ihnen das Telefon zu bringen. Sie wollten Ihre Tochter wegen der Schlaftabletten anrufen.«

Der alte Mann blickte überrascht auf, mit seinen wässrigen Augen sah er zu Hiram hoch. »Die was?«

»Ihre Pillen«, sagte Hiram ungeduldig. »Sie erinnern sich doch. Sie sagten, Sie wollten sich Ihre Pillen bringen lassen, die Flasche Nembutal, die Sie zu Hause haben.«

»Ich hatte doch letzte Nacht meine Pillen«, sagte der alte Mann. »Ich habe sie doch eingenommen, wovon reden Sie denn?«

»Sie sagten mir, Sie hätten gern welche auf Vorrat und Sie wollten Ihre Tochter bitten, Ihnen die Flasche, die Sie zu Hause haben, herzubringen.«

»Ach ja, jetzt erinnere ich mich. Nun, ich weiß nicht«, sagte der alte Mann. Hiram zitterte vor Ungeduld.

»An Ihrer Stelle würde ich sie mir herbringen lassen«, sagte Hiram. Er blickte durch den Saal. Gott sei Dank war der alte Mann im Nebenbett schwerhörig und hatte sein Hörgerät

nicht auf, und der Mann im Bett auf der anderen Seite schien tief zu schlafen.
Hiram schloß das transportable Telefon in der Steckdose neben dem Bett an und sagte: »Welche Nummer hat Ihre Tochter?«
»Ich weiß sie nicht auswendig, aber da meine Tochter meine nächste Angehörige ist, wird ihre Nummer ja in meiner Akte sein.«
»Nun«, dachte Hiram, »so ganz senil ist er doch nicht.« Er ging hinüber zu dem Aktenwagen neben dem Schreibtisch, blätterte eilig die Karteikarten durch, bis er auf den Namen Butterworth stieß. Ein Glück, dachte er, sie hat wirklich Telefon. Aber das mußte sie ja wohl, der alte Mann hatte es schließlich gestern abend gesagt. Aber manchmal brachten die alten Leute alles durcheinander. Ich hoffe nur, daß er sich nicht irrt und wirklich seine Pillen zu Hause hat.
Hiram ging zurück zum Bett, rief die Zentrale und bat um eine Außenleitung. Er betete, daß die Telefonistin nicht heimlich mithören würde. Aber dann fiel ihm ein, daß May heute Dienst hatte; er hatte sie gesehen, gestern abend, als er seinen Dienst antrat; sie döste die meiste Zeit vor sich hin, sie würde sich nicht die Mühe machen mitzuhören. Er wartete. Interne Anrufe nahm May noch weniger ernst als alle anderen. Es hatte ungefähr zehnmal geklingelt, als sie endlich den Hörer abnahm und mit schläfriger Stimme sagte »Hm?«
»Ich hätte gern für einen Patienten eine Außenleitung.« Hiram gab ihr die Nummer, und kurz darauf leuchtete das rote Licht auf dem Telefon auf. Er hoffte, daß May ihren Kopfhörer abgenommen hatte. Dann wählte er die Nummer von Mr. Butterworth und übergab dem alten Mann den Hörer. »Sprechen Sie mit ihr, bitten Sie sie, Ihnen die Flasche Nembutal herzubringen.«
Der alte Mann nahm den Hörer, es schien eine Ewigkeit zu dauern, bis er sich nach oben geschoben und in eine Position gebracht hatte, in der er den Hörer an sein Ohr halten konnte. Dann sagte er: »Bist du's, Mabel?«
Am anderen Ende ertönte eine schrille Stimme. »Nein, es ist nichts passiert. Ich rufe dich nur an, weil... nein, keine Sorge... Ich weiß, daß du gleich zur Arbeit gehst. Ich möchte, daß du mir heute nachmittag etwas mitbringst.« Die Stimme

am anderen Ende wurde noch schriller. Mr. Butterworth hielt den Hörer von seinem Ohr ab und verdrehte die Augen. Dann sprach er weiter.
»Schon gut, schon gut. Du sollst ja gar nichts besorgen. Ich weiß, daß du nicht viel Zeit hast. Ich möchte nur, daß du mir die Flasche Nembutal aus dem Arzneischrank im Badezimmer mitbringst. Du weißt, die, auf der mein Name steht und darunter ›1 Tablette, wie verordnet‹. Die ist es. Der Pfleger hier sagt, ich darf sie mir bringen lassen ... Ja, ich weiß, aber er hat es gesagt; du kannst ihn selbst fragen.«
Hiram schüttelte den Kopf, und der alte Mann fuhr mit seinem Gespräch fort, wurde jedoch immer gereizter. »Also gut, ich weiß nicht warum, vielleicht sind ihnen hier die Pillen ausgegangen; jedenfalls sagt er, ich darf sie mir bringen lassen. Also, bitte, vergiß sie nicht. Noch etwas? Ja, meine saubere Wäsche ... o ja, und bring mir einen Western mit, einen, den ich noch nicht gelesen hebe ... Ich weiß nicht, woher du wissen sollst, welchen ich noch nicht gelesen hab', versuch es einfach!« Am anderen Ende ertönte das Klicken der Gabel, und Mr. Butterworth reichte Hiram den Hörer zurück.
»Sie wird sie herbringen. Sie meckert und stöhnt zwar über alles und jedes. Ich weiß nicht warum, wenn man bedenkt, daß ich hier in diesem Krankenhaus bin und ihr nicht zur Last falle. Ja, sie wird sie bringen.« Er lehnte sich gegen das Kissen, und plötzlich waren seine Augen hellwach; er blickte Hiram mißtrauisch an.
»Aber ich werde sie nicht nehmen – solange mir der Arzt hier welche verordnet. Das müssen Sie wissen.«
»Ja, gewiß«, sagte Hiram. Er fühlte, wie ihn – wie jeden Morgen – diese große Müdigkeit überkam. Er zog den Stecker heraus und rollte das Telefon durch den Krankensaal. Einer oder zwei der alten Männer riefen ihm zu: »Ich würde auch gern telefonieren«, aber Hiram schüttelte den Kopf und fuhr an ihnen vorbei.
»Es ist zu früh«, sagte er und ignorierte das Schimpfen und Murren. Er schob das Telefon durch den Korridor und stellte es wieder neben dem Lift ab. Heute nacht würde es ein paar Pillen geben.
Der Preis der Liebe, dachte Hiram, und plötzlich fühlte er sich nicht nur müde, sondern auch sehr deprimiert.

Schwester Carmichael war wieder zurück im Kinderkrankensaal und fühlte, wie sie noch immer zitterte. Sie mußte sich zwingen, sich an ihren Schreibtisch in der Mitte des Saales zu setzen und ihren Bericht zu beenden. Die Nacht war fast vorüber. Sie hörte die Schwesternschülerin in der Küche herumhantieren und hoffte, daß keines der Babys aufwachte. Sie ging hinüber in den Säuglingstrakt und sah in die Bettchen. Alles war ruhig. Eines der Babys bewegte sich im Schlaf, und zwei winzige Fäuste kamen unter der Decke hervor. Automatisch deckte sie sie zu, ging zurück in den Kindersaal und setzte sich wieder an den Schreibtisch.

Sie saß lange Zeit reglos da. Sie spürte, wie ihr plötzlich alles gleichgültig war; selbst wenn alle Kinder auf der Station stürben, es wäre ihr gleichgültig. Ihr Berichtsheft war inzwischen mit Tintenklecksern übersät. Zu allem Überfluß hatte sie noch gehört, daß die Tagesschwester, die sie ablösen sollte, krank war. Wenn sich niemand fand, der sie vertrat, dann mußte sie vielleicht noch länger auf dieser verhaßten Station zubringen.

Carmichael beendete ihren Bericht, erhob sich vom Schreibtisch und ging in die Küche. »Ich muß vielleicht hierbleiben, Schwester Barton ist krank«, sagte sie zu der Schülerin.

Die Schülerin nickte. »Ja, ich habe es gehört. Ach, Sie Arme, aber nehmen Sie doch die alte Hexe nicht so ernst.« Sie wandte ihr lächelndes, glückliches Gesicht Carmichael zu.

»Wie können Sie nur so gutgelaunt sein – nachdem Sie gerade so beschimpft worden sind?« sagte Carmichael.

»Ich kümmere mich nicht darum, und außerdem ist es ja jetzt schon eine Ewigkeit her. Schließlich kann ich auch fortgehen und woanders arbeiten«, sagte die Schülerin leichthin. »Vielleicht werde ich heiraten – mein Freund will heiraten. Er verdient zwar nicht genug, um mich zu ernähren, aber ich könnte mir ja auch woanders einen Job suchen. Ich bin nicht abhängig von diesen schrecklichen Leuten hier. Und das will ich auch nicht werden. Nur weil Ihnen hier alles so wichtig ist, geht es Ihnen so nahe.«

Carmichael wußte, daß das Mädchen recht hatte. Und doch, wie sollte sie sich ändern?

»Gehen Sie und sehen Sie nach dem Kind ganz hinten, ich kann es hören.«

»Sie haben scharfe Ohren«, sagte die Schülerin lächelnd. Auch sie hatte das zuerst schluchzende und dann laut weinende Rufen »Schwester!« gehört. Sie verließ die Küche. Carmichael lehnte sich gegen das Spülbecken und sah hinunter auf die inzwischen leeren fettigen Teller und Messer und Gabeln. Sie nahm ein Messer in die Hand und berührte die Schneide mit den Fingern. Es war nicht sehr scharf. Plötzlich drehte sie sich um und öffnete die Schublade des Küchentisches. Zwei Messer lagen darin: ein Brotmesser mit gezackter Schneide und ein größeres – ein Tranchiermesser. Sie hatte es schon vorher gesehen. Sie fragte sich, zu welchem Zweck es wohl hier sei. Hier oben in der Küche wurde kein Fleisch tranchiert, das war gegen die Krankenhausregeln. Man schnitt nur das kalte Fleisch, das aus der Hauptküche hochgeschickt wurde, und goß heiße Soße darüber, damit die Portionen größer aussahen. Wahrscheinlich war deshalb das Fleisch immer so zäh wie Leder.
Carmichael faßte nach dem Holzgriff des langen Tranchiermessers und zog es aus der Schublade. Sie legte es auf den Küchentisch. Ihre Gedanken waren eigenartig verwirrt. Das Licht der nackten Glühbirne über dem Tisch spiegelte sich in der Klinge. Automatisch nahm sie das Messer in die Hand; plötzlich merkte sie, daß sie es mit der Spitze nach vorn vor sich hielt. Sie ließ es fallen, begann noch mehr zu zittern und warf sich die Hände vors Gesicht. In diesem Moment kam die Schülerin wieder. Sie hatte gesehen, wie Carmichael das Messer klirrend auf den Tisch fallen ließ.
»Ihm fehlt nichts – dem Kind, meine ich«, sagte sie. »Was ist mit Ihnen los? Was tun Sie denn damit?«
Carmichael hob ihr weißes Gesicht und sah sie an. »Ich weiß es nicht«, sagte sie.
»Was hatten Sie denn vor mit dem Messer?« fragte die Schülerin neugierig. Sie kam näher an den Tisch heran, griff nach dem Tranchiermesser und blickte immer noch Carmichael hin.
»Legen Sie es zurück, legen Sie es zurück in die Schublade«, rief Schwester Carmichael scharf, fast hysterisch.
»Schon gut, schon gut«, sagte die Schülerin und ließ das Messer geräuschvoll in die Schublade fallen und stieß sie zu.
»Sie werden die Babys aufwecken«, sagte Carmichael automatisch.

»Sie wachen jetzt sowieso auf«, antwortete die Schülerin. Dann fügte sie plötzlich hinzu: »Hören Sie, Schwester, meinen Sie nicht, Sie sollten sich ein paar Nächte freinehmen? Sagen Sie, Ihre Großmutter wäre gestorben, oder irgend etwas. Was Ihnen fehlt, ist ein bißchen Abwechslung. Nehmen Sie sich frei und besuchen Sie Ihre Verwandten, oder gönnen sich einfach ein bißchen Ruhe. Sie haben es nötig, wirklich. Sie sind so weiß wie die Wand. Sehen Sie sich doch an. Sie zittern ja am ganzen Körper. Setzen Sie sich eine Minute hin.«
»Ich habe keine Verwandten. Kümmern Sie sich um Ihre eigenen Angelegenheiten. Mir fehlt nichts. Gehen Sie und sehen Sie zu, daß Sie mit Ihrer Arbeit fertig werden. Die Kinder, die schon wach sind, können Sie schon waschen; dann werden wir schneller fertig.« Carmichael hielt plötzlich inne und ließ sich auf den Küchenstuhl sinken. »Tut mir leid«, sagte sie, »ich wollte nicht unfreundlich sein.«
»Okay, wie Sie meinen«, sagte die Schülerin und verließ die Küche; an der Tür wandte sie sich noch einmal um und blickte Schwester Carmichael an – in den Augen eine Mischung von Verwunderung und Besorgnis.

Morgen. Marion Hughes hatte ihren Dienst beendet. Sie fühlte sich zufriedener, als sie erwartet hatte. Daß Sir James ihren Flirtversuch zurückgewiesen hatte, war eine Niederlage; aber die hatte sie wieder wettgemacht. Seine Reaktion auf den Namen Manton Hall hatte es gezeigt. Das wird ihn zum Nachdenken bringen, dachte sie.
Die Oberschwester war hereingekommen und hatte sie begrüßt: »Guten Morgen, Miss Hughes, war alles ruhig heute nacht?«
Marion Hughes hatte genickt und gesagt: »Ja, hier ist der Bericht.«
Beide Frauen hatten sich dann an den Tisch gesetzt, und Marion Hughes hatte das dicke Buch geöffnet, das der Oberschwester Aufschluß über alles gab, was sich in dieser Nacht im Krankenhaus ereignet hatte. Wer eingeliefert und wer operiert worden war, wessen Zustand sich plötzlich verschlim-

mert hatte, wer in die Intensivstation verlegt werden mußte, jede Einzelheit, die in der Chirurgischen Ambulanz vorgefallen war und außerdem, ob irgendeine Schwester während der Nacht krank geworden und nach Hause gegangen war.
Marion Hughes' Bericht war vollständig und makellos. Sie hatte nicht die kleinste Begebenheit vergessen, auch nicht die schwarzen Fingerabdrücke an der Tür zur Chirurgischen Ambulanz.
»Ja, ich habe es auch bemerkt«, sagte die Oberschwester hastig. »Die Tür muß abgewaschen werden, aber es ist nicht Aufgabe der Schwesternschülerinnen, das zu tun.«
»Aber ein feuchtes Tuch und ein wenig Scheuerpulver würden doch ausreichen, die Flecken in zwei Minuten zu beseitigen«, sagte Marion Hughes.
»Nein, das geht nicht an. Stellen Sie sich vor, die Ausbilderin sieht die Schülerinnen putzen, das gehört nicht zum Berufsbild.« Die Oberschwester versuchte, die Situation etwas zu entspannen, aber das war bei Marion Hughes nicht einfach.
»Ja, gewiß. Aber manchmal frage ich mich, worin denn eigentlich die Ausbildung der Schwesternschülerinnen besteht«, sagte Marion Hughes knapp. »Sie dürfen dies nicht tun und sie dürfen jenes nicht tun, man fragt sich wirklich, wozu sie überhaupt da sind. Nun...« Sie ließ das Thema fallen und stand auf. Auch die Oberschwester erhob sich und ließ ihre Zeitung auf das Berichtsbuch fallen; dabei öffnete sie sich. Marion Hughes blickte abwesend auf die Titelseite hinab. »Irgendwelche Neuigkeiten, noch mehr Streiks?« fragte sie.
»Nein, ich glaube nicht«, sagte die Oberschwester. »Aber ich habe sie bisher nur flüchtig durchgelesen.«
Marion Hughes blätterte in der Zeitung und überflog die Seiten. Auf einer entdeckte sie unten in der Ecke das kleine Foto eines Mannes. Sie las die Überschrift. Er war beim Polospiel vom Pferd gefallen und hatte schwere Verletzungen erlitten. Man hatte ihn eines Fotos gewürdigt, weil er in der Mannschaft von Prinz Charles spielte. Sie betrachtete das Foto eine Weile. Und plötzlich fiel ihr ein, wo sie Nigel Dentons Gesicht schon einmal gesehen hatte. In einer Zeitung. Aber warum war sein Foto in einer Zeitung erschienen, und in welcher hatte sie es gesehen? Ihr Gedächtnis begann zu arbeiten; wie eine Maschine setzte es sich in Gang; sie konnte sich jedoch nicht

erinnern. Aber sie sah sein Bild wieder vor sich. Wo hatte es gestanden – auf einer der Innenseiten oder auf der Titelseite? Nein, auf einer der Innenseiten hatte sie es gesehen, unten in der Ecke, genauso wie dieses hier. Daran konnte sie sich nun erinnern. Die Oberschwester unterbrach ihre Gedanken.
»Haben Sie jemanden entdeckt, den Sie kennen?« fragte sie.
»Nein, nur jemanden, der einer Person ähnlich sieht, die ich kenne«, antwortete Marion Hughes. Dann wandte sie sich um.
»Bis heute abend«, sagte sie, ging hinaus und schloß die Tür hinter sich, während sie immer noch über das kleine Foto in der Zeitung nachdachte. Es würde ihr gewiß wieder einfallen, ihr Gedächtnis ließ sie nie im Stich. Sie war sicher, sie würde sich erinnern, in welcher Zeitung sie das Foto von Nigel Denton gesehen hatte, und sie würde sich auch daran erinnern, warum es dort gestanden hatte.

Nach gründlichem Nachdenken und den vielfältigsten angstvollen Phantasien war Sir James zu dem Schluß gekommen, daß er eine Begegnung mit Marion Hughes arrangieren mußte, um herauszufinden, was genau sie über Manton Hall wußte: ob es die Sache mit dem Kind war oder noch etwas anderes.
Er hatte lange überlegt, wohin er sie einladen sollte, und sich dann für ein Restaurant auf dem Lande, ungefähr zwanzig Kilometer außerhalb, entschieden. An Wochenenden hatte er dort gelegentlich Ärztekollegen gesehen, aber er wollte sie an einem Wochentag dorthin einladen; er mußte in Erfahrung bringen, an welchen Abenden sie keinen Dienst hatte. Er glaubte, ganz sicher war er sich jedoch nicht, daß die Schwestern immer vier Nächte hintereinander frei hatten. Er bezweifelte, daß er dort auf jemanden treffen würde, den er kannte; aber falls doch, nun, dann würde man eben denken, er mache ihr den Hof. Inzwischen wußte wahrscheinlich jedermann im Krankenhaus, daß sie ihm bei Lady Marshalls Operation assistiert hatte. Er hoffte, daß nicht auch jedermann davon wußte, daß man dabei Gordon Mayes übergangen hatte. Nun, jedenfalls würde es niemandem schwerfallen, eine Erklärung zu finden, falls man ihn mit Marion Hughes

zusammen sehen sollte. Aber es war sehr unwahrscheinlich. Mitten in der Woche würde zumindest niemand aus dem Krankenhaus dort sein.
Um zehn Uhr morgens rief er in Marion Hughes' Apartment an; um diese Zeit, vermutete er, war sie gewiß schon zu Hause angelangt. Sie nahm sofort den Hörer ab.
»Ach, Sir James, wie nett«, die bekannte Stimme mit dem Aufwärtsschlenker am Ende ihrer Sätze klang nicht überrascht, sondern fast so, als habe sie den Anruf erwartet.
»Ich habe mir überlegt«, Sir James' Stimme klang steif, »ob Sie wohl Lust hätten, mit mir zu Abend zu essen, irgendwann in der Woche, wenn Sie frei haben. Draußen in Castlefield, in einem Landrestaurant, dem Clay Pigeon, kennen Sie es?«
»Nein«, antwortete Marion Hughes kühl, »ich kenne es nicht, aber ich habe schon viel davon gehört.«
»Man kann dort recht gut essen«, sagte Sir James, und Marion Hughes lächelte über die Vorsicht in seiner Stimme. Sie spürte, daß er sich unsicher fühlte, nicht wußte, wie er vorgehen sollte.
»Wann haben ... wann sind Sie frei?«
»In zwei Tagen – dann habe ich meine vier freien Nächte«, antwortete sie.
»Gut, wie wäre es mit Dienstag oder Mittwoch?« sagte Sir James schnell; zu schnell, dachte Marion Hughes und lächelte wieder. Mitten in der Woche war es sicherer; sie wußte, daß er daran dachte, aber es kümmerte sie nicht.
»Ja, das paßt gut«, sagte sie.
»Soll ich Sie – in Ihrer Wohnung abholen?« Sir James machte eine Pause, und sie antwortete schnell:
»Ja, um welche Zeit meinen Sie, sollten wir aufbrechen, um sieben Uhr?« Wieder der Aufwärtsschlenker in ihrer Stimme.
»Ja, das ist eine gute Zeit.« Sir James hatte ein wenig gezögert, ehe er antwortete, und seine Stimme klang nicht so markant wie gewöhnlich. Er selbst merkte, daß er sich beunruhigt und unsicher anhörte, und er spürte förmlich, wie Marion Hughes am anderen Ende der Leitung lächelte – in der Gewißheit, daß sie bereits einen Punkt gewonnen hatte.
»Nun, Sie wissen, wo ich wohne, ich erwarte Sie gegen sieben.«

»Nein, ich kenne Ihre Adresse nicht«, sagte Sir James, entschlossen, ihr nicht das Gefühl zu geben, daß er ihre Adresse nachgeschlagen habe; aber ihre Antwort brachte ihn wieder aus dem Gleichgewicht.
»Aber Sie wußten meine Telefonnummer; ich dachte, Sie hätten sie im Telefonbuch gesucht und gleichzeitig gesehen, wo ich wohne.«
Das saß! dachte er kläglich und sagte: »Ja, aber ich war nicht ganz sicher... Also gut, ich werde um sieben bei Ihnen sein, und dann können wir uns über... Manton Hall unterhalten. Gewiß werden wir feststellen, daß wir viele gemeinsame Bekannte dort haben.«
»Ja, gewiß«, sagte Marion Hughes.

In der letzten Nacht vor ihren vier freien Tagen absolvierte Marion Hughes ihre Runden fast ohne kritische Bemerkungen. Sie war mild und gnädig gestimmt. Nur Schwester Carmichael bekam einen kleinen sarkastischen Seitenhieb zu spüren, als Marion Hughes mit lächelndem Gesicht in die Küche ging, um, wie sie es ausdrückte, »nachzusehen, ob irgend etwas überkoche«. Schwester Carmichael hatte nicht geantwortet und versucht, die Bemerkung zu ignorieren.
Nachdem sie ihre Runde durch die Stationen beendet hatte, ging Marion Hughes hinunter in die Chirurgische Ambulanz und fand dort zu ihrer Überraschung Nigel Denton mit einer Patientin vor, außerdem, an seiner Seite stehend, Dr. Creasey.
»Was ist passiert, Schwester?« wandte sie sich freundlich an die Nachtschwester der Chirurgischen Ambulanz.
Die junge Frau sagte beflissen:
»Irgend etwas mit ihrem Unterleib stimmt nicht, Miss Hughes, ich weiß nicht genau, was.«
»Mit ihrem Unterleib stimmt etwas nicht, warum hat man dann nicht ihren Hausarzt gerufen? Warum hat man sie ins Krankenhaus gebracht?« Marion Hughes' Stimme klang schon schärfer.
»Ich glaube, sie arbeitet in einem Nachtclub; der Krankenwagen fuhr sie direkt hierher. Es scheint nichts Ernstes zu

sein, aber sie hat starke Schmerzen. Deshalb kümmern sich Dr. Creasey und Dr. Denton um sie.«

»Ich verstehe.« Marion Hughes ging in den Behandlungsraum hinüber zu der Liege, zog den Vorhang zur Seite und betrat die Bettnische.

»Wird man sie hierbehalten müssen, Doktor?« Sie sah zuerst zu Dr. Creasey hin, dann, als sie keine Antwort bekam, zu Nigel Denton, der vorsichtig den weißen Bauch des Mädchens abtastete.

Marion Hughes blickte hinab auf das Gesicht der Patientin. Sie war unbestreitbar hübsch, aber zu stark geschminkt – mit dickem blauem Lidschatten, über den ein glänzendes, schillerndes Puder gelegt war, das die schweren, künstlichen Wimpern, die die Lider hinunterzuziehen schienen, noch betonte. Auf ihren Lippen prangte ein grellroter Lippenstift, und das Rouge auf ihren Wangenknochen ließ das übrige Gesicht noch blasser erscheinen. Marion Hughes bemerkte auch die winzigen Schweißperlen auf Oberlippe und Stirn des Mädchens. Automatisch streckte sie ihre Hand an Dr. Creasey vorbei und fühlte den Puls. 120 und mehr. Marion Hughes wußte das, ohne auf ihre Uhr zu blicken.

»Tja, ich fürchte, wir müssen Sie hierbehalten, junge Dame«, sagte Nigel Denton. Die großen Augen des Mädchens kämpften mit den schweren Wimpern, als sie zu Nigel hochblickte.

»O Gott, das heißt, ich verliere vielleicht meinen Job. Was hab' ich denn?« fragte sie ängstlich.

»Nichts besonders Schlimmes. Ich glaube, Sie haben einen entzündeten Blinddarm – und ich fürchte, einen schlimm entzündeten«, sagte er.

»Ja, er hat schon oft gemurrt, mein Blinddarm; er tut mir schon seit langer Zeit weh«, sagte das Mädchen und biß sich auf die Unterlippe. Sie blickte plötzlich sehr besorgt.

»Es ist keine große Sache«, sagte Nigel Denton. »Eine ganz normale Routineoperation. Sie werden bald wieder zu Hause sein.«

»Das ist es nicht«, sagte das Mädchen. »Ich werde eine Narbe zurückbehalten oder nicht? Hier unten werde ich eine Narbe haben.« Sie zeigte auf die Stelle, wo sie offensichtlich die größten Schmerzen verspürte, direkt unter dem Nabel auf der rechten Seite.

»Ich bin Striptease-Tänzerin, wissen Sie«, sagte sie. »Ich kann es mir nicht leisten, eine Narbe auf dem Bauch zu haben. Wird sie groß sein?«
»Nein, eine ganz winzige«, sagte Nigel. Er machte eine Pause, ehe er das sagte, und in sein Gesicht war ein eigenartiger Ausdruck getreten; und in diesem Moment erinnerte sich Marion Hughes, aus welchem Grund Nigel Dentons Foto in der Zeitung erschienen war. Und sie erinnerte sich auch an die Zeile, die unter seinem Foto gestanden hatte.
Junger Arzt tötet seine Frau. Ein Unfall. Nigel Denton sah zu ihr auf; in dieser Sekunde realisierte er, daß es ihr eingefallen war, woher sie ihn kannte. Sie mußte in der Zeitung davon gelesen haben. Er fühlte, wie ihn wieder die Welle von Panik und Schuldgefühlen überkam. Marion Hughes' Stimme klang sanft, als sie sich an das Mädchen wandte.
»Machen Sie sich keine Sorgen. Ich bin sicher, Dr. Denton wird die Narbe so klein wie möglich machen. Er kennt sich aus in solchen Dingen, wissen Sie, und schließlich... wenn Sie einen Autounfall gehabt hätten, das wäre viel schlimmer gewesen.« Sie sah wieder zu Nigel Denton hin; ihre Blicke begegneten sich und hielten sich fest; als sie sich dann nach vorn beugte, roch sie den Whiskey in seinem Atem. Abrupt richtete sie sich auf, drehte sich um und verließ die Chirurgische Ambulanz.
»Was hatte denn das zu bedeuten?« fragte Dr. Creasey, halb lächelnd über Dentons Gesichtsausdruck.
»Nichts«, antwortete er fast schroff. »Jedenfalls im Augenblick nicht.« Dann wandte er sich wieder dem Mädchen auf der Liege zu und sagte: »Nun, junge Dame, jetzt sehen wir mal, was wir für Sie tun können, ja?«

Während Marion Hughes ihre vier freien Nächte hatte, passierten im Krankenhaus Dinge, die das Gefühl von Erleichterung, das ihre Abwesenheit normalerweise bei vielen auslöste, gar nicht erst aufkommen ließen.
Um 8.30 Uhr morgens wurde Schwester Carmichael zur Oberschwester gerufen. Sie erhielt einen strengen Verweis: einmal wegen des Fehlers bei der Temperaturmessung des

Kindes, das Fieber bekommen hatte, und dann wegen des Mahls in der Küche. Sie wurde darauf hingewiesen, daß der Verzehr von Krankenhausessen einem Diebstahl gleichkomme, und schließlich bekam sie noch einen Verweis, weil sie die Schülerin aufgefordert hatte, gegen die Regeln zu verstoßen, was von einem gänzlichen Mangel an Verantwortungsgefühl zeuge.

Carmichael hatte reglos vor dem Schreibtisch der Oberschwester gestanden und nichts gesagt. Dann hatte die Oberschwester eine lange Pause gemacht und war fortgefahren: »In der Kantine bekommen Sie doch genug zu essen; es sollte doch niemand nötig haben, sich in der Stationsküche ein Mahl zuzubereiten.«

Carmichael konnte nur kläglich nicken. Es war die erniedrigendste Erfahrung, seit sie mit ihrer Schwesternausbildung begonnen und schließlich ihr Schwesterndiplom bekommen hatte. Sie fühlte sich schlechter behandelt als die kleinste, unerfahrenste Schülerin; all ihre Hoffnungen auf Beförderung entschwanden, als sie in das strenge Gesicht der Oberschwester blickte. Sie verließ das Büro, nachdem die Oberschwester gesagt hatte: »Sie können jetzt gehen, bitte bemühen Sie sich, daß so etwas nie wieder vorkommt.«

Carmichael verbrachte einen schrecklichen Tag; sie konnte keinen Schlaf finden, brachte den ganzen Nachmittag damit zu, wie blind durch den Stadtpark hin und her zu wandern. Die Gedanken drehten sich in ihrem Kopf. Soll ich fortgehen von diesem Krankenhaus und mich irgendwo anders bewerben? Aber welches Zeugnis wird man mir wohl ausstellen! Soll ich den Schwesternberuf ganz aufgeben? Sie war so deprimiert, daß sie alle Orientierung verlor. Gegen Abend kehrte sie in ihr möbliertes Zimmer zurück, wußte nichts mit sich anzufangen und fürchtete sich davor, wieder ihren Dienst anzutreten.

Den einzigen, winzigen Trost fand sie darin, daß Marion Hughes einige Nächte nicht dasein würde. Sie hoffte, daß die Schülerin nicht schon von allen Seiten gehört hatte, »wie die arme Carmichael von der Oberschwester in Stücke gerissen wurde«. Bei dem Gedanken an den Krankenhausklatsch duckte sie sich. Es bedeutete ihr so viel, daß ihr eine Schülerin unterstand. Alles verdarb Miss Hughes; alles, was einem

wichtig war, zerstörte sie. Eine normale, anständige Nachtaufsicht hätte es verstanden, daß die Temperatur eines Kindes innerhalb einer halben Stunde so ansteigen kann. Aber Carmichael mußte sich eingestehen, daß sie selbst so etwas noch nicht erlebt hatte. Dann die Sache mit dem Essen. Eine andere Nachtaufsicht hätte gesagt: »Was macht ihr denn da! Mitten in der Nacht die Öfen anzuwerfen, das solltet ihr lieber bleiben lassen. Aber für dieses Mal will ich ein Auge zudrükken.«
So hätte sich die stellvertretende Nachtaufsicht verhalten; aber vielleicht ist das der Grund, warum sie nur Stellvertreterin ist, dachte Carmichael. Miss Hughes jedoch – sie schwärzt jeden an; sie will zeigen, wie tüchtig sie ist, sie will immer weiter nach oben – eines Tages wird sie die Oberschwester des ganzen Krankenhauses sein. Miss Hughes würde alle anderen mit den Ellbogen beiseite schieben, alle ausstechen. Auch mich will sie unterkriegen, dachte Carmichael, ich könnte sie umbringen.
Der Haß, der in ihr aufstieg, machte ihr fast Angst. Sie sah wieder die Szene in der Stationsküche vor sich und wandte ihren Kopf ab. Tränen rollten ihre Wangen hinab auf das Kissen. Sie wußte, heute abend würde sie mit einem ihrer entsetzlichen Kopfschmerzanfälle zum Dienst gehen – es war einfach zuviel.

Hiram Jones atmete erleichtert auf. Heute abend würde Miss Norman, die stellvertretende Nachtaufsicht, die Runden übernehmen. Sie war fröhlich und gutgelaunt, und mit ihr waren die Runden ein Vergnügen. Wenn es doch immer so wäre, dachte er, dann wäre dieser Job erträglich.
John wurde immer schwieriger, und das machte das Leben für Hiram nicht gerade leichter. Aber heute nacht, wo er nicht mit Miss Hughes zu rechnen hatte, würde es ihm bestimmt gelingen, an ein paar der Nembutalkapseln heranzukommen; der alte Mr. Butterworth hatte zwar behauptet, seine Tochter hätte ihm die Kapseln nicht, wie versprochen, mitgebracht, aber Hiram glaubte ihm nicht. Heute würde Mr. Butterworth seine Schlaftabletten bekommen, er würde sie nicht für John aufheben.

Er würde Mr. Butterworth zu einem tiefen, festen Schlaf verhelfen. Während der Pause des Pflegeschülers würde er den Spind des alten Mannes durchsuchen. Manchmal fragte Hiram sich, ob John wohl bei ihm bleiben würde, wenn er ihn nicht mehr mit Pillen versorgte. Er bezweifelte es.

Als er den Medikamentenwagen durch den Krankensaal rollte, um die letzte Medizinration des Tages zu verteilen, hob er sich Mr. Butterworth bis zum Schluß auf. »Sind Sie sicher, daß Ihre Tochter die Flasche nicht mitgebracht hat?«

»Ja, ganz sicher«, sagte der alte Mann. »Und ich möchte jetzt meine Pillen haben. Sie stehen mir zu, ich habe heute morgen den Doktor gesprochen.«

»Ich weiß, ich weiß. Ich habe ja nur gefragt«, sagte Hiram. Er nahm drei Nembutalkapseln von dem Medikamentenwagen und reichte sie Mr. Butterworth zusammen mit einem Glas Wasser.

»Hier«, sagte er. »ich gebe Ihnen drei heute, dann werden Sie eine gute Nacht haben.«

»Drei?« der alte Mann kicherte fröhlich. Kein Wunder, daß man davon abgekommen ist, Nembutal zu verschreiben, dachte Hiram. Es macht die Leute wirklich abhängig.

»Drei«, sagte der alte Mann wieder. »Mein Gott, was ist denn mit Ihnen los?« Er sah zu Hiram auf, schob sich schnell die Kapseln in den Mund und spülte sie mit dem Wasser hinunter, so als befürchte er, daß Hiram seine Meinung ändern würde.

»Gar nichts ist mit mir los«, sagte Hiram. »Heute nacht, wo Miss Hughes nicht da ist, habe ich ein paar mehr bekommen können.«

»Ja, diese Hexe«, sagte Mr. Butterworth, »gut, daß sie nicht da ist. Miss Norman hat nicht soviel zu meckern. Die ist viel netter.«

Hiram nickte. Er hatte nicht die Absicht, mit einem Patienten über das Krankenhauspersonal zu sprechen. Er ging den Saal hinab und rollte den quietschenden Medikamentenwagen vor sich her.

Nun brauchte er nur zu warten, bis Mr. Butterworth in tiefen Schlaf gefallen war; dann würde er den ganzen Spind umdrehen, bis er die Flasche Nembutal gefunden hatte – wenn sie da war.

Alles war ruhig. Nachdem er die Medikamentenrunde beendet hatte, ging er in die Küche, wo der Pflegeschüler sich gerade aus einer der Bierflaschen der alten Männer ein Glas eingoß.
»Wollen Sie auch ein Bier? Besser das Heu einfahren, solange die Katze nicht da ist.«
»Das Heu einfahren, solange die Katze nicht da ist! Was zum Teufel soll denn das heißen?«
»Ach, ich hab' wohl meine Metaphern durcheinandergebracht«, sagte der Schüler. Hiram nickte. Er wollte ein Bier. Atkins goß ihm ein Glas ein.
»Die alte Carmichael unten auf der Kinderstation hat eine schöne Abfuhr bekommen«, sagte der Schüler und sah Hiram grinsend an. »Sie sieht schlimm aus. Ein Wrack, wenn Sie mich fragen. Sieht aus, als stünde sie vor einem Nervenzusammenbruch. Ihre Schülerin sagt, es wäre die Hölle, für sie zu arbeiten, weil sie solche Angst vor Miss Hughes hat. Jetzt ist sie die Hughes für ein paar Nächte los, da kann sie Orgien feiern. Hoffentlich stopft sie so viele Eier und Fritten in sich hinein, wie sie kann.«
Hiram Jones hatte genüßlich sein Bier getrunken, plötzlich stellte er sein Glas unwirsch auf den Tisch und sagte: »Ach, seien Sie doch still! Sie haben nichts anderes im Kopf als Krankenhausklatsch.«
»Nun, Grund genug gibt es für ein bißchen Klatsch«, sagte sein Schüler und zwinkerte ihm zu. »Und schließlich vertreibt er einem die Zeit. Wie geht's John?« schloß er.
Hiram ignorierte die Frage und ging zurück in den Krankensaal.

An dem Dienstagabend, für den Sir James sich mit Marion Hughes zum Dinner verabredet hatte, erschien er pünktlich um sieben vor ihrer Wohnung. Sie hatte den Rover vorfahren hören und aus dem Fenster gesehen. Ein Gefühl der Genugtuung überkam sie. Er hätte sie warten lassen können, um ihr zu zeigen, daß er nicht im mindesten nervös war und sich keine Sorgen darüber machte, was sie über ihn und Manton Hall wußte.

Sie hörte die Wagentür zuschlagen, dann, nach ein oder zwei Sekunden, die Klingel an ihrer Wohnungstür. Sie ging schnell hinüber in ihr Schlafzimmer, sprühte sich mit dem Zerstäuber ein wenig mehr Parfüm in den Nacken, bevor sie die Tür öffnete. »Guten Abend, Sir James, wie schön, Sie zu sehen. Bitte, kommen Sie doch herein«, sagte sie.
Er zögerte an der Schwelle, fast, so dachte sie amüsiert, wie eine Fliege, die Angst davor hat, in das Spinnennetz zu geraten. Nach einem kurzen Moment trat er ein und sagte: »Guten Abend, Miss Hughes. Ich habe den Tisch für halb acht bestellt, deshalb sollten wir lieber ...«
»Selbstverständlich, ich wollte Ihnen einen Drink anbieten, aber wenn Sie lieber sofort fahren möchten, ich bin bereit.« Marion Hughes' Stimme klang gelassen. Sie ging zurück in ihr Schlafzimmer, kehrte mit ihrem Mantel zurück und hielt ihn Sir James hin. Er nahm ihn und legte ihn mit geübter Geste um ihre Schultern. Sie trug ein blaues Kleid, das sie sich am Nachmittag gekauft hatte. Es war genau richtig; und sie hoffte, daß Sir James ihren guten Geschmack zu schätzen wüßte. Aber sein Gesichtsausdruck verriet nichts. Er wandte sich um und ging ihr voran die Treppe hinunter zu seinem Auto.
Die Fahrt zu dem Landgasthaus verlief in nahezu völligem Schweigen. Marion Hughes spürte die eigenartige Spannung, die zwischen ihnen lag, und es fiel ihr schwer, natürlich zu sprechen. Auf ihre wenigen vorsichtigen Bemerkungen hatte er so einsilbig geantwortet, daß sie schließlich ganz schwieg. Sie saß da und überlegte, wie sie die Konversation gestalten sollte, wenn sie sich erst am Tisch gegenübersaßen.
Das Mahl begann nicht unerfreulich.
»Erinnern Sie sich an Julian White, Sir James?« fragte sie beiläufig während des ersten Ganges. Sir James nickte recht abwesend, aber in seinem Gesicht schien sich etwas zu regen.
»Ja, natürlich«, sagte er. »Das war doch der Chefchirurg im Manton Hall, der sich so eigenartig kleidete und nie Socken trug. Stimmt's?« Seine Stimme klang leichthin, aber gleichzeitig schien er auf der Hut zu sein.
»Richtig. Wir Schülerinnen haben hinter seinem Rücken über ihn gelacht. Er war eine große Witzfigur für uns, aber ein sehr guter Arzt, meinen Sie nicht?«

»Ja, gewiß, ein sehr guter Arzt«, sagte Sir James.
Der zweite Gang wurde serviert. Die Erwähnung des Chefchirurgen von Manton Hall war eine gute Einleitung, dachte Marion Hughes. »Natürlich, Sie müssen sich sogar gut an ihn erinnern, Sir James, er hat sich doch sehr für Sie eingesetzt – damals in dieser Sache mit dem Kind.«
»Die Sache mit dem Kind?« Sir James blickte sie an.
»Ja, Julian Longford, erinnern Sie sich nicht? Der kleine Junge, dem man eine Überdosis Penicillin ins Rückenmark injizierte. Die Geschichte brachte das Krankenhaus damals in große Schwierigkeiten – und ich bin sicher, auch Sie. Die Eltern des Kindes... Er war ihr einziges Kind. Ich erinnere mich, wie man den Jungen einlieferte. Ich hatte noch nie zuvor einen Fall von Meningitis gesehen. Diese entsetzlichen Schreie und der nach hinten verdrehte Kopf. Als man ihn ins Bett legte, dachte ich, er wollte unbedingt zum Fenster hinaussehen – zu den Kirschbäumen. Aber natürlich...«
»Ich bezweifle, daß er die Kirschbäume hätte sehen können«, sagte Sir James trocken, und Marion Hughes merkte, daß er nicht so reagierte, wie sie gehofft hatte. Sie hatte erwartet, daß er überraschter, erschrockener wäre. Aber sie beharrte noch eine Weile auf dem Thema.
»Man hat Sie natürlich entlastet. Das meinte ich, als ich davon sprach, daß Dr. White so hilfreich war.«
»Es bestand keine Notwendigkeit für ihn, hilfreich zu sein«, sagte Sir James, immer noch mit dieser trockenen, fast tonlosen Stimme. »Ich wurde entlastet, weil die Fakten für mich sprachen. Die Ampulle, die man mir reichte, enthielt eine Überdosis, und ich benutzte sie. Unglücklicherweise zeigte mir die Schwester nicht das Etikett, ehe ich das Penicillin in die Spritze aufzog.«
»Nun, das war gewiß *ihr* Fehler«, sagte Marion Hughes. »Aber andererseits – die letzte Verantwortung liegt, wie man so schön sagt, immer beim Arzt, nicht wahr?«
»Ja.« Sir James fuhr mit seinem Mahl fort.
Marion Hughes war verwirrt. Warum blieb er so unbewegt? Sie hatte sich eine viel stärkere Reaktion erhofft. »Nun, inzwischen ist das Vergangenheit, und ich nehme an, niemand weiß von dieser Geschichte, oder?« Der Aufwärtsschlenker in ihrer Stimme klang nun fast drohend. Sir James bemerkte es,

und er lächelte innerlich. Wenn dies das ganze Geschütz war, das sie für das, was sie von ihm wollte – was immer es auch sein mochte –, aufzufahren hatte, dann wog es nicht schwer. Oder hatte sie eine noch stärkere Munition im Hintergrund? Wußte sie von dem Mädchen – und von der Abtreibung? Das mußte er herausfinden.

Sie waren bei Kaffee und Brandy angelangt. Sir James sah bemerkenswert entspannt aus. Marion Hughes dagegen fühlte die Spannung in sich wachsen; die Dinge liefen nicht wie gewünscht. Was war passiert? Machte es ihm nichts aus? Hatte sie sein Bedürfnis, die Geschichte mit dem Kind zu verheimlichen, überschätzt? Vielleicht wußte man am St. Jude-Hospital bereits davon. Nein, das glaubte sie nicht. Vielleicht unterschätzte sie nur seine Reaktion, vielleicht nahm er es unter der Oberfläche nicht so gelassen auf. Er war schließlich ein Mann, der es gewohnt war, seine Gefühle zu verbergen.

»Möchten Sie noch einen Kaffee oder Brandy, Miss Hughes?« fragte Sir James.

»Ja, einen Kaffee würde ich gern noch trinken. Er ist köstlich.«

»Ja, der Kaffee hier ist sehr gut«, sagte Sir James und rief nach dem Kellner. Er ist ein Mann, dachte Marion Hughes, bei dem die Kellner springen. Das ist schön. Dann wechselte Sir James das Thema.

»Als Sie Ihre Ausbildung in Manton Hall machten, kannten Sie da viele Schwestern?« fragte er.

»Nein, nicht sehr viele«, sagte sie zögernd. »Wir Schülerinnen wohnten nicht im Krankenhaus. Ich wohnte bei meinen Eltern. Und man ermutigte uns nicht gerade, viel mit den Schwestern zu verkehren. Vielleicht hatte man Angst, daß uns das abschrecken würde.« Sie lächelte. »Wir trafen sie natürlich auf den Stationen, und in der Kantine selbstverständlich.«

»Kannten Sie eine junge Schwester mit Namen Theresa O'Sullivan?« Er mußte es wissen. Er versuchte, die Spannung nicht in seiner Stimme durchklingen zu lassen und die Frage so zu stellen, als sei sie von geringem Interesse für ihn – so als frage er nach der Tochter eines alten Freundes oder Arztkollegen. Aber Marion Hughes ließ sich nicht täuschen.

Über den Tisch hin suchten ihre Augen seinen Blick, und sie bemerkte, wie sein Puls an der Schläfe heftig schlug. Warum? Nein, einer jungen Schwester namens Theresa O'Sullivan war sie nie begegnet – zumindest konnte sie sich nicht daran erinnern. Aber irgend etwas warnte sie, das Sir James wissen zu lassen. Also sagte sie beiläufig: »Oh, Theresa O'Sullivan, die kleine Irin, ja, die kannte ich.«
Sir James machte dem Kellner ein Zeichen. »Noch einen Brandy, bitte. Wollen Sie wirklich nicht...?« Marion Hughes schüttelte den Kopf.
Als der Brandy kam, trank ihn Sir James schnell aus und stand dann abrupt auf. »Wollen wir gehen?« sagte er. Marion Hughes nickte.
Während er ihr mit kühler Höflichkeit den Mantel um die Schultern legte, wandte sie sich zu ihm um und sagte: »Sir James, uns allen tut es leid, daß Ihre Frau gestorben ist. Ich hoffe, Ihr kleiner Urlaub und ein wenig Ruhe haben Ihnen geholfen, über den Schock hinwegzukommen.«
Sein Gesicht wurde um keine Spur weicher. Er nickte nur, und seine völlig unverbindliche Haltung trieb sie dazu fortzufahren: »Es war natürlich ein Jammer, daß sie nicht drei Monate früher ins Krankenhaus ging, denn dann hätte man noch etwas für sie tun können. Das passiert oft, nicht wahr, bei den Ehefrauen von Ärzten. Sie sind krank, aber ihre Krankheit wird ignoriert, sie sind die letzten, die behandelt werden.«
Er blickte sie mit blankem Haß an. Vielleicht fühlte sie, daß sie einen Fehler gemacht hatte, daß sie zu weit gegangen war.
»Ich weiß nicht, was Sie mit dieser Bemerkung andeuten wollen, Miss Hughes«, sagte er. »Und ich weiß auch nicht, wie Sie zu dieser Überzeugung gekommen sind. Hätte ich gewußt, daß sie so krank war, dann hätte ich sie zweifellos früher veranlaßt, sich untersuchen zu lassen. Unglücklicherweise war sie eine Frau, die nicht klagte.«
Die Fahrt zurück in die Stadt verlief in völligem Schweigen. Als sie vor Marion Hughes' Haus ankamen, stieg Sir James aus, ging um den Wagen herum, öffnete ihr die Tür und begleitete sie mit versteinerter Miene die Treppen hinauf bis zur Eingangstür ihrer Wohnung. Sie holte den Schlüssel aus ihrer

Abendtasche und sagte: »Danke, ich danke Ihnen für einen höchst angenehmen Abend, Sir James.«
Er antwortete nicht, sondern rannte nach einem kurzen »Gute Nacht, Miss Hughes«, die Treppen hinunter, bestieg sein Auto und fuhr schnell fort.

Wieder allein in ihrem Apartment, war sich Marion Hughes nicht sicher, ob sie die Situation so gut gemeistert hatte, wie geplant. Sie mußte versuchen, Sir James dazu zu bewegen, sie ein zweites Mal auszuführen. Ja, das mußte sie tun; und das nächste Mal könnte sie es sich leisten, charmant zu sein, sehr charmant. Sie fürchtete eine Zurückweisung. Aber er war kein Narr. Er würde vorsichtig sein. Wenn er jetzt begänne, sie zu ignorieren, dann könnte sie von dem Kind erzählen. Sie könnte sogar ein paar gezielte Bemerkungen über Lady Hatfield fallenlassen... daß sie vielleicht... Diese Geschichte war kein Krankenhausklatsch. Marion Hughes war am Umkleideraum des OP vorbeigekommen und hatte gehört, wie Gordon Mayes sagte: »Wenn sie sich nur drei Monate früher hätte untersuchen lassen, dann hätte man sie vielleicht noch retten können.« Sie hatte diese Bemerkung für eventuellen zukünftigen Gebrauch in ihrem Gehirn gespeichert. Und Sir James' Reaktion zufolge war ein Körnchen Wahrheit daran.
Sie glaubte nicht wirklich, daß Sir James die Krankheit seiner Frau übergangen hatte, nicht mit böser Absicht. Es war lediglich eine Frage von Prioritäten. Und sie spürte, daß er sich schuldig fühlte. So waren die Ärzte eben – zu beschäftigt, um irgendwelche Symptome in der eigenen Familie zu bemerken. Arme Lady Hatfield... In Gedanken spielte sie die Unterhaltung mit Sir James noch einmal durch. Die Geschichte mit dem Kind hatte nicht den Eindruck auf ihn gemacht, den sie erwartet hatte. Aber... warum hatte er sie nach diesem irischen Mädchen gefragt? Wie war noch ihr Name?... Theresa Soundso. Eigenartig. Marion Hughes schlüpfte aus ihrem Kleid und hängte es in den Schrank; dann ging sie hinüber zum Toilettentisch und setzte sich vor den großen Spiegel, öffnete einen Cremetopf, um die Wimperntusche abzunehmen,

und stellte den Topf wieder hin. Während sie sich im Spiegel betrachtete, klopfte sie sich nachdenklich mit dem Daumennagel gegen die Zähne. Theresa O'Sullivan, so hatte das Mädchen geheißen!

Als Sir James zu Hause anlangte, fühlte er sich erschöpfter als nach einem langen Operationstag. Diese gräßliche Frau hatte ihm die ganze Geschichte wieder zu Bewußtsein gebracht. Als sie über Julian Longford sprach, waren ihm die Kirschbäume wieder vor Augen getreten – und die dicke freundliche Stationsschwester, die oft seine Aufmerksamkeit auf sie gelenkt hatte – auf das schöne Schauspiel, wie sich die Zweige während ihrer kurzen Blütezeit rosa vor dem blauen Frühlingshimmel hin und her bewegten.
Kurze Blütezeit. Er dachte wieder an Julian, den Jungen, fünf Jahre alt. Er erinnerte sich an jede einzelne Bewegung während jener Rückenmarksinjektion. Er sah wieder die Gesichter der Eltern vor sich, wie sie dastanden und die Nachricht vom Tode ihres Kindes entgegennahmen. Nachdem die Schwestern und Ärzte so viel Optimismus gezeigt hatten, war ihr Kind nun tot. Er selbst war derjenige, der es ihnen sagen mußte. Ihm fiel wieder ein, wie müde er damals, vor zwanzig Jahren, gewesen war. Zu jener Zeit wurde so viel von den Ärzten verlangt, denn es gab nicht genug. Nicht wie heute, wo es mehr Ärzte gab, die sich die Arbeit teilten und wo der Achtstundentag eines Dienstarztes so unantastbar war wie die Bibel. Er goß sich einen großen Brandy ein. Er wollte das Gespräch mit Marion Hughes noch einmal rekapitulieren. Welche Folgen hätte es, wenn die Sache mit dem Kind herauskäme? Wahrscheinlich würde sie für ein paar Tage den Hauptgesprächsstoff im Krankenhaus abgeben, und dann wäre sie vergessen – ein Sturm im Wasserglas, nichts weiter. Krankenhäuser waren berühmt für ihren Hunger nach Eintagsskandalen. Aber zweifellos wäre es besser, die Sache käme nicht heraus. Er wußte selbst, daß er mit den Fehlern, die seinen Assistenzärzten unterliefen, sehr streng umging. Und wenn diese Geschichte die Runde durchs Krankenhaus machte – das wäre gar nicht gut. Und dann diese letzte Bemerkung über

seine Frau. Es entsprach der Wahrheit, was Marion Hughes gesagt hatte, aber woher zum Teufel wußte sie davon? Lottie hatte nicht geklagt, zumindest nicht so, daß er einen Grund gesehen hätte, sie zu drängen, sich untersuchen zu lassen. Aber das Schlimmste von allem war, daß Marion Hughes dieses Mädchen kannte, dieses Kind Theresa. Er konnte sich plötzlich deutlich an das Mädchen erinnern, seine kurze Affäre mit ihr – eine so dumme Affäre. Sie war noch Jungfrau und außerdem römisch-katholisch. Die ganze Angelegenheit war traumatisch für sie – und dann das Nachspiel! Wenn irgend jemand davon wußte, wenn irgend jemand es jetzt herausbrächte... Aber wieviel wußte Marion Hughes wirklich? Theresa war ein schwatzhaftes junges Ding gewesen. Als sie merkte, daß sie schwanger war, hatte sie Tränen vergossen, war fast hysterisch geworden. Er glaubte plötzlich, daß sie bereitwillig jedem, der es hören wollte, davon erzählt hätte.
Ja, das offensichtlich neue Kleid, das sorgfältige Make-up, die Flirtversuche – alles wies darauf hin, daß Marion Hughes ihn einfangen wollte. Aber eher würde er sie in die Hölle befördern, als sie zu heiraten.
Madeleine. O Gott, wenn man die beiden Frauen miteinander verglich! Er mußte Marion Hughes auf irgendeine Weise zum Schweigen bringen. Er mußte... Plötzlich fühlte er sich zu müde, um weiterzudenken. Er goß sich einen weiteren Brandy ein und saß brütend da. Er fühlte sich bedroht.

Marion Hughes' freie Nächte gingen vorüber, und sie kehrte ins Krankenhaus zurück; mit ihrer Rückkehr nahm auch auf allen Stationen die Anspannung des Nachtpersonals wieder zu.
Hiram Jones war es trotz der kostbaren drei Kapseln, die er Mr. Butterworth in der ersten Nacht verabreicht hatte, nicht gelungen, in den Besitz der Nembutalflasche zu kommen. Immer wieder hatte er den Nachtspind des alten Mannes von oben bis unten durchsucht, aber ohne Erfolg. Wahrscheinlich hat er sie unter seiner Matratze oder unter dem Kopfkissen versteckt, dachte Hiram, aber er wagte nicht, dort nachzusehen, aus Angst, ihn aufzuwecken. Gedankenvoll stand er neben dem Bett und sah auf den schlafenden Mr. Butterworth

hinab. Sollte er mit dem ganzen Ritual noch einmal von vorn beginnen – alles aus dem Spind herausholen, während Atkins seine Ruhestunde hatte? Oder sollte er die ganze Sache als verloren aufgeben? Vielleicht log der alte Mann überhaupt nicht, vielleicht hatte er die Flasche wirklich nicht bekommen?
Mr. Butterworth bewegte sich im Schlaf, und Hiram trat ein wenig zurück. Bei dieser Bewegung entdeckte er oben auf dem Spind eine Kleenex-Schachtel – eine große Schachtel, auf der die Worte KLEENEX FÜR MÄNNER prangten. Der Karton war halb leer, und Hiram hatte bemerkt, daß er sich auf einer Seite leicht wölbte. Er pfiff leise durch die Zähne und steckte seine Hand in den Hohlraum. Da war das Nembutal. Er zog die bräunliche Plastikflasche mit dem schwarzen Schraubverschluß heraus. Im Licht der Nachtlampe hatte er Mühe, das Etikett zu entziffern: R. Whittaker – Apotheker – Mr. Butterworth, und darunter, mit Tinte geschrieben: Nembutal. Dosierung: 1 pro Nacht, wie verordnet. Hiram stellte die Flasche auf den Kopf, und die Kapseln bewegten sich mit einem rieselnden Geräusch. Es waren gewiß fünfundvierzig, vielleicht mehr. Mit einem Seufzer der Erleichterung ließ Hiram die Flasche in seine Kitteltasche gleiten. Er sah auf den glücklich schnarchenden Mr. Butterworth hinab und ging leise durch den Krankensaal hinüber in die Küche.
»Gott sei Dank, ich habe sie«, frohlockte er innerlich. Er öffnete den Schraubverschluß und leerte die Kapseln auf den Tisch aus; dann nahm er jeweils zwei zwischen seine Finger und ließ sie wieder in die Flasche fallen. Er zählte 36, 38 … 50, 52, 54, 56. Das war nicht schlecht. Der Hausarzt hatte gewiß 60 verschrieben, und Mr. Butterworth hatte wahrscheinlich nur vier, an zwei Nächten je zwei, von seiner Tochter bekommen. Das war ein wunderbarer Fund, einen, den Hiram dringend brauchte, angesichts der Stimmung, in der John sich im Augenblick befand.
Hiram stand auf, ging hinüber in den Krankensaal und kehrte mit einem Briefumschlag in der Hand in die Küche zurück. Er zählte 20 Pillen aus der Flasche ab und ließ sie in den Umschlag fallen. So würde er fortfahren. Er klebte den Umschlag zu, steckte ihn in seine Kitteltasche und verschloß die Flasche wieder. Er wollte gerade in den Krankensaal zurückgehen und sie wieder an ihren Platz neben Mr. Butterworth' Bett

bringen, als sein Schüler die Küche betrat. Hastig ließ er auch die Flasche in seiner Kitteltasche verschwinden.
»Schon zurück? Die Pause ist doch noch gar nicht zu Ende«, sagte Hiram überrascht.
»Nein, ich habe gar keine Pause gehabt. Man hat mich gerufen – große Aufregung«, sagte der Schüler. »Sie sollen hinunter in die Chirurgische Ambulanz kommen. Es hat einen Busunfall gegeben. Ich weiß nicht genau, was passiert ist, aber offenbar ist ein Bus mit vierzig Leuten verunglückt – das sagen jedenfalls die Männer vom Krankenwagen. Sie werden in einer halben Stunde hiersein. Mehr Einzelheiten weiß ich nicht. Ich nehme an, daß schließlich drei Leute mit einem verletzten Finger eingeliefert werden. Sie übertreiben ja immer. Jedenfalls soll ich Ihnen ausrichten, daß man Sie braucht.«
Hiram war plötzlich voll freudiger Aufregung; von der Altenstation fortzukommen, und sei es nur für kurze Zeit, das war wunderbar. Die Hektik der Chirurgischen Ambulanz war etwas, das er vermißte. Während seiner Ausbildung hatte er oft dort Dienst gehabt, und es hatte ihm gefallen.
»Es war alles ruhig, während Sie fort waren«, sagte er. »Kein einziger Klingelknopf! Ich nehme also an, daß Sie jetzt alles abbekommen.«
Atkins nickte verdrießlich.
»Sogar unser alter Mr. Machin hat nur zweimal nach der Flasche gerufen und ist wieder eingeschlafen.«
»Sie haben wohl heute abend ausnahmsweise alle ihre Schlaftabletten bekommen?« Atkins blickte Hiram an, den Kopf zur Seite gelegt.
Hiram zog es vor, die Bemerkung zu übergehen. »Sie können den Bericht fertigschreiben«, sagte er. »Gott weiß, wann ich zurück sein werde. Wenn es wirklich ein Massenunfall ist, muß ich unten bleiben, bis der Tagesdienst kommt. Also passen Sie auf, daß Miss Hughes nichts auszusetzen findet – falls sie dazu kommt, ihre Runden zu machen, ja?«
»Keine Sorge, ich passe schon auf. Viel Spaß. Und werden Sie nicht ohnmächtig, wenn Sie Blut sehen«, sagte der Schüler.
Hiram verließ die Küche und warf einen letzten Blick in den Krankensaal. Alles war ruhig. Er ging den Korridor entlang und wandte sich der Treppe zu, die hinunter in die Chirurgische Ambulanz führte.

Die Chirurgische Ambulanz war hell erleuchtet. Schwestern und Pfleger liefen emsig hin und her, offenkundig kannte jeder seine Aufgabe. Die Ärzte und Helfer, die gebraucht wurden, waren benachrichtigt und bereits unterwegs. Man hatte schnell ein Komitee zusammengestellt, das die Maßnahmen für diesen Massenunfall beriet. Es hatte seine Anordnungen getroffen, die nun in die Tat umgesetzt wurden.
Zwei Pfleger, die normalerweise tagsüber Dienst hatten, die man aber in dem Moment, als der Unfall gemeldet wurde, herbeigerufen hatte, trugen Matratzen herein und legten sie auf einer Seite des Wartesaales auf den Boden. Ein weiterer Stapel Matratzen wurde vor der Tür deponiert. Sie waren für die Schwerverletzten bestimmt, denn in der Chirurgischen Ambulanz gab es nur sechs Liegen, die gewiß nicht ausreichen würden. Einer Schwester zufolge, die Hiram gefragt hatte, war ein Bus mit ungefähr fünfunddreißig Männern verunglückt. Sie alle kamen gerade von einem Betriebsausflug zurück. Eine der Stationshelferinnen stand an der Wartesaaltür, den Arm voller Plastikschürzen, die sie an jeden der ankommenden Ärzte, Schwestern und Hilfspfleger austeilte. Auch Hiram erhielt eine, als er hereinkam. Die Frau nickte mit dem Kopf in Richtung Umkleideraum, um ihm zu bedeuten, daß er durchgehen solle, seinen weißen Kittel ausziehen, die Plastikschürze vorbinden und sich dann der Schar anschließen, die auf die Ankunft der Verletzten wartete.
Auch Marion Hughes war dort.
Als Hiram hereinkam, sprach sie gerade mit Nigel Denton. Hiram ging zu ihr hinüber und meldete sich bei ihr; sie nickte ihm knapp zu.
Im Behandlungsraum sah Hiram, wie eine Schwester einen Wagen mit Spritzen vorbereitete: Tetanus, Morphium, Anti-Gangränserum. Alles, was der Arzt verlangte, würde sie ihm sofort reichen können und dann die Stirn der Patienten entsprechend mit einem Tintenstift markieren. Das war ein narrensicheres Verfahren und gewährleistete, daß kein Patient zweimal dieselbe Injektion bekam.
Dr. Creasey schloß sich Dr. Denton und Miss Hughes an. Hiram hörte Miss Hughes' knappe Stimme: »Sir James ist benachrichtigt worden und auch Dr. Mayes.«
»Und der Unfallchirurg?« fiel Denton ein. »Selbstverständ-

lich«, sagte Miss Hughes. »Jeder, der benachrichtigt werden sollte, wurde auch benachrichtigt, Dr. Denton.«
Dr. Creasey und Nigel wechselten Blicke. Miss Hughes wandte sich um, um Sir James zu begrüßen, der zusammen mit Gordon Mayes gerade hereingekommen war.
»Ich muß zugeben, sie hat alles schnell in den Griff bekommen«, sagte Miss Creasey und blickte belustigt an ihrer Plastikschürze hinab. »Zumindest sind wir alle richtig gekleidet für die Gelegenheit, selbst wenn kein einziger Verletzter ankommen sollte.«
»Schon jemand eingeliefert?« fragte Sir James, während er seinen Mantel ablegte.
Marion Hughes schüttelte den Kopf, während sie gleichzeitig einer Schülerin signalisierte, Sir James von seinem Mantel zu befreien.
»Bringen Sie doch bitte die Mäntel von Sir James und Dr. Mayes hinüber in den Umkleideraum, und hängen Sie sie auf Bügel«, sagte sie; in diesem Moment ertönte das Sirenengeheul des ersten Krankenwagens, der zwei Sekunden später vor dem Eingang zur Chirurgischen Ambulanz zum Stehen kam. Eine Schwester ging vor, stieß die Plastiktüren auf, und der erste Patient wurde hereingerollt; sein Gesicht wirkte sehr weiß über der roten Wolldecke, die über seinem Körper lag. Der Rotkreuzhelfer des Krankenwagens am Kopfende des Rollbetts hielt den Kopf des Mannes über einen Brechnapf, und der Mann übergab sich gründlich. Biergeruch durchdrang die Chirurgische Ambulanz. Denton ging zu dem Rotkreuzhelfer hin und wies ihn in den Untersuchungsraum, ein Träger kam hinzu und übernahm das Fußende des Rollbettes. Nigel folgte den beiden Männern.
In diesem Moment kam Schwester Carmichael herein, gefolgt von einer weiteren Tragbahre. Hastig ging sie zu Miss Hughes hinüber und sagte: »Ich habe gerade Pause, Miss Hughes, und würde gern mithelfen, wenn ich darf.« Marion Hughes schien sie kaum zu bemerken, nickte nur kurz, und Carmichael holte sich eine Plastikschürze und ging in den Umkleideraum. Als sie wieder herauskam, wurde schon der nächste Verletzte hereingetragen; er saß aufrecht auf der Bahre und verkündete mit lauter Stimme, daß ihm nichts fehle, überhaupt nichts, er wolle sofort von der Bahre herunter.

Hirams Schüler hatte recht gehabt: vierzig Verletzte waren eine Übertreibung, aber es waren zweiunddreißig. Und das war durchaus genug für die Chirurgische Ambulanz des St. Jude-Hospitals. Die Krankenwagen kamen in kurzen Abständen und brachten die Verletzten. Bald saßen die, die nur leicht verletzt waren, auf einer Reihe von Stühlen im Wartesaal, während die schwerer Verletzten auf die Liegen und Matratzen verteilt waren und von den beiden Oberärzten, der Bereitschaftsärztin und dem Assistenzarzt versorgt wurden. Auch der Dienstarzt, George Hayward, war hinzugekommen.

Nigel blickte sich anerkennend um. Gute Organisation, dachte er. Alles lief bestens. Das Telefon war unaufhörlich in Betrieb, um June Fyldes oben im OP-Trakt zu informieren, welche Fälle für den Unfallchirurgen hochgeschickt würden, der bereits darauf wartete, sich um Brüche und andere Knochenverletzungen zu kümmern. Sir James und Gordon Mayes waren damit beschäftigt, Bäuche abzutasten, um innere Verletzungen oder Blutungen aufzuspüren. Der mit einem Ophthalmoskop bewaffnete George Hayward guckte in Augen, auf der Suche nach unterschiedlich großen Pupillen – dem Symptom für innere Verletzungen.

Auch die zwei Polizisten waren rührig. Zuerst befragten sie den Busfahrer. Er war ins Schleudern gekommen, ganz plötzlich. Er mußte sich einem Alkoholtest unterziehen, der negativ ausfiel. Verletzungen hatte der Busfahrer nicht erlitten, und man bat ihn, sich draußen im Wartesaal hinzusetzen. Er war blaß und zitterte.

Hiram genoß die Situation, in der er sich befand. Mit aufgerollten Ärmeln und der Plastikschürze, die ihn vor Blut schützen sollte, ging er herum und kümmerte sich um die Patienten. Er fühlte sich so in seinem Element als Krankenpfleger wie schon seit Jahren nicht mehr.

»Geben Sie mir eine Tetanusspritze, Schwester. Ich glaube, dieser Bursche hier wird wohl außerdem ein Anti-Gangränserum bekommen müssen, er hat einen sehr komplizierten Bruch und muß sofort auf eine Station verlegt werden.« Die Schwester folgte Nigel Denton von einem Verletzten zum anderen, legte Karten mit Namen und Adressen an, befragte die Patienten, was sie zuletzt gegessen hatten; unglücklicherweise fiel das bei den meisten mit dem Zeitpunkt zusammen, zu dem sie zuletzt getrunken hatten. Die Firma war sehr spendabel gewesen. Und das bedeutete, daß man mindestens vier Stunden warten mußte, ehe operiert werden durfte. Denen, die sofort operiert werden mußten, stand eine Magenauspumpung bevor.

Marion Hughes unterlief kein Fehler – das mußte Nigel Denton zugeben. Er beobachtete, wie sie mit ihrer Schürze und den hochgerollten Ärmeln von Patient zu Patient ging, den Puls fühlte, Blutdruck maß und alles in die Patientenakten eintrug. Sie ist wie eine effiziente Maschine, dachte er, und ungefähr genauso menschlich. Aber zweifellos ist sie eine gute Krankenschwester; hätte sie nicht diesen unglücklichen Charakter, dann wäre sie für jedes Krankenhaus eine Bereicherung. Aber so... Als hätte Marion Hughes seine Gedanken gelesen, hielt sie kurz in ihren Aktivitäten inne, wandte sich zu ihm um und rümpfte die Nase.

»Wie abstoßend dieser Alkoholgeruch doch ist, nicht wahr, Dr. Denton?« Sie hatte darauf geachtet, daß keiner der Verletzten sie hören konnte.

Denton zögerte eine Sekunde, dann antwortete er: »Ja, nicht sehr angenehm, vor allem wenn er...«

Ehe er seinen Satz beenden konnte, fuhr sie fort: »Ich bin sehr empfindlich gegen diese Art von Geruch.«

Nigel sagte nichts. Hatte sie seinen Atem gerochen? Er nahm es an, ansonsten hätte sie nicht diese gezielte Bemerkung gemacht. Wann? Er versuchte, sich zu erinnern. In jener Nacht, als dieses Mädchen, die Stripteasetänzerin, mit dem entzündeten Blinddarm eingeliefert worden war? Er hatte sich vorher einen Brandy genehmigt, aber er hatte die Operation einwandfrei durchgeführt. Vor dieser Frau mußte er sich vorsehen. Wenn sie Creasey anschwärzte, nur weil sie einen Mann mit hysterischen Brustschmerzen wieder nach Hause geschickt hatte, dann würde sie auch nicht zögern zu melden, daß sein Atem kurz vor einer Operation nach Alkohol gerochen hatte.

»Allein nach dem Atemgeruch, Miss Hughes«, sagte er kalt, »ist es schwer zu beurteilen, ob jemand nur einen halben Liter oder acht Liter Bier – oder einen oder achtzehn Whiskey getrunken hat.«

»Für alles gibt es die rechte Zeit und den rechten Ort, Dr. Denton«, antwortete sie knapp. »Ich mag den Geruch heute abend hier in der Ambulanz zwar nicht, aber man muß ihn wohl hinnehmen, denn die Männer kommen schließlich von einem Betriebsausflug und nicht von der Arbeit.«
Nigel verstand die Anspielung. Plötzlich war er davon überzeugt, daß sie etwas gegen ihn im Schilde führte. Aber für den Augenblick wollte er es vergessen.

Nigel Denton betrat den Operationsraum der Chirurgischen Ambulanz. Eine Schwester hatte gerade geholfen, einen Patienten auf den Tisch zu heben. Der Mann hatte eine lange klaffende Wunde am Arm; er war gegen das zersplitterte Glas des Busfensters gefallen. Mit ungefähr sechzehn Stichen wäre die Wunde vernäht, denn keine der Sehnen war verletzt. Das kann ich beruhigt George Hayward überlassen, dachte Nigel. Aber dann sah er, daß dieser gerade beschäftigt war, und beschloß, die Wunde selbst zu vernähen.
Er sah zu der Schwester auf, die neben dem Instrumentenwagen auf der anderen Seite des Operationstisches stand. Es war Schwester Carmichael von der Kinderstation. Auf seinen Visiten hatte er sie schon ein- oder zweimal gesehen, und sie war ihm als eine ängstlich aussehende Frau in Erinnerung geblieben. Heute nacht waren ihre Wangen über der Maske gerötet, aber die Augen, die ihn anblickten, sahen so besorgt aus wie immer. Sie reichte ihm den Nadelhalter, zwischen dessen Enden eine Nadel geklemmt war. Denton sah sie an.
»Zuerst die örtliche Betäubung, oder meinen Sie nicht?« Carmichael legte hastig den Nadelhalter zurück auf den Wagen und griff nach einer gefüllten Spritze.
»Entschuldigen Sie«, sagte sie. Denton lächelte und begann die örtliche Betäubung zu setzen. Der Mann auf dem Tisch wimmerte. Nigel wandte sich ihm zu und wiederholte die Worte, die Schwester Carmichael gesagt hatte:
»Entschuldigen Sie. Es muß sein. Die Stiche werden Sie dann überhaupt nicht spüren. Sie haben Glück, daß es solch ein hübscher glatter Schnitt ist. Er wird bald verheilen.«
»Es war furchtbar«, sagte der Mann. »In der einen Minute

sangen wir noch, und in der nächsten wurden wir alle durcheinandergewirbelt. Jeder wollte zuerst hinaus, schrecklich. So schnell werde ich das nicht vergessen.«
»Doch, doch«, sagte Nigel Denton und fuhr fort, langsam das Betäubungsmittel zu injizieren.
»Wie geht es den anderen?« fragte der Mann. »Sind viele schwer verletzt? Den alten Tom Scorer hab' ich gesehen, er hatte nur einen Schnitt am Finger, glaube ich.«
»Ja, wahrscheinlich. Ich weiß es nicht«, antwortete Nigel Denton.
Er erzählte dem Mann nicht, daß er gerade einen Mr. Scorer untersucht hatte, dessen innere Verletzungen so ernst waren, daß er sofort operiert werden mußte. Sie würden alle früh genug erfahren, wie es den anderen ergangen war. Unterdessen mußte die Arbeit, das Zusammenflicken gebrochener Knochen und das Vernähen der Wunden, weitergehen. So wie es aussah, würde zumindest niemand seinen Verletzungen erliegen. Einige waren sehr schwer verletzt, aber... man mußte dankbar sein, daß niemand zu Tode gekommen war.
Nigel Denton sah zu Schwester Carmichael auf. Sie reichte ihm den Nadelhalter und blickte ihn mit ängstlichen Augen an.
»Sie haben gute Arbeit geleistet, Schwester«, sagte er. Und trotz ihrer Maske sah er an den kleinen Fältchen um ihre Augen und an ihren Wangen, die noch mehr erröteten, daß sie lächelte – wie glücklich sie über dieses kleine anerkennende Wort war.
Als die Chirurgische Ambulanz sich allmählich leerte, Leichtverletzte nach Hause gefahren und die Schwerverletzten auf die Stationen verteilt waren, fühlte Hiram Jones ein leises Bedauern.
Für ihn war es eine willkommene Abwechslung gewesen. Die Zeit war geflogen. Er sah auf die Uhr. Zehn nach sieben. Bald würde das Tagespersonal eintreffen. Vorher mußten sie alles wieder herrichten und für die Patiententermine des nächsten Tages vorbereiten. Hiram dachte plötzlich, daß er sich, wenn sich die Gelegenheit dazu ergäbe, um einen anderen Posten bewerben wollte – am liebsten in einer Chirurgischen Ambulanz oder in der Krankenhaussprechstunde, wo den ganzen Tag ein ständiges Kommen und Gehen war. Wenn er in einer

solchen Umgebung arbeitete, dann wäre er vielleicht nicht so sehr auf Johns Gesellschaft angewiesen. Mit der Hilfe von Schwester Carmichael und den anderen Schwestern, die man von den Stationen abberufen hatte, machte er sich daran, Gummitücher zu reinigen, Becken auszuspülen und den OP-Tisch zu säubern. Sie waren jetzt alle müde. Es waren aufregende Stunden gewesen, und nun zeigten sich die Spuren der Anstrengung.
»Nun, das wäre erledigt«, sagte Miss Hughes, während sie sich die Ärmel ihres Kleides herunterrollte und zuknöpfte. Sie hatte drüben im Umkleideraum ihre Plastikschürze abgenommen und ganz offensichtlich auch ihr Make-up aufgefrischt.
Nigel Denton blickte zu ihr hin. Sie sah aus wie immer. Diese Frau kann nichts aus der Fasson bringen, dachte er. Sie zeigte weder Spuren von Müdigkeit, noch Aufregung, noch irgendeine andere Regung. Hätte sie einen Autounfall gehabt und wäre hier eingeliefert worden, dann hätte sie wahrscheinlich noch genauso adrett und effizient ausgesehen wie jetzt und den Schwestern Anweisungen gegeben, was zu tun sei. Nigel merkte plötzlich, daß er sie haßte.
»Gute Nacht, Dr. Denton, vielen Dank«, sagte Marion Hughes.
»Gute Nacht, Miss Hughes. Ich hoffe, der Alkoholgeruch wird Sie nicht zu sehr verfolgen.« Nigel konnte sich diese Bemerkung nicht verkneifen, aber im nächsten Augenblick bedauerte er es.
Sie antwortete nicht, drehte sich auf dem Absatz um, und in diesem Moment erblickte sie Schwester Carmichael. »Schwester Carmichael«, sagte sie scharf. »Sie sagten, Sie wollten nur während Ihrer Ruhestunde mithelfen, was tun Sie immer noch hier? Haben Sie die Verantwortung für Ihre Station seit drei Uhr heute nacht Ihrer Schülerin überlassen?«
»Ich sagte ihr, sie solle mich rufen, wenn sie mich braucht, Miss Hughes. Ich sagte ihr, sie soll mich sofort rufen...«, stammelte Carmichael.
»Dann lassen Sie mich Ihnen sagen, daß Sie Ihre Kompetenz weit überschritten haben, Schwester. Gehen Sie sofort zurück auf Ihre Station. Wir werden uns noch darüber unterhalten, wenn Sie heute abend Ihren Dienst antreten. Ich hoffe

nur, daß während Ihrer Abwesenheit keinem Kind etwas zugestoßen ist. Gehen Sie sofort zurück.«
Schwester Carmichaels Gesicht, eben noch gerötet von der Anstrengung und ungewöhnlichen Aufregung der Nacht, wurde kalkweiß. Ihr Mund verzog sich, als wolle sie jeden Moment in Tränen ausbrechen.
»Ich habe nicht gedacht... ich hatte so viel...« Ihre Stimme versagte. Sie blickte Miss Hughes an, in ihren Augen war ein flehender Ausdruck; dann wandte sie sich von Marion Hughes ab und stürzte in den Umkleideraum. Das war zuviel, sie konnte es nicht mehr aushalten. Sie preßte sich gegen die Reihe von Kitteln, die dort hingen und grub ihr Gesicht in den Stoff.
Hiram hatte Nigel Dentons Bemerkung zu Miss Hughes über den Alkoholgeruch gehört. »Was hatte das alles zu bedeuten, Dr. Denton«, fragte er. »Sie hatte wohl etwas gegen den Biergeruch. Na ja, als sie sich alle übergaben, da roch es hier ja auch wirklich nicht gerade angenehm.«
»Ja, so etwas in der Richtung«, sagte Denton.
Hiram wusch sich ein letztes Mal die Hände, nahm seine Plastikschürze ab, betrachtete sie noch einmal kritisch, ob nicht doch noch ein Blutfleck darauf war, den er übersehen hatte, dann ging er hinüber in die Wäschekammer und hängte seine Schürze neben die anderen. Er durchquerte den Untersuchungsraum und den Wartesaal, wünschte den Schwestern eine gute Nacht und ging hinüber in den Umkleideraum. Er nahm seinen Kittel vom Haken und zog ihn über. Eine gute Nacht war das, dachte er, wirklich aufregend. Einmal etwas anderes als sonst. Er würde müde zu Hause ankommen, aber es war eine andere Müdigkeit als sonst. Und – er hatte heute Pillen für John. Er griff in seine Kitteltasche, wollte noch einmal das beruhigende Gefühl, das von der Plastikflasche ausging, verspüren, aber seine Finger berührten nur einen Papierumschlag; die Flasche war fort.

Marion Hughes kehrte sehr zufrieden aus der Chirurgischen Ambulanz in ihr Büro zurück. Das Busunglück war die erste große Katastrophe gewesen, die man nach der

Neuorganisation des Krankenhauses hatte bewältigen müssen. Und diese Neuorganisation ging vor allem auf ihre Initiative zurück.
Sie verspürte leichte Kopfschmerzen. Kein Wunder, dachte sie, bei dieser Hitze und Hetze dort unten in der Ambulanz. Sie trat vor den Spiegel über dem Handwaschbecken und korrigierte ihr Make-up. Dann sah sie auf die Uhr. Es war Zeit, die Berichte durchzusehen. Sie nahm die Bücher, die von den verschiedenen Stationen zu ihr hochgebracht worden waren, sah sie gründlich durch und schrieb dann ihren eigenen Bericht. Wenn die Oberschwester käme, würde sie ihr den vollständigen Bericht aller Stationen übergeben können; außerdem lag ein Stapel Karteikarten aus der Chirurgischen Ambulanz vor ihr auf dem Tisch, auf denen die Verletzungen, die erfolgte Behandlung und alle Einzelheiten über die Beteiligten des Busunglücks festgehalten waren – wer ambulant behandelt, wer nach Hause geschickt, wer auf eine Station verlegt, wer operiert worden war oder wen man nur zur Beobachtung dabehalten hatte.
Mrs. Benson, die Oberschwester, betrat das Büro, wie immer Handtasche und Zeitung unter den Arm geklemmt.
»Guten Morgen. Das muß ja eine schöne Nacht für Sie gewesen sein! Ich habe gerade davon gehört«, sagte sie freundlich.
Marion Hughes nickte. »Ja. Hier sind die Berichte für Sie. Ich muß sagen, es klappte alles vorzüglich.«
»Gut.« Mrs. Benson nickte anerkennend, und die beiden Frauen setzten sich an den Schreibtisch, um die Berichtsbücher durchzugehen.
Als sie das letzte Buch zugeklappt hatten, stand Marion Hughes auf und legte sich die Hand vor die Stirn.
»Kopfschmerzen?« frage die Oberschwester.
»Ja. Die Hitze heute nacht in der Ambulanz war unerträglich. Ich werde hinunter in die Küche gehen und sehen, ob ich nicht eine Tasse Tee bekommen kann und dann zwei Aspirin nehmen, ehe ich nach Hause fahre.«
Die Oberschwester nickte.
»Ja, tun Sie das«, sagte sie und fügte hinzu: »Übrigens, in der Kantine gibt es Kaffee und belegte Brote für alle. Auf meinem Weg hierher habe ich Sir James getroffen, und er meinte, er

wolle sich ausnahmsweise auch einen Kaffee gestatten, weil er schon um halb zehn weiter operieren muß.» Sie blickte gespannt zu Marion Hughes hin.
»Wollen Sie auch hinuntergehen oder möchten Sie Ihren Kaffee hier im Büro trinken?«
Marion Hughes schüttelte den Kopf. »Nein, ich gehe hinunter«, antwortete sie. Der Gedanke, Sir James Hatfield wiederzusehen, jetzt, wo sie wieder frisch und proper aussah, gefiel ihr sehr. Sie griff nach ihrer Handtasche und verließ das Büro.
Auf der Treppe öffnete sie ihre Tasche, um nachzusehen, ob sie Aspirin bei sich hatte; sie ertastete die kleine Flasche und schüttete sich zwei Aspirin in die Hand. Unten angelangt stieß sie die Kantinentür auf und sah sich um. Vorn, neben dem Ausschank, entdeckte sie Sir James Hatfield vor einem Sandwich und einer Tasse Kaffee. Sie bemerkte, daß Mrs. Upton noch in der Kantine war, obwohl ihre Arbeitszeit schon beendet war. Als sie Marion Hughes entdeckte, brachte sie ihr eine Tasse Kaffee. Marion Hughes nickte ihr kurz einen Dank zu.
In diesem Moment klingelte das Telefon in der Küche; kurz darauf trat die braunbekittelte Küchenhilfe durch die Schwingtüren, wischte sich die Hände an einem recht schmuddeligen Geschirrtuch ab und ging zu Miss Hughes hinüber.
»Entschuldigen Sie, Miss Hughes, aber das war Mrs. Benson. Sie läßt fragen, ob Sie noch mal kurz ins Büro hochkommen könnten. Da ist etwas mit einer Karteikarte unklar.«
Mrs. Upton kam beflissen an den Tisch zurück. »Soll ich Ihnen einen frischen Kaffee bringen, wenn Sie zurückkommen?« fragte sie und streckte ihre Hand nach der Tasse aus.
»Nein, nein, lassen Sie sie stehen«, sagte Marion Hughes, fast gereizt. »Ich bin sofort zurück, lassen Sie nur.« Mrs. Upton, die auf dem Sprung nach Hause war, witterte die vertrauten Zeichen der Hughesschen Verstimmung und antwortete schnell: »In Ordnung, Miss Hughes, ich dachte nur ... bleiben Sie nicht zu lange, sonst wird er kalt.« Sie gab der immer noch herumstehenden Küchenhilfe ein Zeichen mit den Augen, und zusammen gingen sie in die Küche zurück.

Marion Hughes verließ die Kantine durch die Schwingtüren und stieg verdrossen die Treppen zu ihrem Büro hoch.
»Es tut mir wirklich leid, Sie noch einmal zu belästigen, Miss Hughes«, sagte die Oberschwester. »Aber hier auf einer der Karteikarten aus der Chirurgischen Ambulanz fehlt eine Kleinigkeit.« Sie reichte die Karte Miss Hughes, die sie mit einer leicht ärgerlichen Geste entgegennahm.
»Ja, ich erinnere mich an den Patienten, er war nicht schwer verletzt und wurde nach Hause geschickt.« Marion Hughes nahm sich nicht die Zeit, sich zu setzen, sondern ergänzte im Stehen die Karte mit ihrer schnellen, deutlichen Handschrift und reichte sie der Oberschwester zurück.
»Danke, tut mir leid, daß ich Sie noch einmal bemühen mußte«, sagte Mrs. Benson, und Marion Hughes nickte, ohne zu lächeln. Ihre Kopfschmerzen verursachten ihr inzwischen leichte Übelkeit; sie wandte sich um, verließ das Büro und ging zurück in die Kantine. Die Tasse Kaffee stand noch dort, und auch ihre Handtasche. Sie schalt sich selbst, weil sie ihre Tasche vergessen hatte. So etwas passierte ihr normalerweise nie. Wahrscheinlich waren ihre Kopfschmerzen daran schuld. Der Kaffee war inzwischen fast kalt. Sie fügte etwas Zucker hinzu, warf sich die Aspirin in den Mund und trank die Tasse in einem Schluck aus. Dann stand sie auf und sah sich wieder in der Kantine um. Fast alle, die heute nacht Dienst hatten, waren inzwischen gegangen. Sie sah hinüber zu dem Platz, auf dem Sir James gesessen hatte; er war leer. Sie fragte sich, ob er nach Hause gefahren oder hinauf in den Ruheraum gegangen war. Sie blickte auf ihre Uhr; zwanzig vor neun. Bald würde er von neuem operieren müssen. Welch ein Tag für ihn! Vielleicht hatte er Denton beauftragt, an seiner Stelle die Operationsliste zu beginnen, und seine Privatpatienten ans Ende der Liste gesetzt. Wahrscheinlich blieb ihm ohnehin nichts anderes übrig; aber es würde ihm gewiß nicht gefallen.
Langsam verließ sie die Kantine, stieg die Treppen hinunter und trat durch die Eingangstür hinaus in die kühle Morgenluft – mit einem Gefühl von Dankbarkeit, daß diese Nacht vorüber war. Sie fühlte sich erschöpfter, als sie sich eingestanden hätte, aber die beiden Aspirin würden ihren Kopfschmerz bald lindern; auch die frische Luft tat ihr bereits gut.

Langsam ging sie über den Asphalt des Hofs zu der Stelle, wo sie ihr Auto geparkt hatte, und stieg ein. Sie öffnete ihre Handtasche, holte den Schlüssel heraus, steckte ihn ins Zündschloß und saß einen Moment lang still da; sie fühlte sich wirklich müde. Sie dachte an ihre Bemerkung zu Nigel Denton und seine schuldbewußte Reaktion. Sie lächelte. Dann setzte sie das Auto in Gang.
Ihre Müdigkeit nahm zu; aber sie lenkte ihr Auto geschickt aus der Parklücke und dann durch das Hoftor.
Ja, wirklich, sie war sehr müde. Wie schön wäre es, ein etwas geruhsameres Leben führen zu können. Natürlich ... wenn es ihr gelänge, Sir James einzufangen ... als Lady Hatfield hätte sie gesellschaftliche Pflichten zu erfüllen, würde einem großen Haus vorstehen – aber das waren angenehme Verpflichtungen und gewiß nicht so ermüdend wie die Existenz als Nachtaufsicht am St. Jude-Hospital. Sie fühlte sich in der Tat erschöpft. Ich bin nicht mehr so jung, wie ich einmal war, dachte sie kläglich, und lenkte ihren Wagen in die Straße am Fluß entlang in Richtung ihrer Wohnung.

Die Kantine begann sich zu leeren; fast alle, die in dieser Nacht in der Chirurgischen Ambulanz mitgeholfen hatten, machten sich nun auf den Heimweg. Zuerst verschwand Hiram Jones durch die Schwingtüren; ihm folgte Atkins und dann Nigel Denton zusammen mit Miss Creasey. Nur eine blieb zurück, saß unbeweglich an einem der Tische und blickte auf ihre Tasse Kaffee hinab, die sie noch nicht angerührt hatte: Schwester Carmichael. Ihre Augen starrten ins Leere; mechanisch zerrupfte sie das Papiertaschentuch in ihren Händen, rollte die Fetzen zu kleinen Kügelchen zusammen und ließ sie auf den Tisch fallen. Als nichts mehr von dem Taschentuch übrig war, schien sie plötzlich aufzuwachen; sie blickte sich in der leeren Kantine um, stand dann hastig auf und folgte den anderen.
Wie so oft beschien die Sonne nur trüb und verhangen die Fassade des St. Jude-Hospitals.
Von den Unfallpatienten der letzten Nacht hatten sich einige bereits wieder erholt; andere warteten auf ihre Operation und

wieder andere darauf, nach Hause entlassen zu werden. Am frühen Morgen summte es im ganzen Krankenhaus von den Neuigkeiten, die das Nachtpersonal an den Tagesdienst weitergab: wieviel in der letzten Nacht passiert war, wie gut alles funktioniert hatte. Was die Zahl der Einlieferungen, den Zustand der Patienten und die Leistungen des Personals betraf, übertrieb man wie gewöhnlich ein wenig. Für den Augenblick war das Busunglück der Hauptgesprächsstoff.

Natürlich verursachte der Zustrom so vieler neuer Patienten Mehrarbeit; die Operationsliste mußte abgeändert werden, weil nicht alle dringenden Fälle in der Nacht hatten operiert werden können.

Auch in der Telefonzentrale ging es emsiger zu als gewöhnlich; Angehörige riefen an, um sich nach den Unfallopfern zu erkundigen, hinzu kamen natürlich die Anrufe, die jeden Morgen eingingen. Aber im Laufe des Tages waren die ungefähr fünfzehn Neueingänge dann bereits Teil der Routine auf den einzelnen Stationen, und die Arbeit am St. Jude nahm ihren gewohnten Verlauf.

Als Hiram Jones zu Hause ankam, fühlte er eine eigenartige Kälte und Gleichgültigkeit – sogar gegenüber John, der mit einem großen Badetuch um die Hüften aus der Dusche kam, als Hiram die Wohnung betrat.

»Hast du die Tabletten?« fragte er sofort, sagte noch nicht einmal »guten Morgen« oder sein übliches »Na, wie war's heute nacht?« Hiram reichte ihm den Papierumschlag und reagierte kaum auf den Empörungsschrei, den John ausstieß, als er sah, was der Umschlag enthielt.

»So wenig? Was zum Teufel ist mit der ganzen Flasche, die du mir versprochen hast. Du hast sie wohl selbst geschluckt?«

»Nein, sie ist weg – aus meiner Tasche verschwunden«, sagte Hiram und ließ sich erschöpft auf einen Küchenstuhl fallen.

»Und das soll ich dir glauben?« Johns Stimme schmerzte in Hirams Ohren. Er wandte sein Gesicht ab, stützte die Ellbogen auf die Stuhllehne. Er wollte John nicht ansehen, nicht mit ihm streiten oder sich rechtfertigen.

»Was hast du mit der Flasche getan? Wahrscheinlich hast du

sie versteckt. Willst mir immer nur ein oder zwei geben, willst mich auf kleine Raten setzen, damit ich angebettelt komme!« Johns vom Duschen erhitztes Gesicht wurde noch röter.
»Du solltest mich besser kennen«, antwortete Hiram ruhig. Er fühlte sich zu müde, zu verwirrt, um weiterzustreiten. Er stand auf und ging ins Schlafzimmer, schloß die Tür hinter sich und setzte sich, den Kopf in die Hände gestützt, aufs Bett.
»Du mußt dich mehr anstrengen, wenn du mich halten willst, Hiram. Ich scherze nicht!« John hatte sich über ihn gebeugt. Hiram blickte nicht auf, er wußte nur zu gut, welchen Ausdruck er in Johns Gesicht sehen würde.
»Du hast keine Ahnung, was ich bereits für dich getan habe, John«, sagte Hiram. »Bitte, laß mich allein.«
»Das werde ich tun – keine Angst«, antwortete John und knallte die Tür hinter sich zu.

Am nächsten Abend kam Hiram als erster von der Nachtschicht im Krankenhaus an. Das war ungewöhnlich. Normalerweise erschien er gerade rechtzeitig auf der Station, um den Tagesbericht entgegenzunehmen. Heute abend war er früh. Er hatte beschlossen, bevor er auf seine eigene Station ginge, unten in der Chirurgischen Ambulanz nachzufragen, ob man irgend etwas gefunden habe. Er wollte nach nichts Bestimmtem fragen; vielleicht würde die Schwester sagen: »Ja, wir haben eine Flasche Nembutal gefunden.« Dann könnte er erklären, daß sie ihm gehöre, daß er für einen Freund ein Rezept aus der Apotheke abgeholt habe.
Er hoffte, nicht die Stationsschwester, sondern eine der anderen Schwestern oder, noch besser, eine Schülerin zu treffen. Als er die Chirurgische Ambulanz betrat und sah, wer im Büro saß, stieß er einen leisen Fluch aus. Es war die Stationsschwester, eine steife, strenge, ältere Frau.
»Ach, Schwester, ob Sie mir wohl helfen könnten«, sagte er.
»Wenn ich kann, gerne.« Sie blickte auf ihre Uhr. »Sie sind

aber früh dran, Sie sind doch der Nachtpfleger auf der Altenstation?«
Hiram nickte. »Ja, Schwester, aber gestern nacht hatten wir alle hier in der Ambulanz zu tun.«
»Ja, es muß eine schlimme Nacht gewesen sein. Die Station war nicht gerade sauber und ordentlich, als ich heute früh ankam«, sagte die Stationsschwester.
»Das tut mir leid«, sagte Hiram etwas mutlos.
»Aber was soll man anderes erwarten? Niemand kennt sich ja hier richtig aus. Nun, was kann ich für Sie tun?«
»Ich habe gestern nacht etwas verloren hier.«
»Sie haben gestern nacht etwas verloren, hier in der Ambulanz?« Die Stationsschwester sah ihn überrascht an.
»Ich hatte meinen Kittel in den Umkleideraum gehängt. Hiram schluckte. »Und in der Tasche meiner Kitteljacke hatte ich eine Flasche. Als ich am Morgen zurückkam, war sie verschwunden.«
»Die Kitteljacke oder die Flasche?« fragte die Schwester und sah ihn direkt an.
»Nein, nur die Flasche. Mein Kittel hing noch dort«, sagte Hiram.
»Nun, Sie sollten keine alkoholischen Getränke mit zum Dienst bringen. Was war es: Whiskey, Brandy?«
»Brandy«, sagte Hiram schnell. »Ich fühlte mich nicht allzu gut und dachte, ich nehme sie mit hinunter. Haben Sie sie vielleicht gefunden?«
Die Schwester sah ihn befremdet an: »Nein, wir haben bestimmt keine Flasche gefunden – nicht, daß ich davon wüßte. Aber ich will eine der Schwestern fragen.«
»Ach, bitte bemühen Sie sich nicht«, sagte Hiram.
»Es ist keine Mühe«, sagte die Stationsschwester und hob die Hand. Eine Schwester, die gerade durch den Behandlungsraum ging, sah die erhobene Hand durch das Glasfenster des Büros und kam herein.
»Ja?« sagte sie.
»Schwester, Pfleger Jones von der Altenstation hat letzte Nacht hier in der Ambulanz mitgeholfen, und er hat eine...«
Sie blickte Hiram von der Seite an und fuhr fort: »Er hat im Umkleideraum eine Flasche aus seiner Kitteltasche verloren. Sie haben sie nicht zufällig gefunden?«

»Eine Flasche?« sagte die Schwester, blickte Hiram an und lächelte leicht. »Nein.« Sie schüttelte den Kopf.
»Gut, Schwester, danke. Ich bin sicher, andernfalls hätten Sie mir davon berichtet. Tut mir leid, Pfleger Jones, wenn sich irgend etwas findet, laß ich es Sie wissen. Aber Sie sollten solche Dinge nicht mit ins Krankenhaus bringen und hier mit sich herumtragen, wirklich nicht. Es war doch keine große Flasche, oder?« fragte sie.
»Nein, nein, nur eine winzige braune Plastikflasche. Ich habe nur ein klein wenig in sie eingefüllt«, sagte Hiram.
»Ich verstehe, Stationsbrandy war das wohl?« Die Schwester sah ihn wieder an. »Nun, lassen Sie sich das nicht zur Gewohnheit werden«, sagte sie; dann wandte sie sich wieder ihrem Tagesbericht zu, denn die Nachtschwester, der sie ihn übergeben mußte, würde bald eintreffen.
»Vielen Dank, Schwester. Darf ich mal selbst im Umkleideraum nachsehen?« fragte Hiram.
»Tun Sie es, wenn Sie wollen«, sagte die Schwester und blickte nicht mehr hoch.
Hiram eilte aus dem Büro, hastete durch den Warteraum und dann in den Umkleideraum. Er begann zu suchen – unterhalb der Stelle, wo sein Kittel gehangen hatte, auf den Fenstersimsen, im Schuhschrank, der nach müden, schwitzigen Füßen roch. Die Flasche war nicht da.
Irgend jemand hat sie gestohlen – jemand, der wild auf Nembutal ist und sich nicht darum schert, wie er es sich besorgt. Wer? Gestern nacht hatte es im Umkleideraum gewimmelt von Ärzten, Schwestern und Helfern, die sich hier ihre Plastikschürzen umbanden und später wieder in ihre Kleidung stiegen. Der Versuch, irgend jemand festzunageln, war hoffnungslos. Er hatte noch nicht einmal einen Verdacht.
Nun mußte er mit Mr. Butterworth fertig werden – und mit John. Vielleicht hatte der alte Mann schon bemerkt, daß seine Pillen verschwunden waren. Jetzt würde er ihm jede Nacht zwei geben müssen, damit er sich nicht beschwerte; sonst würde er zweifellos verraten, daß er sich seine Pillen von zu Hause hatte mitbringen lassen, und jedem, der es hören wollte, würde er erzählen, daß Hiram ihn dazu aufgefordert hatte.
Plötzlich durchzuckte ihn eine andere Idee. War es möglich,

daß Marion Hughes selbst sie entdeckt hatte? Sollte sie inmitten all der Hektik in den Umkleideraum gegangen sein? Vielleicht hatte sie sich erfrischen wollen oder die Nase pudern, war gegen seinen Kittel gestoßen und hatte dann die Flasche entdeckt. Mr. Butterworth' Name stand auf dem Etikett. Den Rest konnte sie sich leicht zusammenreimen ... Er verließ den Umkleideraum, durchquerte den Wartesaal und stieg die Treppen zur Altenstation hoch.

Als Hiram auf seiner Station anlagte, fühlte er sich zittrig. Er nahm den Bericht des Tagespflegers entgegen, ohne richtig zuzuhören – viel Neues enthielt er ohnehin nicht.

Endlich schloß der Tagespfleger das Berichtsbuch. Er wünschte Hiram eine gute Nacht, verschwand durch den Korridor und dann die Treppen hinunter. Hiram ging in die Küche.

»Großer Gott, was ist denn mit Ihnen los? Ich dachte, Sie hätten sich tagsüber ein wenig ausgeruht«, sagte sein Schüler. »Sie sehen ja weiß wie die Wand aus. Es war wohl zuviel für Sie letzte Nacht?«

»Nein, ich bin ganz in Ordnung. Es war nur ein kleiner Schock, mehr nicht.«

»Ich koche Ihnen einen Tee«, sagte Atkins. »Oder hat John Ihnen wieder Ärger gemacht?«

»Was wissen Sie denn von John? Was weiß überhaupt jemand von John?« sagte Hiram müde.

»Ah, nicht zu wenig. Keine Sorge. Hier kann man nicht viel unternehmen, ohne daß jedermann davon weiß«, sagte sein Schüler, füllte den Teekessel am Waschbecken und hob seine Stimme über das Plätschern des Wassers: »Ob jemand eine Affäre hat, ein paar Stationsbettücher klaut oder einen Fehler beim Fiebermessen macht, es spricht sich alles herum. Dieses Krankenhaus ist einfach zu klein! Manchmal finde ich es schrecklich«, sagte Atkins und knallte den Kessel auf den Herd. »Ich glaube, ich bin nicht geboren für dieses Leben hier; ich kann dieses ständige Aufeinanderherumhacken nicht ertragen.«

»Nun, Sie machen ja selbst fleißig mit«, sagte Hiram bitter.
»Ich weiß, ich weiß. Das ist es ja gerade. Als ich herkam, war ich noch nicht so. Na, egal, lassen Sie sich nicht unterkriegen. So schlimm kann es doch nicht sein. Warten Sie, bis Miss Hughes ihre Runde macht – das wird all Ihre Probleme wieder in die richtigen Proportionen rücken. Dann wissen Sie wieder, was echter Horror ist«, plapperte Atkins weiter.
Hiram setzte sich an den Tisch vor seine Tasse Tee. Der Gedanke daran, wie er versuchen mußte, dem alten Butterworth zu erklären, was mit seinen Pillen passiert war – falls er inzwischen bemerkt hatte, daß sie verschwunden waren –, machte ihn ganz krank. In trüber Stimmung trank er seinen Tee aus. Sein Schüler blickte ihn mitfühlend an. Dann stand Hiram auf und ging hinüber in den Krankensaal.

Auf seiner Zehn-Uhr-Visite kam Nigel Denton auch auf die Kinderstation. Diese Visite war im Grunde eine bloße Formalität: Er fragte die für die Stationen verantwortlichen Schwestern, ob alles in Ordnung sei, und sah kurz nach den Patienten, die frisch operiert waren. Heute abend hatte er ein wenig mehr zu tun – wegen der Neueinlieferungen der vergangenen Nacht, von denen einige gerade erst aus dem OP gekommen waren. Er mußte nach ihnen sehen und die Nachmedikation anordnen. Die Kinderstation war von dem Unfall der letzten Nacht unberührt geblieben. Aber hier lag ein kleiner Junge, dessen Blinddarm am späten Nachmittag entfernt worden war, und er wollte nachsehen, wie es ihm ging.
Er bewegte sich leise zur Mitte des Krankensaales, wo Carmichael über ihren Bericht gebeugt am Schreibtisch saß. »Alles in Ordnung, Schwester?« fragte er. Sie blickte zu ihm auf, sie sah blaß und angestrengt aus.
»Ich wollte nur nachsehen, ob es dem Jungen, den ich um vier operiert habe, gut geht.« Er versuchte, beruhigend und beiläufig zu klingen.
Carmichael blätterte in ihrem Bericht, fand die Eintragungen für dieses Kind und nickte. »Ja, als die Tagesschwester ging, fehlte ihm nichts, und es scheint unverändert zu sein.« Sie stand auf und ging neben Nigel zu dem Bett ganz hinten im

Saal. Der kleine Junge schlief ruhig; sein Gesicht war etwas gerötet, und kleine Schweißperlen hatten seine dunklen Haare auf der Stirn festgeklebt. Er bewegte sich ein wenig, während sie an seinem Bett standen, stöhnte leise und sank dann wieder in tiefen Schlaf.
»Hat er ein Beruhigungsmittel bekommen?« fragte Nigel.
Carmichael nickte.
»Es scheint ihm gutzugehen«, sagte Nigel. »War ja auch wirklich nicht viel von einem Blinddarm, leicht entzündet, mehr nicht – aber doch besser, er ist heraus.«
Nigel beugte sich über das Bettchen, nahm das kleine Handgelenk zwischen seine Finger, fühlte den Puls und nickte.
»Er hat kein Fieber, aber behalten Sie ihn im Auge.«
»Selbstverständlich«, Schwester Carmichael klang fast feindlich.
»Ich wollte damit nicht ...« Nigel lächelte, als sie zurück durch den Saal gingen und versuchte, leichte Konversation zu machen. Es fiel nicht leicht bei Schwester Carmichael.
»Gestern abend in der Chirurgischen Ambulanz haben Sie gute Arbeit getan. Es war bestimmt eine angenehme Abwechslung für Sie. Es lief alles sehr gut, nicht wahr? Alle waren sehr tüchtig, fand ich.«
»Wirklich? Miss Hughes fand bestimmt nicht, daß ich sehr tüchtig war«, sagte Carmichael, und ihre Stimme zitterte.
»Das tut mir leid, was hatte sie denn auszusetzen?« Nigel sah in die weitgeöffneten Pupillen, die zu ihm hochstarrten.
»Ich blieb dort. Und das hätte ich nicht tun sollen. Gute Nacht, Dr. Denton«, antwortete sie knapp, ließ ihn stehen und verschwand in den Säuglingstrakt.
Oje, dachte Nigel, die gute Hughes, sie hat sogar in einer Nacht wie der gestrigen herumkritisieren müssen. Plötzlich fiel ihm Marion Hughes' Bemerkung über den Alkoholgeruch ein; er schnitt seine Grimasse und ging in Richtung Aufenthaltsraum.
Als er die Tür öffnete, erblickte er George Hayward, der es sich in einem der Sessel vor dem Fernseher bequem gemacht hatte.
»Irgend etwas Interessantes?« fragte Nigel.
»Nicht der Rede wert«, sagte George. »Ich vertreibe mir nur die Zeit. Möchten Sie ein Bier?« Er zeigte auf die 6er-Packung

Bier neben sich. »Ich habe es gerade aus dem Pub gegenüber geholt«, sagte er. »Gutes Bier ist das.«
»Ja, gern«, sagte Nigel. Er öffnete eine Büchse und ließ sich auf den Sessel neben George Hayward fallen.
»Ich komme gerade von der Kinderstation. Ich fand, Carmichael, die Schwester von dort, die mit dem spitzen Gesicht, war sehr tüchtig gestern nacht. Sie hat ihre Sache gut gemacht. Aber offenbar waren nicht alle dieser Meinung. Miss Hughes hat sie heruntergeputzt. Die arme Carmichael sieht ganz niedergeschlagen aus.«
»Für Marion Hughes macht niemand etwas gut genug«, sagte George ohne großes Interesse. Plötzlich wandte er sich um, so als sei ihm etwas eingefallen.
»Übrigens, sie ist heute abend nicht gekommen«, sagte er.
»Sie ist nicht gekommen?« Nigels Hand, die die Bierbüchse umschlossen hielt, spannte sich so an, daß die weißen Knöchel sichtbar wurden.
»Ja. Eigenartig. Die Oberschwester wartete in ihrem Büro auf sie, aber sie kam nicht. Und jetzt ist es ...«, George blickte auf seine Uhr »zwanzig vor zwölf. Soweit ich weiß, ist sie noch immer nicht aufgetaucht.«
Nigel stellte das Bier vor sich auf den Tisch, als hätte er plötzlich den Geschmack daran verloren. »Das sieht ihr gar nicht ähnlich. Wahrscheinlich ist sie krank geworden – Grippe oder so etwas.«
»Sie hat Telefon, aber offensichtlich hat sie niemanden benachrichtigt.«
»Vielleicht hat ihr Auto gestreikt?«
»Kaum vorstellbar, daß es das wagen würde«, sagte George.

Bald hatte es sich im ganzen Krankenhaus herumgesprochen, daß die Nachtaufsicht ihren Dienst nicht angetreten hatte.
»Ich habe gehört«, sagte eine der Schwestern, während sie ihren Mantel im Umkleideraum der Chirurgischen Ambulanz aufhängte, »daß sie mit einem Gehirnschlag in die Intensivstation eingeliefert wurde.«
»Das glaube ich nicht«, sagte ihre Kollegin, »für so etwas ist sie zu jung.«

»Das kann in jedem Alter passieren«, sagte die andere und verschwand ins Büro der Chirurgischen Ambulanz, um sich zum Dienst zu melden.
Seinen Ursprung hatte dieses Gerücht zweifellos bei jemandem, der gehört hatte, wie Marion Hughes über Kopfschmerzen klagte.

Oben im OP arbeitete Sir James bis spät in die Nacht. Er operierte einer Privatpatientin die Krampfadern heraus und war in keiner guten Stimmung. Er hatte sich damit abfinden müssen, daß der Unfallchirurg – wegen des gestrigen Busunglücks – den ganzen Tag über auch den Privat-OP belegt hatte. Und ihm war nichts anderes übriggeblieben, als seine eigenen Operationstermine auf eine solch späte Stunde zu verschieben.
»Wie spät ist es, Schwester?« fragte er plötzlich – die große Stationsuhr war hinter ihm.
»Halb zwölf, Sir – genauer: kurz vor halb zwölf«, sagte die Schwester.
»Dann wird Miss Hughes gleich ihre Runde machen«, sagte Sir James und fuhr fort, die Venen abzubinden.
»O nein, Sir James, sie hat sich heute aus irgendeinem Grunde nicht zum Dienst gemeldet. Ich glaube, niemand weiß, warum.« Die Schwesternschülerin sprach mit gewichtiger Stimme. Die Erste OP-Schwester hatte frei, und eine der anderen Schwestern assistierte Sir James.
»Nicht zum Dienst gemeldet?« sagte Sir James.
»Nein, Sir, sie ist einfach nicht erschienen«, sagte die Schülerin, erfreut dem großen Mann die Neuigkeit mitteilen zu können. »Vielleicht hatte sie einen Unfall, Sir«, fuhr sie fort.
»Hoffentlich keinen leichten«, sagte Sir James. Dr. Galbraith blickte abrupt von seiner Lektüre des *British Medical Journal* auf.
Die Schülerin kicherte hinter vorgehaltener Hand und wandte den Kopf zur Seite. Die OP-Schwester auf der anderen Seite des Operationstisches hob überrascht ihre Augen zu Sir James auf. Sir James' und Dr. Galbraith' Blicke begegneten sich. Sir James machte eine Geste zu ihm hin, als wolle er sagen – ich weiß, das hätte ich nicht sagen sollen, es ist mir her-

ausgerutscht. Die beiden Männer nickten einander zu, ignorierten die Reaktionen von Schülerin und Schwester, und die Operation nahm ihren Lauf.

Noch immer kreisten Hiram Jones' Gedanken unentwegt um den Verlust der Flasche mit den Kapseln. Wo konnte sie sein? Mit leerem Blick sah er seinem Schüler entgegen, der gerade in die Küche kam. Atkins wirkte sehr aufgeregt.
»Miss Hughes ist nicht aufgetaucht heute abend. Komisch – einer der Pfleger hat es mir gerade auf dem Flur erzählt. Die Oberschwester wartete auf sie, um ihr den Bericht zu übergeben, aber sie kam einfach nicht. Eigenartig ...«
Hiram stand dort, sein Gesicht war noch blasser geworden. Er blickte Atkins an, als hätte ihn der Schlag getroffen. Dann stammelte er: »Was haben Sie gesagt ... was?« Er ließ sich schwerfällig auf den Küchenstuhl fallen.
»Daß Miss Hughes nicht aufgetaucht ist – das habe ich gesagt. Die Oberschwester wartete auf sie bis zehn nach neun. Sie wurde langsam wütend. Dann entschloß sie sich, den Bericht der stellvertretenden Nachtaufsicht zu übergeben, der Norman. Gott sei Dank, kann ich nur sagen. Dann können wir es uns heute nacht ein bißchen gutgehen lassen. Ich brutzele uns etwas, wenn Sie wollen.«
Hiram antwortete nicht, sondern starrte nur vor sich hin.
»Schon wieder Ärger mit John?« fuhr Atkins fort.
»Nein, seien Sie doch still«, sagte Hiram scharf, fast hysterisch.
»Ja, ist ja gut. Regen Sie sich nicht auf – seien Sie nicht so empfindlich«, sagte sein Schüler. »Jedenfalls war John gestern nacht hier und hat Sie gesucht. Aber Sie waren ja so beschäftigt mit den Unfallopfern ... Und ich habe ihm gesagt, er solle lieber nicht in Ihre Nähe kommen.«
»John?« Hiram wandte sein blasses, verwirrtes Gesicht Atkins zu. »John war gestern nacht hier?«
»Ja, hat er es Ihnen nicht erzählt, als Sie heute morgen nach Hause kamen?« fragte Atkins.
»Nein. Er hat nichts davon gesagt. Sind Sie ganz sicher?« fragte Hiram.

»Bestimmt – er war letzte Nacht hier. Ich sagte ihm, daß Sie unten in der Ambulanz sind, und dort würde er geradewegs Miss Hughes, Sir James und all den anderen in die Arme laufen. Deshalb nehme ich an, daß er sich aus dem Staub gemacht hat; und das kann man ihm wohl nicht verdenken.« Atkins sah wieder in Hirams Gesicht, zuckte die Achseln und ging zurück in den Krankensaal.
Hiram ballte seine Hände zu Fäusten und klopfte sich langsam gegen die Stirn. War das die Erklärung, wohin die Flasche verschwunden war? Wahrscheinlich. Höchstwahrscheinlich! Aber woher konnte John wissen, daß ich meinen Kittel im Umkleideraum der Chirurgischen Ambulanz aufgehängt hatte? Vielleicht hat er mich gesucht und hat meinen Kittel erkannt, schließlich steht mein Name darauf. Und dann hat er die Flasche entdeckt. Hiram fühlte sich erleichtert. Zumindest wußte er nun, oder glaubte zu wissen, wohin die Flasche verschwunden war. Den Umschlag hatte John vielleicht nicht entdeckt, als er die Flasche herausnahm. Und wenn er die Kapseln hatte, dann kursierten sie zumindest nicht durchs Krankenhaus, und keiner der Patienten konnte sie schlucken, das war immerhin etwas.
Jetzt blieb nur noch der alte Mr. Butterworth, mit dem er sich auseinandersetzen mußte.
Hiram schob den Medikamentenwagen durch den Krankensaal und verteilte die Nachtmedizin. Als er an Mr. Butterworth' Bett kam, spürte er wieder dieses entsetzliche Schwächegefühl.
»Bekomme ich heute meine Pillen?« fragte Mr. Butterworth und blickte heimtückisch zu Hiram auf.
»Ja, ich hab' zwei für Sie heute abend«, sagte Hiram, legte hastig zwei Kapseln in die Hand des alten Mannes und reichte ihm das kleine Medizinglas mit Wasser zum Nachspülen. Er beobachtete Mr. Butterworth, wie er sich die Kapseln in den Mund schob und das Wasser hinterhergoß. Er wartete, ob der alte Mann noch etwas sagen würde – irgendeine Bemerkung, daß seine Flasche Nembutal verschwunden sei. Aber er erwähnte nichts. Er ließ sich auf sein Kissen fallen und sagte nur: »Können Sie mir die Urinflasche ins Bett bringen? Ich lege sie unter die Decke, dann kann niemand sie sehen.«

Hiram nickte abwesend, dankbar, daß der alte Mann offensichtlich noch nicht entdeckt hatte, daß seine kostbare Pillenflasche fort war. Aber wie lange würde es dauern, bis er es bemerkte?
Als er den Medikamentenwagen aus dem Krankensaal schob, hielt er bei Atkins an, der gerade die Gummiunterlage im Bett eines der Männer auswechselte.
»Ich muß telefonieren, können Sie die Medikamente wieder zurückstellen?« sagte Hiram.
»Okay«, sagte sein Schüler. »Das mach' ich für Sie.«

Hiram stieg die Treppen hinunter zur öffentlichen Telefonzelle, die an dem Verbindungspunkt von vier Korridoren lag, die jeweils zu einer anderen Station führten. Er wählte die Nummer seiner Wohnung und wartete. Nach einer Weile, die ihm wie eine Ewigkeit vorkam, meldete sich John.
»John, du warst letzte Nacht wieder hier. Atkins hat es mir gesagt, du hast mich gesucht, was wolltest du?«
»Ein paar Pillen, was sonst! Du weißt, in der letzten Zeit hast du mir kaum welche mitgebracht. Und du hattest versprochen, mir eine ganze Flasche zu besorgen, oder weißt du das nicht mehr? – Heute abend bin ich mit einem netten Jungen ausgegangen. Er arbeitet in einer Apotheke, weißt du, und er ...«
»John, hast du die Nembutalflasche aus meiner Kitteltasche im Umkleideraum, unten in der Chirurgischen Ambulanz, genommen?«
»Wovon redest du? Natürlich nicht«, sagte John.
»Du warst hier, du mußt sie genommen haben. Sie waren in einer Flasche, einer kleinen Plastikflasche. Du hast niemanden getroffen, der in einer Apotheke arbeitet, du hast die Pillen aus meiner Tasche genommen! ... Du weißt nicht, was es mich gekostet hat, an sie heranzukommen. Ich war den ganzen Tag außer mir vor Sorge, weil die Flasche verschwunden ist. Bitte, sag mir die Wahrheit.«
»Ich weiß nicht, wovon du redest«, Johns Stimme klang, als sei er wirklich überrascht. »Ich habe die dämliche Flasche

nicht gesehen. Ich habe meinen Kopf durch die Tür dort unten in der Ambulanz gesteckt, aber da war ein solches Chaos, daß ich mich nicht hineingewagt habe. Und dich habe ich überhaupt nicht gesehen. Nur die liebe Miss Hughes und eine Menge halber Leichen, die dort herumlagen. Da dachte ich, ich mach mich lieber aus dem Staub. Ich weiß nicht, was du von mir willst. Ich muß jetzt ins Bett. Ich bin ganz ausgelaugt.«

»John, ich flehe dich an, sag mir die Wahrheit«, sagte Hiram.

»Ich habe dir die Wahrheit gesagt. Ich habe deine blöde Flasche nicht angerührt«, sagte John und knallte den Hörer auf die Gabel.

Auch Hiram legte den Hörer nieder. Er wußte nicht, ob er John glauben sollte oder nicht. Wenn John gestern in der Ambulanz war, dann konnte er es gewesen sein. – Diese Besuche Johns im Krankenhaus waren nicht gut. Er mußte ihn dazu bringen, das zu unterlassen. Und doch fühlte Hiram sich erleichtert bei dem Gedanken, daß John die Kapseln hatte. John hatte niemand aus einer Apotheke getroffen. Bestimmt nicht. Solche Zufälle gab es nicht! Als Hiram sich von der Telefonzelle entfernte, beschlichen ihn jedoch wieder Zweifel. John log selten. Aber er mußte die Flasche haben. Bei der ganzen Geschichte scheint mich mein Glück doch nicht ganz zu verlassen, dachte Hiram. Jetzt brauche ich mich nur noch um Mr. Butterworth zu kümmern, wenn er herausfindet, daß seine Flasche verschwunden ist. Für den Augenblick wollte er die ganze Sache vergessen. Mr. Butterworth hatte seine zwei Pillen bekommen; er würde die ganze Nacht durchschlafen und nicht nach seiner Flasche herumsuchen – zumindest bis morgen früh nicht, und selbst dann vielleicht nicht.

Aber da war noch Miss Hughes... Hiram versuchte mit Gewalt, dem Gedankenwirbel in seinem Kopf Einhalt zu gebieten. Stop! sagte er zu sich selbst, als er wieder die Station betrat.

Die Nacht verlief ereignislos. Erst als Mrs. Benson, die Oberschwester, am Morgen ihren Dienst antrat und den Bericht entgegennahm, wurde zum ersten Mal so etwas wie ernste Besorgnis über Marion Hughes deutlich.

»Sie haben überhaupt nichts gehört? Sie hat nicht angerufen oder Bescheid gesagt?«

»Nein, nichts«, antwortete Miss Norman.

»Ich habe heute nacht noch einmal in Miss Hughes' Wohnung angerufen, aber niemand meldete sich.«

»Das habe ich auch getan. Ich hoffe, es ist ihr nichts zugestoßen«, sagte die Oberschwester.

»Vielleicht liegt sie im Bett und hat Fieber. Aber man sollte doch meinen, daß sie inzwischen ein Zeichen von sich gegeben hätte, einen Nachbarn gebeten anzurufen oder dergleichen.«

»Sie wohnt in einem Apartmenthaus, nicht? Es muß dort doch jemanden geben, den sie hätte bitten können.«

»Das weiß man nie«, sagte Miss Norman. »Sie ist ja keine besonders freundliche Seele... ich meine... wahrscheinlich lebt sie sehr isoliert«, fügte sie hastig hinzu.

»Ja.« Die Oberschwester blickte auf ihre Uhr. »Es ist zwanzig vor neun – wenn sie bis zehn Uhr nicht angerufen hat, dann sollten wir zu ihrer Wohnung fahren. Irgend jemand sollte nachsehen.«

»Das ist eine gute Idee«, sagte Miss Norman und gähnte recht unverhohlen.

»Ich meine nicht Sie«, sagte Mrs. Benson. »Ich werde selbst hingehen. Ich frage mich...«

»Was?« fragte Miss Norman.

»Nun, sie kann doch keinen Gehirnschlag bekommen haben?«

»Ach du lieber Gott. Dieses Gerücht kursierte schon heute nacht. Irgend jemand hat wohl gehört, daß sie, als sie gestern ging, über Kopfschmerzen klagte.«

»Nun, hoffentlich ist nichts dran. Ich überlege, ob wir nicht...« Die Oberschwester sah plötzlich sehr ernst und nachdenklich aus. »Um neun Uhr wird Miss Hogg in ihrem Büro sein. Ich werde sie anrufen. Schließlich ist es Aufgabe der Personalchefin, sich um derartige Probleme zu kümmern. Wenn sie meint, ich solle zu Marion Hughes' Wohnung fahren, dann fahre ich. Aber wahrscheinlich wird Miss Hughes heute abend ankommen und erklären, sie habe Migräne gehabt und ihr Telefon funktioniere nicht.«

Die stellvertretende Nachtaufsicht nickte. »Ich gehe jetzt. Das Geheimnis wird sich bestimmt bis heute abend aufgeklärt haben, und Marion Hughes wird frischer denn je ihren Dienst antreten. Auf Wiedersehen.« Sie verließ das Büro, warf erleichtert ihre Schultern zurück und stieg schnell die Treppen hinunter ins Freie, um sich einen schönen langen Tag auszuruhen.

Oberschwester Mrs. Benson spielte mit dem Telefon, gedankenverloren ließ sie ihre Finger über den Hörer gleiten.

»Soll ich Miss Hogg anrufen?« sagte sie laut zu sich selbst. »Ich denke, mir bleibt nichts anderes übrig.« Dann schüttelte sie sich ungeduldig. Diese Hughes! Warum zum Teufel sagt sie nicht Bescheid, wenn sie krank ist. Sie muß doch irgend jemanden kennen, den sie darum bitten kann, wenn sie selbst nicht in der Lage dazu ist ... eine Freundin ... aber andererseits ... so wie sie Marion Hughes kannte, bezweifelte sie, ob sie überhaupt so etwas wie eine Freundin hatte. Wieder blickte Mrs. Benson auf ihre Uhr – zwei Minuten nach neun. Sie nahm den Hörer ab und wählte. Sie würde die allgewaltige Miss Hogg, die Personalchefin, fragen, was zu tun sei. Sie wollte sich anbieten, selbst zu Marion Hughes' Wohnung zu fahren und nachzusehen, ob sie dort war und ob ihr etwas fehlte. Man mußte zumindest versuchen herauszufinden, warum sie letzte Nacht nicht erschienen war. Das sah ihr gar nicht ähnlich.

Mit entschlossener Stimme befahl die Personalchefin Mrs. Benson dann, sich sofort zu Miss Hughes' Wohnung zu begeben, den Hausmeister dazu zu bewegen, sie hineinzulassen, und sich dann wieder bei ihr im Büro zu melden.

Miss Hogg spielte nachdenklich mit dem Ende ihres Stiftes. Dann blickte sie zu Mrs. Benson auf. »Und Sie haben nichts herausgefunden, nichts, was darauf hinwiese, daß sie verreist ist?«
»Nein. Ich ließ mir von der Hausmeisterin im Erdgeschoß die Schlüssel geben – sie gab sie mir nur widerwillig. Sie ließ mich erst ein, als ich ihr sagte, es handele sich um eine sehr dringende Angelegenheit. Ich habe mir dann die Freiheit genommen, Miss Hughes' Kleiderschrank zu öffnen, aber ich konnte nicht erkennen, ob irgendwelche Kleider fehlten. Zwei Koffer waren in der Wohnung. Ich weiß natürlich nicht, ob sie noch mehrere hat. Auch nach dem Auto habe ich gefragt. Normalerweise parkt sie es vor dem Haus. Für jeden Bewohner ist dort ein Platz reserviert, aber auf ihrem Platz stand ein anderer Wagen.«
»Das ist eigenartig. Hat sie... irgendwann jemanden erwähnt, mit dem sie... na ja, sie ist aus dem Alter heraus, in dem man einfach durchbrennt, aber Sie wissen, was ich meine.« Miss Hogg sah prüfend zu Mrs. Benson auf.
Die Oberschwester schüttelte den Kopf. »Nein. Sie ist eine gutaussehende Frau, aber ich habe sie nie irgendeinen Mann erwähnen hören oder irgendeine Verabredung. So wie ich Marion Hughes kenne, würde sie allerdings über solche Dinge auch nie sprechen. Sie behält alles für sich – außer ihren Beschwerden über das Personal.«
»Ich weiß, sie hetzt alle ein wenig, nicht wahr?« sagte die Personalchefin vorsichtig. »Aber sie ist eine äußerst tüchtige Frau, und ich denke, das hat sie auch in der vergangenen Nacht unten in der Ambulanz bewiesen... Glauben Sie, daß sie vielleicht doch überfordert war, daß der Druck für sie größer war, als es uns allen schien?« fuhr die Personalchefin fort.
»Ich habe Ihnen ja erzählt, daß sie über Kopfschmerzen klagte, und als sie dann nicht erschien, dachte ich, daß sie vielleicht krank geworden ist.«
»Neigte sie zu nervösen Kopfschmerzen?«
»Ich weiß es nicht.« Die Oberschwester klang leicht müde. »Ich weiß es wirklich nicht, sie hat mir gegenüber nie zuvor geklagt.«
Miss Hogg nickte. »Nun, ich tue es nur ungern, aber ich

glaube, es ist besser, ich gehe zum Krankenhausdirektor und höre, was er meint. Wenn sie verschwunden ist, dann müssen wir wohl eine Meldung machen. Eine erwachsene Frau kann zwar, wenn sie Lust dazu verspürt, einfach alles stehen und liegen lassen und verschwinden. Es gibt kein Gesetz, das ihr das verböte. Nur paßt es so gar nicht zu ihr, das beunruhigt mich. Ich werde mit dem Direktor sprechen. Und Sie gehen wieder auf Ihre Station. Ich kümmere mich um alles.«
»Glauben Sie, daß er die Polizei einschalten wird? Wäre das nicht übertrieben? Zu melden, daß eine Frau von achtunddreißig Jahren mit ihrem Auto verschwunden ist. Schließlich war es früher Morgen, als sie losfuhr.« Sie machte wieder eine Pause. Offensichtlich malte sie in ihrer Phantasie die verschiedensten Eventualitäten aus.
»Ja, aber man hört immer wieder, daß jemand gefunden wird, und ... nun, ich kümmere mich um die Sache«, sagte die Personalchefin entschlossen.
Mrs. Benson verließ das Büro, um auf ihre eigene Station zurückzukehren – zu ihren Pflichten und, so hoffte sie, nicht noch weiteren Problemen.
Ein kleines Problem würde es natürlich heute nacht ohnehin geben. Man mußte noch einmal Miss Norman die Verantwortung für die Nacht übertragen. Aber sie schien sie so leicht auf sich zu nehmen, und alles schien genauso glatt zu laufen, als wenn Marion Hughes da wäre. Mit diesem tröstlichen Gedanken stieg die Oberschwester die Treppen zu ihrem eigenen Büro hoch.

Hiram betrat die Wohnung mit dem festen Entschluß, John, wenn nötig, einem Kreuzverhör dritten Grades zu unterziehen, um endlich Gewißheit zu erlangen.
Als Hiram die Wohnungstür öffnete, war John gerade dabei, sich in der Küche Spiegeleier mit Schinken zu bereiten.
»Möchtest du auch etwas?« rief er ihm fröhlich zu.
»Nein – oder doch, ich esse etwas mit.« Hiram änderte seine Meinung, obwohl ihm keineswegs nach Essen zumute war. Aber auf diese Weise, wenn sie sich beide am Küchentisch gegenübersäßen, hätten sie Zeit, miteinander zu reden.

Er ging hinüber ins Schlafzimmer und zog sich einen anderen Pullover über. Als er die Küche wieder betrat, machte ihn der Wohlgeruch des Schinkenspecks wirklich ein wenig hungrig.
»Du bist so guter Laune, worüber freust du dich so? Es passiert nicht oft, daß du mir ein Frühstück machst«, sagte er zu John.
»Mir war halt danach. Es geht mir gut. Hab' gut geschlafen, bin zur Abwechslung einmal früh ins Bett gegangen.«
»Das liegt sicher an der Menge Nembutal, die du zu dir genommen hast«, sagte Hiram und bedauerte seine Bemerkung sofort, denn John drehte sich ruckartig vom Herd um und sagte: »Wenn du es genau wissen willst, ich habe überhaupt kein Nembutal genommen. Ich habe gut geschlafen, weil ich verdammt ausgelaugt war. Ich habe noch alle Kapseln, die du mir gegeben hast.« Er wandte sich wieder dem Herd zu. Und Hiram beschloß, so lange kein Wort mehr über die Angelegenheit zu verlieren, bis sie sich am Tisch gegenübersäßen.
»Ich kümmere mich um den Kaffee«, murmelte er und begann, löslichen Kaffee in zwei Tassen mit Milchpulver zu vermischen. John nahm eine der Tassen, betrachtete sie und sagte: »Etwas mehr Kaffee für mich, ich mag kein Abwaschwasser.« Automatisch fügte Hiram der Mischung etwas mehr Kaffee hinzu und verrührte sie. Dann stellte er die Zuckerdose neben die Kaffeetassen auf den Tisch. Inzwischen hatte John Eier und Schinken auf zwei Teller verteilt und sie ebenfalls auf den Tisch gestellt. Er holte eine Handvoll Besteck aus der Schublade und warf es auf den Tisch.
»Bedien' dich selbst«, sagt er und legte zwei Scheiben Toast aus dem Ofengrill neben die Teller.
Hiram stand auf, holte zwei kleine Teller, nahm den Toast vom Tisch und verteilte ihn auf die Teller.
»Soll ich aufstehen und uns Servietten holen? Heute machen wir wohl auf vornehm!« sagte John und grinste. Das Grinsen war halb maliziös, halb zärtlich. Er war offensichtlich guter Laune. Hiram mahnte sich zur Vorsicht. John beugte sich über sein Frühstück. Hiram spielte mit dem seinen herum.
»Wer ist denn dieser Freund? Der, der in einer Apotheke arbeitet?« fragte Hiram.
»Oh, Jacko«, sagte John. »Er ist ein netter Junge. Er würde dir

auch gefallen, und ich glaube, er könnte sehr nützlich werden.«

»John...« Hiram streckte seine Hand über den Tisch aus und umschloß Johns Hand – die Hand, in der John das Messer hielt und die gerade dazu angesetzt hatte, ein weiteres Stück Schinken abzuschneiden. »John«, sagte Hiram, »du denkst doch nicht daran...?«

»Ach mach dir keine Sorgen!« sagte John. »In Wirklichkeit gefällt er mir gar nicht besonders.« Dann fuhr er fort: »Ich werde ihn mir einfach als Freund halten, nichts weiter. Du weißt, was ich meine. Er könnte nützlich werden; und schließlich – von dir scheint ja nicht mehr allzuviel zu erwarten zu sein.«

»John... diese Pillen... die Flasche, hast du sie aus meiner Kitteltasche genommen? Unten in der Ambulanz, in der Nacht, als das Busunglück war?«

»Fängst du schon wieder damit an! Du glaubst mir also nicht!« John sah wahrhaft bestürzt aus.

»John, es hängt so viel davon ab. Ich habe sie zwar für dich besorgt, aber sie gehören einem Patienten; und er wird es melden, daß sie verschwunden sind. Ich muß irgendeine Geschichte erfinden. Ich muß wissen, wo sie sind. Wenn du sie hast, das macht überhaupt nichts. Sie waren ja für dich; aber wenn sie irgendwo durchs Krankenhaus geistern... stell dir doch vor: eine Flasche voll Nembutalkapseln. Stell dir vor, irgendein Geistesgestörter nimmt sie alle auf einmal. Man würde herausfinden, woher sie kamen, das wäre mein Ende. Wirklich. Bitte, John, sag' es mir, wenn du sie genommen hast. Dann weiß ich wenigstens, wo sie sind.«

»Ich habe sie nicht genommen. Ich weiß überhaupt nicht, worüber du redest.«

John blickte in Hirams blasses Gesicht, und ihm wurde plötzlich klar, wie verzweifelt er war.

»Hör zu, Schatz«, sagte er. »Ich bin in die Ambulanz gegangen und habe meinen Kopf durch die Tür gesteckt. Da war Blut und weiß der Himmel was sonst noch; die Leute saßen da mit ihren Köpfen auf die Hände gestützt, schrecklich. Dein Schüler hatte gesagt, du wärst dort unten, aber ich bin nicht hineingegangen. Ich bin keinen Schritt weiter gegangen als bis zu dieser verdammten Plastiktür, und ganz gewiß nicht in den

Umkleideraum, um nach deinem Kittel zu suchen. Warum hätte ich das denn tun sollen? Du hattest mir gesagt, du würdest mir Pillen mitbringen, aber ich habe nicht wirklich daran geglaubt. Also, ich bekreuzige mich und will tot umfallen, wenn ich jetzt lüge: Ich habe keine Flasche aus deiner Kitteltasche genommen. Und wenn ich es getan hätte, warum sollte ich es dir verschweigen? Wie du selbst sagst – sie waren ja für mich.«

Hiram schob seinen Teller mit Eiern und Schinken weg und begann, den knusprigen Toast in kleine Krümel zu zerbrökkeln.

»Ich glaube dir, John! Aber ich wäre froh, wenn du sie genommen hättest! Denn wo ist die Flasche jetzt?« sagte er.

Sir James verließ den OP um drei Uhr morgens. Er war außer sich. Privatpatienten mitten in der Nacht zu operieren – das ging nicht an – das war unverzeihlich. Bei der nächsten Komiteesitzung würde er das zur Sprache bringen. Die Neueingänge hatten zu warten, bis die für den Tag angesetzten Operationen beendet waren! Er würde das nicht noch einmal mit sich machen lassen. Natürlich hatten die Unfallopfer Vorrang, das wußte er sehr wohl, aber er war trotzdem empört.

Er stellte den Rover in der Garage ab, betrat das Haus und goß sich einen Whiskey ein. Es war ihm schon zur Gewohnheit geworden seit Lotties Tod; vielleicht würde er es sich wieder abgewöhnen müssen, wenn Madeleine erst da wäre... Der Gedanke an Madeleine war angenehm, aber er erinnerte ihn auch an Marion Hughes.

Dumm von ihm zu sagen: »Hoffentlich kein leichter Unfall.« Es war ihm einfach herausgerutscht. Aber er hatte es so gemeint. Welche Erleichterung, nichts mehr mit dieser Frau zu schaffen zu haben! Vielleicht hatte es keine weiteren Folgen, wenn sie die Sache mit dem Kind ausgrub; aber er würde sich von neuem vor jedermann rechtfertigen müssen – besonders vor Madeleine. Sehr unangenehm. Das würde er sich lieber ersparen. Und dann die Sache mit dem irischen Mädchen.

Würde die Schwester im OP, die bei seiner Bemerkung gekichert hatte, ihren Kolleginnen davon erzählen?
»›Ein Unfall? – Ich hoffe kein leichter‹, stell dir vor, das hat Sir James gesagt. Er muß sie hassen!«
Das würde neue Gerüchte aufrühren. Welch ein Narr war er doch! Normalerweise hielt er seine Zunge sorgfältig im Zaum. Er versuchte, die ganze Geschichte aus seinem Kopf zu verbannen, trank hastig seinen Whiskey aus und beschloß, ins Bett zu gehen und ein paar Stunden Schlaf zu finden.
Er sah auf seine Uhr. Fünf. Und am Vormittag würde er wieder operieren müssen. Nun, er wollte versuchen, zumindest drei Stunden zu schlafen. Er ging nach oben, entkleidete sich und stieg ins Bett. Lange Zeit blickte er hinaus in die graue Morgendämmerung. Seine Gedanken kreisten noch immer um Marion Hughes, und es dauerte einige Zeit, ehe er aufhörte, sich hin und her zu wälzen, und in einen unruhigen Schlaf fiel.

Nigel Denton mochte Miss Norman, die stellvertretende Nachtaufsicht. Sie war freundlich und unkompliziert – eine Freude, mit ihr zusammenzuarbeiten. Bei ihr war nichts von der Spannung zu spüren, die von Marion Hughes ständig ausging. Vielleicht lag Marion Hughes in diesem Moment auf dem Fußboden ihrer Wohnung – bewußtlos, dachte er. Aber nein, er hatte vage gehört, daß jemand zu ihrem Apartment gefahren war, um nachzusehen. Sie war nicht dort gewesen. Ebensowenig ihr Auto. Er lächelte zu sich selbst: man würde sehen.
Und er lächelte noch einmal, als er sich an Georges Haywards Antwort auf seine Bemerkung, daß ihr Auto vielleicht gestreikt habe, erinnerte: »Das würde es nicht wagen«, hatte George gesagt. Das traf genau zu, dachte er, nichts und niemand würde es wagen, unter den Augen dieser Nachtaufsicht den Dienst zu versagen.
Dann fiel ihm wieder jene Nacht ein, in der man die junge Stripteasetänzerin eingeliefert hatte. In dieser Nacht war ihm klargeworden, daß sie von dem Tod seiner Frau wußte. Und dann ihre bösartig gezielten Bemerkungen über den Alkohol-

geruch. Ja, viele im Krankenhaus wunderten sich, daß sie unentschuldigt fehlte, aber er hatte bisher noch niemanden getroffen, der wirklich besorgt zu sein schien. So ist es eben, dachte er. Eine Dame verschwindet, und niemand sorgt sich, man wundert sich bloß.

Der Fluß, der durch die Kleinstadt Woolton floß, war durch die Abwässer zahlreicher Fabriken stark verschmutzt. Das Wasser floß als trübe Brühe zwischen den Fabriken am linken Flußufer und den Rasenflächen am rechten Ufer dahin.
Am rechten Ufer saßen am Fuße eines Rasenabhangs, der bis zur oberhalb verlaufenden Hauptstraße hinaufreichte, zwei kleine Jungen und hielten ihre selbstgebastelten Angeln ins Wasser. »Hier werden wir nie einen Fisch fangen. Mein Dad sagt, sie sind schon seit Jahren alle tot.«
»Vielleicht irrt sich dein Dad. Die Erwachsenen wissen auch nicht alles«, sagte der andere und sah gespannt auf den Schwimmerkorken, der sich in dem trüb dahinfließenden Wasser auf und ab bewegte.
»Ach, ich glaub', es ist reine Zeitverschwendung. Da kann ich grad so gut in die Schule gehen. Das lohnt sich ja hier nicht.«
»Ach, hör auf. Du hast gesagt, du hättest auch Lust zum Angeln. Wenn wir hier nichts fangen, dann steigen wir in den Bus und fahren aus der Stadt raus; da ist das Wasser wahrscheinlich sauberer.«
»Es ist doch derselbe Fluß. Der ist überall dreckig, auch da, wo das Wasser grün ist. Ich weiß es, mein Dad hat es gesagt.«
»Noch ein Wort über deinen Dad«, sagte sein Begleiter und gab ihm einen Knuff, »und dann pack' ich hier zusammen. Wenn du in die Schule willst, dann geh doch!«
»Wie kann ich denn jetzt in die Schule gehen, Blödmann? Es ist elf Uhr«, sagte der andere Junge.
Resigniert zog sein Begleiter die Angel aus dem Wasser und sagte: »Dann komm her, wir probieren es ein Stück weiter oben. Vielleicht ist es da besser. Es sieht ja wirklich ziemlich dreckig aus hier. Aber Tiere passen sich ihrer neuen Umwelt

an. Das haben wir doch vor kurzem in der Stunde über die Evolution, oder was es war, gehört.«
»Fische sind keine Tiere.«
»O doch, das sind sie.«
»Nein, sind sie nicht.«
»O ja, sind sie wohl.«
»Nein, sind sie nicht.«
Die Diskussion wurde ohne Einigung fortgesetzt, während die beiden Jungen den Fluß entlangstapften und sich ein wenig weiter oben wieder niederließen und ihre selbstgebastelten Angeln mit dem Brotköder ins Wasser warfen. Der eine war eifrig wie zuvor, der andere unverändert gelangweilt. Plötzlich richtete er sich jedoch auf.
»Was ist denn das? Guck mal«, rief er. »Dort in der Mitte vom Fluß – was ist das – irgend etwas ist da. Sieh mal, da guckt etwas Weißes heraus . . .«
»Es ist ein Auto, das Dach von einem Auto. Mann, auf welche Ideen die Leute kommen – schmeißen ihr Auto einfach in den Fluß, um es loszuwerden. Mein Dad sagt, es kostet Geld, wenn man sein kaputtes Auto abholen läßt, deswegen stellen es die Leute irgendwo in der Landschaft ab. Aber daß sie es in den Fluß werfen, hab' ich noch nie gehört.«
Sie zogen ihre Angelleinen wieder ein und legten sie am Ufer nieder; dann gingen sie ein Stück den Fluß entlang und setzten sich genau gegenüber dem Objekt in der Mitte des Flusses.
»Also ich glaube nicht, daß jemand es in den Fluß geworfen hat. Ich schätze, es ist versehentlich von der Straße abgekommen. Guck! « Er streckte seine Hand aus. Vor ihnen, auf dem Rasen des Abhanges zwischen Straße und Flußufer, waren Reifenabdrücke zu sehen.
»Wenn sie es versenkt haben, dann müssen sie ja wohl bis an den Fluß gefahren sein. Wahrscheinlich nachts! «
»Keine Ahnung. Aber vielleicht sitzt jemand drin?« Sie blickten sich an, in ihren Augen eine Mischung aus Entzücken und Entsetzen.
»Ein Mord, meinst du?«
»Oder ein Unfall. Kam von der Straße ab. Vielleicht ist es nachts oder frühmorgens passiert oder irgendwann, wenn nicht viele Autos unterwegs sind, und niemand hat es gese-

hen. Es ist einfach in den Fluß gefahren und ... Ich glaube, wir sollten die Polizei holen.«
»Ach die würde doch nicht auf uns hören – und außerdem – wir schwänzen die Schule.« Er sah interessiert zu dem Dach des Autos hin, das langsam wieder unter der Wasseroberfläche verschwand.
»Es treibt, der Fluß ist sehr tief hier. An dieser Stelle ist einmal ein Mann ertrunken, weißt du noch?«
Sein Freund nickte. Er sah hinüber zu der massiven Fabrikmauer am anderen Ufer.
»Vielleicht sollten wir es doch irgend jemandem sagen. Ich glaube, wir gehen lieber ...«
»Wollen wir es deinem Dad erzählen oder meinem?«
»Sie sind doch bei der Arbeit. Nein, wir gehen lieber zur Polizei ...«
»Die wird uns nicht glauben. Kein Wort.«
»Ich wette, daß sie uns glauben; wir müssen hingehen. Vielleicht ist noch jemand im Auto.« Die Stimme des Jungen klang jetzt schrill und aufgeregt. »Komm«, sagte er, und beide Jungen standen auf, kletterten den Grasabhang hoch und liefen die Hauptstraße entlang zurück nach Woolton. Irgend etwas hatte sie beide erfaßt – eine Angst, die größer war als ihre Furcht vor den Folgen des Schulschwänzens: sie mußten es irgend jemandem erzählen.
»Da liegt ein Auto im Fluß, oben bei Wintons, Sie wissen doch, der Teppichfabrik – da liegt ein Auto im Fluß; ein weißes Auto treibt im Wasser«, stießen die Jungen atemlos auf der Polizeistation hervor.
»Nun, mal langsam, meine Herren«, sagte der Polizist hinter dem Schreibtisch. »Erst einmal brauche ich die Namen und Adressen von euch beiden.«
Sie hatten beide auf einmal gesprochen, atemlos, weil sie den ganzen Weg gerannt waren. Der Polizist ermahnte sie gutmütig. Als er sie fragte, warum sie denn nicht in der Schule seien, versiegte ihr Wortschwall einen Moment lang, aber dann sprudelte die ganze Geschichte aus ihnen heraus ... »Vielleicht sitzt jemand in dem Auto ... Reifenabdrücke auf dem Rasen ...« Der Polizist schrieb geduldig alle Einzelheiten mit. Dann sagte er: »Setzt euch mal einen Moment hierhin. Ich werde kurz telefonieren.«

Er verschwand in das hintere Büro, zwei weitere Polizisten folgten ihm; sie schlossen die Tür fest hinter sich. Die Jungen rätselten, was nun geschehen würde. Dann kam der Polizist, der mit ihnen gesprochen hatte, wieder heraus.
»Gut«, sagte er. »Aber jetzt ab mit euch! Wir haben eure Namen und Adressen. Wenn wir euch noch brauchen, rufen wir euch. Und jetzt geht in die Schule, wo ihr hingehört.«
»Jetzt können wir nicht mehr hingehen. Es ist gleich Mittag. Ich muß mir von meiner Mum eine Entschuldigung schreiben lassen, daß ich erkältet bin«, sagte einer der Jungen, der andere nickte, und der Polizist verdrehte die Augen.
»Wollen wir zurück zum Fluß gehen?« sagte der eine Junge.
»Aber sicher«, antwortete sein Freund. »Sonst verpassen wir vielleicht etwas. Man weiß nie. Wenn sie das Auto herausfischen ... vielleicht sitzt eine Leiche drin, oder mehr als eine, vielleicht vier.«
»Mann«, nickte der andere. »Aber ich weiß nicht, ob ich gern eine Leiche sehen will, du?«
»Doch«, sagte der andere bestimmt. »Natürlich; es wird sicher spannend; genau wie beim *Tatort*.«
»Na gut«, sagte sein Freund. »Dann gehen wir wieder hin.«

Am Flußufer waren die Aktivitäten bereits in vollem Gange; zwei Polizeiautos parkten an der Straße oberhalb des Grasabhangs, unmittelbar gegenüber der Stelle, an der das Auto sichtbar wurde. Ein Polizist maß die Reifenabdrücke, die hinunter zum Fluß führten; ein anderer schien sich einen Eindruck von dem Spurenverlauf verschaffen zu wollen, was die Jungen äußerst spannend fanden.
»Genau wie im Fernsehen«, sagte der eine, der andere nickte.
»Komm, wir gehen näher hin.«
Zwei oder drei Zuschauer hatten sich bereits eingefunden. Sie standen dort und beobachteten, wie ein großer Kran den Pfad, der den Fluß entlangführte, heraufgefahren wurde.
»Jetzt holen sie das Auto heraus, das ist ein Hebekran.«
»Toll. Ich weiß, woher der kommt. Er kommt vom Autoschrottplatz, dort wo sie die Autos demolieren.« Der andere

Junge nickte. »So etwas wollte ich schon immer sehen, wie das Wasser dann aus dem Auto herausläuft, und dann ...«
Der Kran nahm Position auf dem Pfad, an der Stelle, wo die Jungen vor kurzem noch gefischt hatten. Der schmale Pfad konnte das riesige Fahrzeug kaum aufnehmen. Die wachsende Menschenansammlung schien zu spüren, daß hier etwas Ungewöhnliches vor sich ging. Sie hofften, es würde sich lohnen zu warten. Nach einer Weile, die sehr lang erschien – einige der Neugierigen waren bereits wieder gegangen, es war recht kalt hier am Flußufer –, stand der Arm des Krans direkt über dem untergetauchten Auto. Dann senkte er sich und fuhr die Greifarme aus; und nach einigen vergeblichen Versuchen bohrten sie sich fest in das Dach des Autos.
Stück für Stück tauchte das Auto aus dem Wasser auf. Trüber, dicker Schlamm floß aus den Türritzen heraus – genauso wie es die Jungen vorausgesagt hatten, so wie sie es schon oft im Fernsehen gesehen hatten. Dann hob sich der Kran höher und höher. Der Kranführer blickte zu den Polizisten hin; und auf ein Zeichen von ihnen manövrierte er den langen Kranarm seitlich über den Grasabhang hinweg bis hoch zur Hauptstraße, wo er einen Moment innehielt und den Arm dann Zentimeter für Zentimeter zu senken begann. Auch noch, als die Räder die Straße berührten, floß das schlammige Wasser aus den Ritzen. Die Zuschauer eilten neugierig und mit einem gewissen Grad von Befriedigung näher heran. Das, sagten die Jungen, ist besser als Fernsehen; denn es war wirklich.
Der Boden des Autos war mit Schlamm bedeckt, aber das Dach sah aus, als wäre es frisch geputzt; es funkelte in der Frühlingssonne. Der Kranführer in seiner Kabine betätigte einen der Hebel, befreite das Auto aus den Greifarmen und schwenkte ab. Dann verstummte der Kranmotor. Der Führer kletterte aus der Kabine und stieg mit seinen schweren Gummistiefeln den Grasabhang hinauf.
Die Polizisten hatten sich bereits um das Auto versammelt, und auch die beiden Jungen krabbelten nun das Ufer hoch, damit ihnen nichts entging. Obwohl einer der Polizisten rief: »Bitte gehen Sie zurück, hier gibt's nichts zu sehen. Bitte setzen Sie sich in Bewegung«, wich niemand von seinem Platz.
Ein Polizist ging zur Tür auf der Fahrerseite, drückte den Griff hinunter und öffnete die Tür. Die Menge raunte; es hatte

147psich gelohnt zu warten. Denn dort auf dem Fahrersitz, leicht nach vorn gebeugt und gleichzeitig etwas zur Seite, und mit schmutzigem, schleimigem Schlamm bedeckt, saß eine Gestalt.
»Da sitzt jemand drin!« rief jemand.
»Nicht zu erkennen, ob es ein Mann oder eine Frau ist«, sagte ein anderer.
Durch die Menge ging ein Gemurmel – halb erschrocken, halb lüstern.
Ein Krankenwagen kam mit heulender Sirene die Straße hochgefahren und hielt neben dem Auto.
Eine Tragbahre. Der Körper von Marion Hughes wurde vorsichtig darauf gelegt. Ihr Gesicht, ihr Haar, ihr Kostüm, ihre hübschen Schuhe und Strümpfe, alles war mit einem braunem Schleim bedeckt.
»Ehe sie nicht eine gründliche Dusche bekommt, wird man nicht wissen, wer es ist«, sagte irgend jemand in der Menge und erntete zustimmendes Gemurmel.
»So, jetzt ist es wirklich genug. Es gibt nichts mehr zu sehen, bitte gehen Sie jetzt«, sagte ein junger Polizist. Die Gestalt auf der Bahre wurde in den Krankenwagen geschoben und die Türen hinter ihr verschlossen. Die Helfer schlüpften auf die Vordersitze des Wagens, niemand blieb hinten bei Marion Hughes. Das war nicht mehr nötig. Der Wagen setzte sich in Bewegung, und die Sirenen heulten noch einmal kurz auf.
Die Menge zerstreute sich; allen war klar, daß der Höhepunkt des Ereignisses vorüber war. Nur noch das Auto konnte man betrachten, eine Tür stand offen, die andere war geschlossen, und das Dach glänzte noch immer im Sonnenlicht.
»Ich frage mich, warum sie sich nicht befreit hat, das wäre doch einfach gewesen«, sagte ein Mann.
»Ja, aber vielleicht hat man sie bewußtlos geschlagen, vielleicht war sie auch betrunken. Wer weiß?«
Bewußtlos oder betrunken – Marion Hughes, Nachtaufsicht des St. Jude-Hospitals, würde es ihnen nicht mehr sagen können. Die Menge, und auch die zwei Jungen und die Polizisten, hatten, als die Tür geöffnet wurde, nur einen Blick auf sie zu werfen brauchen, um zu wissen, daß sie tot war.

Sir James Hatfield, Dr. Galbraith, Gordon Mayes sowie der Unfallchirurg, der Chefarzt, der Krankenhausdirektor und der Vorsitzende des Krankenhauskomitees, Sir Jeremy Hasler, hatten sich im Sitzungszimmer versammelt und saßen sich an dem langen Tisch gegenüber. Sie hatten sich Kaffee aus der Kantine heraufbringen lassen und warteten auf den Pathologen. Er wollte etwas später zu ihnen stoßen und hatte angedeutet, daß sich bei Marion Hughes' Autopsie ein recht rätselhafter Befund ergeben habe. Also warteten sie.

»Eigenartige Geschichte«, sagte Gordon Mayes. »Eigenartige Frau. Ich habe sie nie besonders gemocht. Ich dachte, sie wäre so tüchtig. Und man sollte doch meinen, daß sie auch eine gute Autofahrerin war. Sie muß ins Rutschen gekommen sein, anders kann ich es mir nicht erklären.«

»Worauf hätte sie rutschen sollen? Es war kein Glatteis, die Straßen waren zwar ein wenig feucht am frühen Morgen – aber trotzdem ...« Sir James' Stimme klang heiser, und Gordon Mayes blickte neugierig zu ihm hin. Er beobachtete, wie Sir James die Tasse Kaffee an die Lippen setzte und bemerkte, daß seine Hand dabei zitterte.

»Nun, sie kann auf allem Möglichen gerutscht sein – Rollsplitt, Blättern. So etwas passiert schnell, besonders wenn die Reifen nicht mehr allzu gut sind.« Der Krankenhausdirektor, der die Spannung in der Luft spürte, versuchte sie zu mildern.

»So wie ich Marion Hughes kannte, waren ihre Reifen in bestem Zustand«, sagte Dr. Galbraith und fuhr fort: »Wie sie auch gewesen sein mag – nicht besonders liebenswert und nicht gerade beliebt hier im Krankenhaus –, aber sie war sehr tüchtig. Und ich lege meine Hand dafür ins Feuer, daß sie auf jedem Gebiet so war – nicht nur auf den Stationen und im OP – sondern auch bei ihrem Auto. Überall war sie effizient und verbissen.« Plötzlich wurde ihm klar, was er gesagt hatte und blickte sich befangen um. Schließlich war die Frau tot; er hätte das nicht sagen sollen, aber niemand schien darauf zu reagieren.

In diesem Moment betrat der Pathologe den Raum.

»Einen Kaffee, Stan?« fragte Gordon Mayes. Er schien am wenigsten berührt von allen.

»Ja, gerne«, sagte der Pathologe und setzte sich an den Tisch

Er hielt ein langes Blatt Papier in seiner Hand. Er legte es für einen Augenblick auf den Tisch, nahm eine Tasse Kaffee entgegen, trank einen Schluck und sah sich dann in der Runde der versammelten Männer um.
»Wir haben hier eine recht schwierige und heikle Situation vor uns«, sagte er. »Die Ergebnisse der Autopsie von Miss Hughes« – er blickte auf das Blatt Papier – »sind recht rätselhaft.«
»Warum rätselhaft?« fragte der Unfallchirurg. »Was ist rätselhaft daran? Sie ist ertrunken. Oder ist ihr vorher etwas zugestoßen? Hatte sie einen Gehirnschlag, war bewußtlos oder irgend etwas in der Richtung?«
»Nichts von alledem.« Der Pathologe sah wieder auf die Notizen in seiner Hand. »Die Autopsie ergab, daß sie eine völlig gesunde Frau war – Herz, Lunge, Gehirn, alles ganz normal –, außer ihrem Mageninhalt.«
»Ihrem Mageninhalt?« sagte Gordon Mayes. »Was ist damit?«
»Was sagt er da von Mageninhalt?« fragte Chefarzt Dr. Whitehouse und wölbte die Hand hinter seinem Ohr. Er war leicht schwerhörig, gab es jedoch nur selten zu.
»Lassen wir ihn fortfahren«, sagte Sir James gereizt, und der Chefarzt lehnte sich beleidigt in seinem Stuhl zurück.
Der Pathologe fuhr fort: »Die Verstorbene hatte offensichtlich gerade eine Tasse Kaffee getrunken. Andere Essensreste enthielt ihr Magen nicht; aber wir haben etwas anderes gefunden – eine große Menge von Barbituraten – eine solche Menge, die durchaus... nun, die groß genug war, um ihre Fahrtüchtigkeit erheblich zu beeinträchtigen. Es ist sehr gut möglich, daß sie von dem Medikament benommen war, besonders wenn sie es nicht gewohnt war, Nembutal zu nehmen. Außerdem enthielt ihr Magen auch noch Aspirin – eine solch kleine Dosis jedoch, die der Verstorbenen nicht schaden konnte.«
»Ich dachte Nembutal, Seconal und all die anderen Barbiturate würden nicht mehr verschrieben. Ich bin sicher, daß sie auf meiner Station nicht verschrieben werden.«
»An einige alte Leute, die daran gewöhnt sind, werden noch welche ausgegeben; aber wie Sie sagen, nur noch in ganz seltenen Fällen. Man ist inzwischen zu Mogadon übergegangen.

Natürlich wird man nachprüfen müssen, ob in der Krankenhausapotheke Nembutal vermißt wird.«
»Wie viele hatte sie genommen?« fragte Dr. Whitehouse sich nach vorn beugend, diesmal lag seine Hand flach auf den Tisch ausgestreckt.
»Die Magenanalyse ergab ungefähr fünfzehn Gran. Sie muß sie kurz zuvor eingenommen haben. Ganz unerklärlich ist mir jedoch, daß sich keine Spuren vom Material der Kapselhüllen mehr finden lassen. Wie Sie wissen, brauchen diese Hüllen eine gewisse Zeit, bis sie sich auflösen. Ohne Hülle wirkt der Stoff natürlich schneller als normalerweise. Miss Hughes muß aber noch ohne Schwierigkeit ihr Auto aus der Parklücke herausmanövriert haben und bis zur Flußstraße hinuntergefahren sein, ehe... Eines frage ich mich jedoch: hat sie das Pulver aus den Kapseln herausgelöst oder hatte sie einen Weg, an diese Substanz in Pulverform heranzukommen? Oder...«
Er blickte sich in der Runde der versammelten Ärzte und Verwaltungsleute fragend um. »Vielleicht hat man ihr das Pulver auf irgendeine Weise gegeben...?«
»Ihr gegeben? Was meinen Sie? Ihr verabreicht, ohne daß sie davon wußte? Aber das wäre ja Mord«, sagte Gordon Mayes.
»Ich bitte Sie«, sagte der Pathologe, »davon habe ich nicht gesprochen. Sie hat sich vielleicht selbst entschlossen, lieber das Pulver als die Kapseln zu nehmen, denn sie wird gewußt haben, daß die Wirkung so schneller eintritt – das heißt, wenn sie abhängig davon war. Es gibt also viele Rätsel. Man muß herausfinden, ob in der Apotheke Nembutal vermißt wird, wieviel genau an die Patienten verteilt wird und ob die Dame wirklich abhängig war. Das ist eine unangenehme Aufgabe. Ich habe das dunkle Gefühl, daß Marion Hughes möglicherweise nicht wußte, daß sie ein Barbiturat zu sich nahm. Denn ich kann mir nicht erklären, warum sie es ausgerechnet, ehe sie ihr Auto bestieg, hätte nehmen sollen. Aber ich kannte sie nicht. Und wahrscheinlich ist es voreilig, bereits an diesem Punkt irgendein Verbrechen zu vermuten... Was meinen Sie, meine Herren?«
»Ich kannte sie schon eine geraume Zeit, seit sie Nachtaufsicht war... nun sie war nicht der Typ Frau... was meinst du

Jimmy? Sie war doch nicht der Typ ... einer Süchtigen?« Dr. Galbraith blickte zu Sir James hinüber.
»Nein, so hat sie nicht gewirkt.«
»Nun, Sir James, Sie kannten sie besser als alle anderen. Sie assistierte Ihnen sogar, wie Sie mir erzählten, in jener Nacht, in der diese Patientin – diese Lady Soundso – operiert wurde«, sagte Gordon Mayes.
»Ja, ich kannte sie, aber nur dienstlich. Sie war keine persönliche Freundin«, sagte Sir James, eine etwas zu hochtrabende Note klang in seiner Stimme durch.
Dr. Galbraith betrachtete ihn neugierig; er erinnerte sich an Sir James' Bemerkung im OP, erinnerte sich, wie jemand erzählt hatte, daß Jimmy Marion Hughes vor kurzem zum Dinner ausgeführt habe, aber er sagte nichts.
»Nun«, sagte der Pathologe und stand auf. »Hier ist der Obduktionsbericht, meine Herren«; er legte ihn auf den Tisch. »An ihn müssen wir uns halten. Und aufgrund der Fakten, die er enthält, kann ich schlechterdings nicht behaupten, daß Marion Hughes eines natürlichen Todes starb. Soviel ist sicher. Warum sie jedoch eine solche Menge eines Barbiturats ausgerechnet in dem Moment nahm, ehe sie ihr Auto bestieg, das ist, um es milde auszudrücken, höchst rätselhaft. Ich fürchte, wir müssen die Obduktionsergebnisse der Polizei mitteilen. Sie wissen dort natürlich von ihrem Tod, sie bargen das Auto schließlich aus dem Fluß; aber bisher wird die Angelegenheit in den Polizeiakten als bloßer Unfall gehandelt. Und ich fürchte, wir dürfen es nicht dabei belassen.«
»Nein, das können wir nicht, wir werden einen offiziellen Bericht abfassen müssen. Aber welch einen Skandal wird das geben! Wie ich solche Geschichten hasse«, sagte Eric Hall, der Krankenhausdirektor. »Wird ein Krankenhaus in einen Skandal verwickelt, so wird die Geschichte über Jahre und Jahre immer wieder aufgerührt, und noch dazu ein solcher Fall ... es wird durch die Presse gehen und ...«
»Ich zumindest war bisher in noch keine Skandalgeschichte verwickelt«, sagte Gordon Mayes.
Die Bemerkung war in aller Unschuld gemacht. Aber Sir James sagte sehr vorsichtig: »Ich glaube, niemand von uns, aber hin und wieder liest man davon, daß in Krankenhäusern ...

Dinge passieren ... Die Öffentlichkeit vergißt das nicht so leicht.«

»Richtig. Aber ich fürchte, die Sache muß gemeldet und untersucht werden. Man muß der Medikamentenverteilung nachgehen, herausfinden, ob irgend etwas fehlt. Sie kennen den Weg«, sagte der Pathologe. Er wandte sich zur Tür. In diesem Moment öffnete sie sich, und Nigel Denton steckte seinen Kopf hindurch.

»Im OP wartet man auf uns, Sir«, sagte er zu Gordon Mayes und blickte neugierig in die versammelte Runde.

»Gut. Ich komme«, sagte der Chirurg. »Sie brauchen mich also nicht mehr?« fragte er.

»Nein, im Moment nicht. Aber später werden wir alle noch mit der Sache zu tun haben«, antwortete der Krankenhausdirektor.

Gordon Mayes folgte Denton zur Tür hinaus, und beide machten sich auf den Weg zum OP.

»Alles in Ordnung, Sir?« fragte Nigel und blickte seinen Chef gespannt an.

»Für den Augenblick, ja«, sagte Gordon Mayes. »Machen wir uns an die Arbeit!« Nigel Denton nickte; er machte Miene, noch eine Frage zu stellen, besann sich jedoch anders, und sie setzten ihren Weg zum OP fort.

Der Abend des Tages, an dem man Marion Hughes gefunden hatte, war trübe und regnerisch. Wie ein aufgezogener Automat ging Hiram Jones die Straße zum Krankenhaus hinauf. Die Gedanken wirbelten in seinem Kopf durcheinander; er wünschte bei Gott, er müßte heute nicht zum Dienst gehen. Zu Hause, als er das letzte Mal aufgewacht war – den ganzen Tag hatte er unruhig geschlafen, war immer wieder hochgeschreckt –, war er fast entschlossen gewesen, anzurufen und sich krank zu melden. Aber es half nichts, er mußte es wissen ...

Vom Frühling war nichts mehr zu spüren. Der Wind blies ihm einen feinen Nieselregen ins Gesicht. Als Hiram an dem Zeitungskiosk unterhalb des Krankenhauses vorbeikam, fiel sein Blick auf ein vom Wind zerrissenes Blatt, das an einem der Kioskpfosten befestigt war und in der feuchten Brise hin und

her flatterte. Mit dickem Filzstrift eilig hingekritzelt stand dort: KRANKENSCHWESTER IN IHREM AUTO TOT AUS DEM FLUSS GEBORGEN.
Hiram blieb stehen, vergaß für einen Moment das Wetter. Sollte das...? dachte er. Aber es gab noch andere Krankenhäuser in der Nähe, andere Schwestern. Er las die Schlagzeile noch einmal, die blaue Tinte begann schon, im Regen zu zerfließen. Wann hatte man den Zettel ausgehängt? Heute morgen? Man mußte sie gefunden haben... Er eilte die Straße entlang bis zum Krankenhaustor, rannte fast über den Hof zur Eingangstür und schlug sie hinter sich zu.
»So ist's recht – immer schön leise, damit die Patienten nicht gestört werden«, rief ihm die Telefonistin durch die offene Tür zu.
»Da ist ein Anschlag unten am Zeitungskiosk, ist es...?« fragte er. Sein Atem ging schnell, fast mühevoll. Die Telefonistin nickte.
»Ja, die Hughes; man hat ihr Auto im Fluß gefunden, muß von der Straße abgekommen oder ins Schleudern geraten sein. Sie war schon hinüber, als man sie herbrachte.«
»Waren Sie da?« Hiram stotterte fast vor Begierde, die Einzelheiten zu erfahren.
»Ja, ich hatte heute Tagesdienst.« Sie blickte auf ihre Uhr. »Ist gleich zu Ende. Scheußliche Sache, nicht? Ich mochte Miss Hughes nicht, aber trotzdem...«
»Haben Sie gehört, wie es passiert ist?« Die Telefonistin sah ihn an, dann blickte sie sich um, ob auch niemand in der Nähe war, und senkte ihre Stimme zu einem verschwörerischen Flüstern: »Es gab viel Aufregung, und sie haben sie gründlich autopsiert. Ich glaube, da ist mehr dahinter als nur ein einfacher Autounfall, wenn Sie verstehen, was ich meine?«
»Nein, ich verstehe gar nichts«, sagte Hiram.
»Na ja, wir werden ja sehen«, sagte sie andeutungsvoll. »Ich habe am Telefon etwas von Mageninhalt gehört!« Sie sah Hiram verstohlen an.
»Mageninhalt? Sie meinen...? Was soll das heißen? Sagen Sie mir doch, was Sie wissen! Oder raten sie bloß herum? Draußen am Kiosk stand, daß sie ertrunken ist.«
»Jaaa. Sie fanden ihr Auto im Fluß, und natürlich war sie ertrunken, aber... Ach, ich erzähle Ihnen, was ich gehört habe,

und das darf ich eigentlich gar nicht. Und jetzt sage ich kein Wort mehr.«
Sie klappte ihre Bücher mit einem Knall zu und stand auf. Im gleichen Moment kam die Nachttelefonistin zur Tür herein. Hiram überließ die beiden sich selbst, blickte auf seine Uhr, er war schon zwei Minuten zu spät und rannte die Treppen zur Altenstation noch schneller als gewöhnlich hinauf. Ehe er den Bericht entgegennahm, fragte er den Tagespfleger, was passiert sei.
»Keine Ahnung«, sagte dieser. »Ich weiß nur, daß Kinder sie gefunden und die Polizei geholt haben. Das heißt ... sie haben das Auto entdeckt, und da saß sie darin. Schöne Aufregung, kann ich Ihnen sagen. Alles ganz geheim, aber Sie wissen ja, wie geheim die Dinge in einem Krankenhaus bleiben. Jedenfalls, es gibt keine Marion Hughes mehr.«
»Wieso ist das Auto ...? Ich meine, gibt es Vermutungen ... über die Unfallursache?«
Der Tagespfleger sah ihn mit einem belustigten Ausdruck im Gesicht an. »Alkohol, hat jemand gesagt. Aber um diese Zeit frühmorgens? Na ja, es wird viel geredet, wenn der Tag lang ist.«
Hiram lechzte danach, mehr in Erfahrung zu bringen, aber der Tagespfleger wollte nach Hause gehen und war nicht sehr mitteilungsfreudig. Sie besprachen den Bericht. Während sie die einzelnen Namen der Patienten und ihren Zustand durchgingen, fiel Hiram Mr. Butterworth wieder ein. Hatte er gemerkt, daß seine Pillen fehlten?
»Mr. Brown, Bett vier, hat immer noch Harnfluß, Mr. Jones bekommt weiter seine Augentropfen; sie scheinen anzuschlagen, seine Augenentzündung hat sich schon sehr gebessert. Mr. Jason habe ich nach hinten verlegt; er war sehr schwierig heute. Wenn es schlimmer wird, rufen Sie den Dienstarzt, damit er ihm etwas verschreibt. Ich persönlich bin der Meinung, daß man ihm ein stärkeres Sedativ geben sollte, sonst wird er womöglich den ganzen Saal wachhalten. Mr. Butterworth ...«
Hiram hielt den Atem an. Hatte er den Verlust seiner Pillen gemeldet?
»Mr. Butterworth hatte einen ruhigen Tag, keine Klagen. Mr. Amos war ruhig, keine Klagen.«

Sie gingen den Bericht zu Ende durch. Entweder hatte Mr. Butterworth nicht gemerkt, daß seine Pillen verschwunden waren, oder er hatte sich entschlossen, nichts darüber zu sagen. Was hätte er auch erzählen sollen? Man würde ihn rügen, daß er sie sich überhaupt hatte bringen lassen. Er könnte natürlich auch einfach behaupten, daß ihm etwas gestohlen wurde und Furore machen. Aber es sah nicht danach aus, Gott sei Dank! Wenn er die Flasche die ganze Zeit über in der Kleenex-Schachtel versteckt hatte, mußte er es einfach gemerkt haben. Aber er hatte nichts gesagt, ansonsten wäre es im Bericht vermerkt.

Einen Trost vespürte Hiram – Marion Hughes konnte ihn nicht mehr anschwärzen. Dann durchzuckte ihn ein neuer Schrecken: was war, wenn *sie* die Flasche aus seiner Tasche im Umkleideraum der Ambulanz genommen hatte. Vielleicht war sie gegen seinen Kittel gestoßen, hatte etwas gespürt, hatte in die Tasche gefühlt, die Flasche herausgenommen und das Etikett gelesen. Sie hätte sofort erkannt, daß sie Mr. Butterworth gehörten. Vielleicht hatte sie sie in ihre Handtasche gesteckt – und das Etikett war noch lesbar...? Jeder konnte die Spur zurückverfolgen. Hatte sie irgend jemandem von der Flasche erzählt? Ach, es war zu viel, einfach zu viel. Aber schließlich hatte er sie doch in der Kantine gesehen an jenem Morgen, und auch sie hatte ihn gesehen, so glaubte er zumindest. Hätte sie dann nicht etwas erwähnt? Nein, sie nicht; sie hätte es sich aufgehoben und bei der nächstbesten Gelegenheit angebracht. Jetzt konnte sie das nicht mehr. Hiram fühlte sich sehr krank.

»Gute Nacht, dann«, sagte der Tagepfleger. »Und sehen Sie zu, daß der alte Mr. Jason ruhig bleibt, sonst werden Sie hier die Hölle haben.«

Hiram nickte und blieb in der Mitte des Krankensaales stehen, bis der Tagespfleger die Tür hinter sich schloß. Heute wollte er die Medikamentenrunde schnell hinter sich bringen, nicht wie gewöhnlich, zuerst in die Küche gehen und seinen Tee trinken, den der Schüler wahrscheinlich gerade zubereitete. Nein. Er wollte gleich beginnen und herausfinden, wie der alte Mr. Butterworth sich verhielt.

»Guten Abend, Mr. Jones. Guten Abend, Mr. Cartwright.« Er verweilte nur sehr kurz an jedem Bett, viel kürzer als gewöhn-

lich; und fast atemlos von der Anstrengung, nichts von seinen Ängsten zu zeigen und den Klagen der alten Männer, bei denen er stehenblieb zuzuhören, kam er an Mr. Butterworth' Bett an.
»N'abend, Mr. Butterworth«, sagte er. »Nun, wie geht's?«
Mr. Butterworth sah von seiner Zeitung, die er gerade las, auf, zog die Brille auf die Nase herunter und blickte zu Hiram hoch. Seine kleinen, wäßrigen Augen waren voller Mißtrauen.
»Mir geht's gut. Warum auch nicht? Sonst kommen Sie nie so früh. Sonst halten Sie doch erst in der Küche Ihr Schwätzchen, ehe Sie nach uns sehen. Was ist denn los mit Ihnen?«
»Nichts, nichts«, sagte Hiram hastig. »Ich dachte nur, ich mache die Runde heute mal früher.«
»Was ist denn mit unserer Miss Hughes passiert?« sagte Mr. Butterworth. »Ist losgefahren und hat sich ertränkt, hör' ich, hat sich im Fluß ertränkt. Passieren ja schöne Dinge hier. Es würd' mich gar nicht überraschen, wenn sie jemand reingestoßen hätte«, fuhr er bösartig fort.
»Woher wissen Sie denn, daß ihr überhaupt etwas passiert ist?« sagte Hiram.
Der alte Mann hob die Hand und tippte sich mit dem Finger gegen die Stirn.
»Gibt nicht viel, was ich nicht weiß; viel gibt es nicht, was mir entgeht. Bekomm' ich mein Nembutal heute abend, oder muß ich mein eigenes nehmen?« fragte er, die Augen noch immer auf Hiram fixiert.
»Ich gebe Ihnen welches«, sagte Hiram hastig. Es konnte einfach nicht sein, daß Mr. Butterworth noch nicht gemerkt hatte, daß die Flasche fehlte – das war unmöglich, so viel Glück gab es nicht. Der alte Mann brauchte ständig Papiertücher, um seine Brille zu putzen oder seine Nase. Unwillkürlich sah Hiram zu der Kleenex-Schachtel hin, Mr. Butterworth folgte seinem Blick. Er nahm die Schachtel hastig an sich und steckte sie unter die Bettdecke.
»Oh, Sie wissen also, wo sie sind! Nun, lassen Sie bloß Ihre großen Pranken davon, das rate ich Ihnen. Ich wollte nicht, daß Sie wissen, wo sie sind. Sie waren verschwunden, und dann fand ich sie unter dem Bett wieder. Sie müssen mir runtergefallen sein. Aber Sie – Sie sollten überhaupt nicht wissen, daß ich sie habe, nicht wahr?« sagte er.

»Das ist aber ein schlechter Platz, sie aufzubewahren ... Na ja, mir ist es egal, wo Sie sie verstecken. Solange Sie keine Überdosis nehmen, interessieren mich Ihre Pillen nicht.«
Mr. Butterworth griff unter seine Bettdecke, zog die Flasche mit den Kapseln hervor und schüttelte sie vor Hirams Nase hin und her.
»Ich werde sie jetzt woanders verstecken, unter meinem Kissen, damit sie niemand findet. Sie wußten also, daß sie in der Schachtel sind«, sagte er. »Unverschämtheit.«
»Haben Sie ... sie denn schon die ganze Zeit über dort?« fragte Hiram.
»Natürlich – außer, als sie mir unters Bett gefallen waren.« Er blickte nachdenklich. »Ich kann mich zwar nicht daran entsinnen. Und wenn hier ordentlich geputzt würde, hätte man sie doch finden müssen. Als ich aus dem Bett stieg, bin ich draufgetreten, und da hab' ich sie so schnell ich konnte aufgehoben und wieder zu meinen Papiertüchern gesteckt. Aber ich weiß nicht, ob ich sie dort lassen soll.« Er blickte Hiram von der Seite an.
»Wie viele Kapseln sind denn in der Flasche?« fragte Hiram.
Der alte Mann hielt die Flasche gegen das Licht. »Nicht allzu viele. Um mich umzubringen, braucht' ich wohl mehr.«
Auch Hiram betrachtete die Flasche. Sie war offensichtlich viel leerer als in jener Nacht, in der er die Kapseln auf dem Küchentisch gezählt hatte.
»Lassen Sie mich sie zählen«, sagte Hiram.
»Nein«, Mr. Butterworth hielt die Flasche fest in seiner Faust umklammert und schob sie unter die Decke.« Ich lass' Sie sie nicht anrühren. Wozu wollen Sie sie überhaupt zählen?«
»Nun, dann wäre ich beruhigter – nur deshalb. Vielleicht vergessen Sie einmal, daß Sie Ihre Pillen schon bekommen haben und nehmen dann noch welche. Das kann passieren bei diesem Medikament. Es macht vergeßlich.«
»Wenn Sie mir die Krankenhauspillen geben, die mir zustehen, dann werde ich die Flasche überhaupt nicht anrühren«, sagte Mr. Butterworth und blickte Hiram wieder heimtükkisch an. Aber Mr. Butterworth mochte Hiram. »Nun gut«, sagte er. »Ich zähle sie, wenn Sie wollen – ich zähle sie selbst.«
Er schraubte die Flasche auf, kippte sie um, und mit dem ver-

trauten Rieselgeräusch fielen die kleinen Kapseln in die Hand des alten Mannes. Mr. Butterworth begann zu zählen.
Hiram kalkulierte schnell. Wo die Flasche auch gewesen sein mochte – das war nicht so wichtig. Aber hatte irgend jemand Kapseln herausgenommen? Er würde es bald wissen. Der alte Mann zählte langsam, und Hiram trat vor Ungeduld von einem Fuß auf den anderen. Sechsundfünfzig waren es gewesen, daran konnte er sich genau erinnern. Er hatte zwanzig herausgenommen und in den Umschlag gesteckt. Sechsunddreißig mußten also noch dasein. Mr. Butterworth hatte aufgehört zu zählen.
»Fünfundzwanzig«, sagte er. »Ich dachte, es wären mehr. Aber immerhin, ein schöner kleiner Vorrat.« Es war offensichtlich, daß Mr. Butterworth nie gewußt hatte, wie viele Kapseln es ursprünglich waren.
Wie zum Teufel war die Flasche zurück zu Mr. Butterworth gekommen? Hiram beobachtete, wie der alte Mann den Verschluß fest zuschraubte, die Flasche in die Kleenex-Schachtel legte, sie unter die Decke schob und auf seinem Bauch festhielt.
»Wenn die Flasche wieder verschwindet, dann weiß ich, wo sie ist«, sagte er.
»Warum sollte sie verschwinden?« sagte Hiram.
»Man weiß nie. In einem Krankenhaus kommt vieles abhanden. Manchmal taucht es dann wieder auf, aber nicht immer«, sagte Mr. Butterworth.
Hatte der alte Mann also doch bemerkt, daß die Flasche eine Zeitlang verschwunden gewesen war? War die Geschichte, sie sei ihm unters Bett gefallen, nur eine Erfindung von ihm? Hiram wußte es nicht. Die Gedanken wirbelten erneut in seinem Kopf herum. Wer hatte die fehlenden Kapseln? Hiram schüttelte sich, er wollte nicht mehr darüber nachdenken – schließlich war die Flasche wiederaufgetaucht, und im Grunde durfte er über die ganze Angelegenheit ja gar nichts wissen. Er wechselte das Thema.
»Hatten Sie heute Besuch von Ihrer Tochter?« fragte er, nur um etwas zu sagen.
»Nein, sie ist wieder nicht gekommen, unzuverlässig wie sie ist. Eigentlich wollte sie mich mit ihrem Mann und den Kindern besuchen, und dann kam überhaupt niemand. So ist es

eben. Je länger man hier ist, desto schneller wird man vergessen. Aber eine nette Dame war hier, vom Sozialamt. Sie hat ein Schwätzchen mit mir gehalten. Sie war erkältet, aber sie war nett, sehr nett.«

»Eine Dame von Sozialamt?« sagte Hiram. Er nahm an, daß Mr. Butterworth die junge Krankenhauspsychologin meinte.

»Ja, das hat sie gesagt, vom Sozialamt. Sie hat aber nicht viele Fragen gestellt, nichts über meine Rente oder so.«

Hiram nickte abwesend und ging dann weiter zum nächsten Bett. Er verstand überhaupt nichts mehr – besser, die Runde schnell hinter sich bringen und später darüber nachdenken.

Als er durch den Mittelgang des Krankensaales ging und dann hinüber in die Küche, dachte er: eine Dame vom Sozialamt, wer zum Teufel sollte das sein? Nun, er mußte warten, bis morgen früh das Tagespersonal ankäme, vorher würde er nichts herausfinden können, und vielleicht auch dann nicht, aber er wollte fragen.

Jane Creasey betrat die Chirurgische Ambulanz um 10 Uhr. Sie war den ganzen Tag unterwegs gewesen und war sehr zufrieden mit sich selbst. Sie war für die Stelle, um die sie sich beworben hatte, in die engere Auswahl gekommen, und nach ihrem zweiten Vorstellungsgespräch heute fühlte sie sich fast sicher, daß man sie nehmen würde. Die Leute, die das Einstellungsgespräch führten, waren angenehm; es war deutlich geworden, daß man sie für geeignet hielt.

Außerdem war sie erleichtert, daß sie es geschaffte hatte, rechtzeitig zum Dienst in der Ambulanz zurück zu sein. So mußte sie nicht noch einmal Nigel bitten, sie zu vertreten. Aber sie war sich sicher, er hätte ihr auch dieses Mal den Gefallen getan.

Die Stationsschwester der Chirurgischen Ambulanz rief sie in den Behandlungsraum zu einer Frau, die sich beim Öffnen einer Konservendose tief in den Finger geschnitten hatte – einer der üblichen Haushaltsunfälle.

Die Patientin lag auf dem OP-Tisch, den Arm auf einem Brett abgestützt. Die Schwesternschülerin rollte den Instrumen-

tenwagen neben Dr. Creasey, die den Finger schnell und geschickt vernähte. Die Frau sah sehr blaß aus; sie wandte ihr Gesicht von der Ärztin ab, spürte aber offensichtlich keine Schmerzen, denn die örtliche Betäubung wirkte.
Die Schwesternschülerin stand daneben und blickte ins Leere. Es war nur eine kleine Verletzung; sie hoffte, daß heute nacht nicht noch mehr auf sie zukommen würde. Sie wollte einige Briefe schreiben und ihrem Freund, mit dem sie sich zerstritten hatte, einen kleinen Versöhnungsgruß schicken. Sie wollte ihn nicht verlieren. Er war ein netter Junge, und sie war nicht der Typ, ohne weiteres von einem Freund zum nächsten zu wechseln.
»Irgendwelche Neuigkeiten von Miss Hughes?« fragte Dr. Creasey, als sie aus dem Operationsraum kam – sie hatte es der Schülerin überlassen, den Finger zu verbinden und der Frau eine Penicillin- und Antitetanusspritze zu geben.
Die Stationsschwester sah von ihrem Schreibtisch auf, wo sie gerade ein paar Notizen niederschrieb, und sagte: »O ja.« Sie blickte zur Tür des Operationsraumes und fuhr mit leiser Stimme fort: »Haben Sie es noch nicht gehört? Man hat ihr Auto im Fluß gefunden; und sie saß darin – sie muß den ganzen Tag und die ganze Nacht in dem untergegangenen Auto gesessen haben. Sie wurde autopsiert. Alles war sehr hektisch. Ich weiß nicht, warum man eine Autopsie machte – sie ist ja schließlich ertrunken. Aber es gibt alle möglichen Gerüchte.«
»Gerüchte. Was meinen Sie?« fragte Dr. Creasey.
»Na ja, vielleicht war sie betrunken. Oder hat Tabletten genommen. Man erzählt sich, sie hatte Kopfschmerzen, vielleicht hatte sie wirklich einen Gehirnschlag, wie Mrs. Upton sagt. Offenbar nahm sie Aspirin, ehe sie das Krankenhaus verließ. Ich war heute abend unten in der Kantine; Mrs. Upton tat sich sehr wichtig. Die Polizei hat ihr Fragen gestellt. Sie war die letzte, die Miss Hughes lebend gesehen hat. So hat sie sich ausgedrückt, und ich fragte sie, woher sie das so genau wissen will.«
»Guter Gott. Die arme Frau – in ihrem Auto im Fluß ertrunken. Das muß ein schreckliches Ende gewesen sein«, sagte Dr. Creasey.
»Ja«, sagte die Schwester. »Entsetzlich. Aber so ist das nun

einmal; und eine schrecklichere Person hätte es nicht treffen können«, und sie lächelte Miss Creasey an; die Ärztin war schockiert.
Wie kann man so über eine Tote sprechen! dachte sie und machte sich auf den Weg zum Gemeinschaftsraum. Vor dem Fernseher saß George Hayward in seiner üblichen lässigen Haltung.
»George, was hat es mit all diesen Geschichten über Marion Hughes auf sich?« fragte sie.
»Tag, Schatz«, sagte George und sah zu ihr auf. »Hast du den Job bekommen?«
»Ja, ich denke schon. Aber was ist mit Marion Hughes?«
»Oh, von den Allmächtigen bis zu uns Geringen ist es inzwischen durchgesickert: sie ist von der Straße abgekommen«, sagte George.
»Das weiß ich, aber warum kam sie ins Rutschen?« unterbrach Jane Creasey ihn ungeduldig.
»Zuerst dachte man an alles Mögliche«, sagte George. »All die Aufregung in der Chirurgischen Ambulanz in der Nacht zuvor. Und dann hat Mrs. Upton erzählt, daß sie Aspirin oder andere Tabletten genommen habe, ehe sie wegging. Es war aber nicht nur Aspirin, was man in ihrem Magen fand, sondern eine Riesenmenge Barbiturate. Sie muß sich damit vollgestopft haben, ehe sie ins Auto stieg – verrückte Person.«
»Barbiturate?« sagte Dr. Creasey ungläubig. »Woher hatte sie die? Aus der Apotheke?«
»Nein, dort wird nichts vermißt. Wahrscheinlich hat sie sich selbst einen Vorrat gehalten. Bei dieser Frau gibt es so vieles, was man nicht weiß. Aber warum sie sich ausgerechnet vollpumpen sollte, bevor sie ins Auto stieg, um nach Hause zu fahren, das kann ich mir nicht erklären. Offensichtlich hat niemand gesehen, wie sie ihren Parkplatz verließ, aber sie rammte kein anderes Auto oder so etwas; zu dem Zeitpunkt muß sie also noch recht wach gewesen sein. Sie ist bis zum Fluß gekommen, und ... Volltreffer – ist genau hineingefahren. Aber warum sie das getan hat ... eine solche Menge Barbiturate, ehe sie ins Auto stieg ... eigenartig.« Er blickte plötzlich auf. »Man vermutet ein Verbrechen«, sagte er.
»Ein Verbrechen?« Dr. Creasey blickte ihn mit runden Augen an.

»Diese Dame hatte gegen eine Menge von Leuten eine Menge Karten in der Hand. Sir James zum Beispiel, da ging irgend etwas vor. Was, weiß ich nicht. Und Nigel, er war gar nicht gut auf sie zu sprechen.«
In diesem Moment betrat Nigel Denton den Raum.
»Nicht gut zu sprechen auf wen? Ich errate es schon...«, er ließ sich neben die beiden anderen in einen Sessel sinken. Er sah müde und krank aus.
George Hayward erhob sich und drehte den Fernseher leiser; die Figuren auf dem Bildschirm, die ihre Münder öffneten und schlossen, wirkten nun wie Goldfische in einem Wasserglas.
»Ich höre, Sie haben den Job bekommen. Gratuliere!« Nigel blickte zu Dr. Creasey hinüber, und sie errötete vor Freude.
»Ja, er ist mir so gut wie sicher. Es ist zwar keine Stationsarztstelle, aber vielleicht ist sie entwicklungsfähig. Ich bin ganz zufrieden.«
»Das kann ich mir vorstellen«, sagte Nigel und wandte sich zu George um. »Muß das Ding da laufen – ohne Ton, das macht einen ja ganz nervös«, sagte er.
»Wieviel hat sie genommen, Marion Hughes, meine ich«, fragte Dr. Creasey.
»Nach dem, was ich von Dr. Mayes erfahren konnte, zwölf oder fünfzehn Gran.« Nigel klang, als wollte er nicht darüber sprechen.
»Wie viele Kapseln sind das? Ich verschreibe das Zeug nicht mehr, zumindest nur noch sehr selten.«
Nigel Denton antwortete nicht, sondern fuhr fort, die Figuren auf dem Bildschirm anzustarren.
»Zehn ungefähr, ich weiß es nicht genau«, George Hayward schürzte die Lippen. »Ich verschreibe es auch nicht mehr.«
»Wenn hier im Krankenhaus Barbiturate fehlen, wird man das ja leicht feststellen können; sie stehen ja schließlich auf der Betäubungsmittelliste«, sagte Nigel, seine Gereiztheit war inzwischen offenkundig.
»Das wurde bereits nachgeprüft; überall – auf den Stationen, in den Medikamentenbüchern, in der Apotheke; es wird nirgends etwas vermißt – nicht eine Kapsel. Und die Bücher werden genauestens geführt, wie sich erfreulicherweise gezeigt hat. Das hätte einen schönen Skandal gegeben, wenn sich her-

ausgestellt hätte, daß das Krankenhaus hier schlampig gewesen wäre! Nein, so weit ist alles in Ordnung«, sagte George.
»Merkwürdig. Ich habe noch niemanden sagen hören, daß Marion Hughes' Tod ihm leid tue, noch keinen einzigen«, sagte Dr. Creasey.
»Was erwartest du denn«, rief George Hayward. »Denk doch daran, wie sie alle behandelt hat. Guck dich doch selbst an ... sie hat dich angeschwärzt, als ob du ... Nun, wir wollen das nicht weiter vertiefen, vergessen wir es am besten. Mich hat sie aus irgendeinem Grunde verschont; ich schien in ihrer Buchführung nicht vorzukommen. Aber ich bin sicher, wenn ich nur den kleinsten falschen Schritt getan hätte ... Ich glaube nicht, daß es heute nacht auch nur eine Schwester geben wird, die um sie trauert, und erst recht nicht einer von den Ärzten. Die machen sich nur Sorgen um den Ruf des Krankenhauses. Besonders Sir James! Er hat keine Lust, auf den Skandalseiten zu erscheinen, vor allem jetzt nicht, wo er hinter der hochgeborenen Madeleine her ist.«
»Davon wußte ich gar nichts – daß es jemanden gibt, den er ...«
»Nach der angemessenen Frist, nach dem Trauerjahr, wird sie Lady Hatfield sein«, sagte George.
»Das höre ich auch zum ersten Mal. Ich dachte, Marion Hughes hätte ein Auge auf ihn geworfen«, sagte Nigel.
»Vielleicht hat sie das, aber er nicht auf sie, da bin ich mir sicher«, sagte George. »Zum ersten war sie nicht reich genug. Er macht gern große Beute, unser Sir James, und ...«
»Ich ruhe mich jetzt ein wenig aus«, sagte Dr. Creasey. Klatschgeschichten waren offensichtlich nicht nach ihrem Geschmack.
»Tu das, versuch, so viel Schlaf zu bekommen wie du kannst – und Gratulation zu dem neuen Job«, sagte George, und Nigel schloß sich an.
Jane Creasey wandte sich zu ihnen um. »Danke. Aber mir tut Marion Hughes leid, gleichgültig wie sie war – sie tut mir leid«, sagte sie und verließ den Raum.
»Nette Frau«, sagte George zu Nigel, und Nigel nickte abwesend.
»Nicht unbedingt eine Frau zum Heiraten«, fuhr George fort. »Oder was meinst du? Ich hoffe, sie bekommt irgendwann eine

Stationsarztstelle; aber dieser neue Job scheint ja recht gut zu sein. Und der bessere Status wird einer Frau wie Dr. Creasey gut tun; wird ihr mehr Selbstvertrauen geben.«
»Ich glaube, es hat ihr nicht gefallen, wie wir über die liebe Verstorbene gesprochen haben«, sagte Nigel leichthin.
»Nein, aber sie hat schließlich einen besseren Charakter als wir zwei«, sagte George. »Soll ich rüber ins Pub gehen und uns ein Bier holen?«
»Tu das«, sagte Nigel. Als George den Raum verlassen hatte, dachte er über das nach, was Dr. Creasey gesagt hatte: niemandem tat es leid. Nun, ihm gewiß nicht. Er stand auf und stellte den Fernseher lauter, dann ließ er sich wieder in seinen Sessel sinken, aber es war offensichtlich, daß er von dem, was auf dem kleinen Bildschirm vor sich ging, keine Notiz nahm.

Die Nachtschwester, die auf der chirurgischen Frauenstation Dienst hatte, blickte überrascht auf, als Schwester Carmichael leise an die Tür zum Krankensaal klopfte und um Erlaubnis bat, hereinzukommen. Sie nickte kurz, und Carmichael kam zu ihr an den Schreibtisch.
»Ich wollte Sie nur etwas fragen«, sagte Carmichael schüchtern. Ihre lange Nase, die immer leicht gerötet war, zuckte jetzt, da sie nervös war, noch stärker als sonst.
Die Nachtschwester nickte zerstreut. »Ja, aber lassen Sie uns woanders hingehen. Wir wecken sonst die Patienten auf. Gehen wir hinüber in die Küche«, sagte sie. Schweigend durchquerten sie den abgedunkelten Krankensaal, vorbei an den schlafenden Frauen und vorbei an einer Patientin, neben deren Bett ein Tropf aufgebaut war und in deren Arm ein Schlauch hing. Mit weitgeöffneten, ins Leere starrenden Augen lag sie im Bett. Die Nachtschwester hielt inne, ging zu ihr hinüber und flüsterte ihr etwas zu. Die Frau nickte, und die Schwester schloß sich wieder Carmichael an; zusammen betraten sie die Küche.
»Man hat ihr heute die Gallenblase herausoperiert. Eine angenehme Frau; sie macht gar kein Aufhebens. Aber heute nacht wird sie wohl nicht viel Schlaf finden ... Sie sehen aber

nicht gut aus«, sagte die Nachtschwester und betrachtete Carmichael, die gerade ihre Brille abzog und rotgeränderte Augen offenbarte. Sie putzte hastig die Gläser mit einem verkrumpelten Taschentuch, dann setzte sie die Brille wieder auf.
»Ja, ich fühle mich nicht allzu gut. Es tut mir leid, Sie zu stören, aber ich habe gerade meine Ruhestunde. Und da dachte ich, ich gehe einfach zu Ihnen und frage Sie etwas.« Carmichael blickte die Stationsschwester besorgt an; dann setzte sie sich unbeholfen auf einen Küchenstuhl. »Ich hoffe, Sie nehmen es mir nicht übel, Schwester James«, stieß sie wieder hervor.
»Um Himmels willen, was soll ich Ihnen denn übelnehmen? Was ist los? Was haben Sie auf dem Herzen?«
»Es ist wegen ... na ja, zum Teil wegen Miss Hughes und zum Teil wegen der Stelle auf dieser Station, dem Stationsschwesterposten, Sie wissen ...«
»Ach, Sie meinen, weil Schwester Grainger fortgeht?«
»Ja, deshalb wollte ich Sie fragen. Haben Sie etwas davon gehört, ob es schon jemanden gibt für die Stelle? Und was meinen Sie? Habe ich eine Chance, wenn ich mich bewerbe? ... Vielleicht haben Sie selbst ja auch Interesse an dem Posten?«
»Nein, ich nicht«, sagte Schwester James. »Ich bin verheiratet. Und die vier freien Tage, die ich als Nachtschwester bekomme, sind mir sehr wichtig. Nein, ich habe kein Interesse. ich weiß aber von ein oder zwei Schwestern, die sich bewerben wollen. Und dann wird es natürlich auch Bewerbungen aus anderen Krankenhäusern geben.«
»Ich würde mich gern darum bewerben ... jetzt!« Schwester Carmichaels Stimme klang plötzlich ungewohnt fest.
»Jetzt?« Die Nachtschwester sah sie fragend an.
»Ja, ich erwartete keine besonders gute Beurteilung von Miss Hughes, aber nun, wo sie nicht mehr da ist ...«
»Sie hätte wohl niemanden gut beurteilt. Sie hätte sogar an Florence Nightingale etwas auszusetzen gehabt«, sagte die Nachtschwester.
Carmichael sah verwirrt aus, so als hätte sie nicht zugehört, dann nickte sie abwesend.
»Ja, ich werde es versuchen. Warum schließlich nicht? Die

Oberschwester hatte nie etwas auszusetzen an mir, es war nur Miss Hughes!« Ihre Stimme versagte; bei den letzten Worten hatte sie fast hysterisch geklungen.
»Na gut, dann bewerben Sie sich. Aber immer schön ruhig bleiben, mein Kind. Wenn man Sie nicht nimmt – es gibt noch andere Stationsschwesterposten, die frei werden, also keine Panik – und wie Sie sagen, jetzt, wo der Stachel aus dem Fleische entfernt ist, haben Sie dieselbe Chance wie jede andere Schwester.« Nachtschwester James glaubte nicht wirklich daran; sie blickte in Carmichaels weißes Gesicht, auf die dunklen Schatten unter den rotgeränderten Augen und die Hand, die zitterte, als sie ihre Brille zurechtrückte.
Sie ist in einem Zustand, dachte Schwester James, in dem sie nicht die Verantwortung für die Kinderstation tragen sollte. Sie gehört eher auf eine psychiatrische Station, aber nicht als Krankenschwester. Warum läßt sie sich ihre schreckliche Brille nicht richtig anpassen? In diesem Moment ertönte eine Klingel, und sie sagte: »Tut mir leid, ich muß jetzt gehen. Aber wie gesagt, machen Sie einen Versuch. Adieu.« Sie ging aus der Küche hinüber in den Krankensaal, und Carmichael konnte hören, wie sie der Patientin, die geklingelt hatte, etwas zuflüsterte.
Ich werde es tun, dachte Carmichael. Ich werde meine Bewerbung einreichen. Sie kann keine Notizen hinterlassen haben – das kann sie einfach nicht. Sie wußte ja nicht, daß sie sterben würde. Ich muß mit Miss Norman sprechen. Ich muß mit allen sprechen, die sich gut über mich äußern werden. Jetzt ist sie tot. Sie ist tot, und sie kann mir nichts mehr antun. Nichts, da bin ich sicher.
Carmichael fühlte, wie wieder diese Welle von Haß in ihr hochstieg – so wie in jener Nacht, als sie mit dem Messer herumgespielt hatte und auch danach noch einige Male. Als sie aus der hellerleuchteten Küche hinaustrat und durch den dämmrigen Korridor ging, sich dann der Treppe hoch zum Ruheraum zuwandte, mußte sie wieder an das Messer denken.
Sie setzte sich auf einen der Sessel im Ruheraum, legte ihre Füße auf einen anderen und versuchte, sich zu entspannen. Es gelang ihr nicht. Die Gedanken fielen über sie her. Im einen Moment fühlte sie sich erleichtert, im nächsten deprimiert

und ängstlich. Die ganze Nacht über hatte sie sich von allen Seiten anhören müssen, wie man Marion Hughes' Auto aus dem Fluß gefischt hatte.
Sie saß reglos da – vor ihren Augen das Bild des Autos, wie es in der Luft schwenkte, wie das Wasser an den Seiten herauslief, wie es dann sanft, oder vielleicht auch nicht so sanft, auf die Straße aufgesetzt wurde.
Wie die Polizisten hinrannten, die Türen aufrissen. Sie wünschte, sie selbst wäre in dem Auto gewesen, und nicht die schöne Marion Hughes – mit dem üppigen Haarknoten in ihrem weißen Nacken, mit ihrem perfekten Lippenstift und der winzigen Andeutung von Lidschatten, mit ihrem hübschen Kostüm und den eleganten Schuhen, die ihre Füße und Fesseln noch schlanker erscheinen ließen.
Carmichael lächelte. Nein, so hatte sie nicht ausgesehen! Sie war über und über mit dreckigem Schlamm bedeckt gewesen. Zu gern wäre sie in den Leichenkeller gegangen, um sie sich anzusehen, als man sie herbrachte. Sicher hatte man sie waschen müssen – ihr das Kostüm ausziehen, alles. Sie hat nackt dagelegen – Miss Hughes nackt, mit schlammverschmierten Haaren. So hätte ich sie gern gesehen, dachte Carmichael. Natürlich konnte sie es nicht wagen hinunterzugehen; aber sie sah das Bild deutlich vor Augen. Carmichael lehnte sich zurück und entspannte sich beinahe vor Genugtuung. Und dann... man hatte sie aufschneiden müssen. Carmichael hatte den Obduktionsbericht gesehen.
Plötzlich fühlte sie sich sehr zuversichtlich, sehr sicher, daß sie den Stationsschwesterposten auf der chirurgischen Frauenstation bekommen würde. Sie brauchte sich nur zu bewerben, das war alles. Man würde sie nicht ablehnen können; sie hatte all die erforderlichen Qualifikationen. Carmichael blickte auf ihre Uhr. Noch eine Viertelstunde konnte sie sich ausruhen. Sie richtete sich in ihrem Sessel auf, fühlte sich erregt und selbstsicher. Warum bin ich überhaupt zu Schwester James gegangen und habe sie gefragt, dachte sie. Das war albern, völlig überflüssig. Ihr Kopf begann zu schmerzen, und ihre Gedanken wirbelten wieder durcheinander. Habe ich sie wirklich gefragt? Oder habe ich es nur vorgehabt...? Sie konnte sich plötzlich nicht mehr erinnern, wie dumm. War sie auf die chirurgische Frauenstation gegangen, oder wollte sie

nur hingehen? Sie zuckte mit den Schultern; es gab keinen Grund, sich darüber den Kopf zu zerbrechen. Sie würde den Posten bekommen! Es war nicht nötig, mit irgend jemandem zu sprechen. Es fühlte sich sehr eigenartig an, dieses neue Gefühl von Sicherheit. Sie spürte, wie ihre Kopfschmerzen stärker wurden... keine Tabletten schienen zu helfen. Sie wollte hinunter in die Kantine gehen und einen Kaffee trinken. Wenn sie etwas zu spät auf ihre Station zurückkäme, nun, das war jetzt nicht mehr so wichtig. Ihre Schülerin mußte eben allein fertig werden.

Sie fühlte sich unbesiegbar. Sie durchquerte den Ruheraum; ihren Kopf trug sie ungewöhnlich hoch, nickte einigen der verschlafenen Schwestern, die sich in ihre Sessel gekuschelt hatten, kurz zu. Sie ging zur Tür hinaus und nahm die Treppe hinunter zur Kantine; auf ihrem Weg dorthin sagte sie laut zu sich selbst: »Ich kann alles, wenn ich will. Und ich werde es beweisen.«

Die Ergebnisse der Analyse von Marion Hughes' Mageninhalt wurden der Polizei gemeldet. Die üblichen kriminalistischen Untersuchungen begannen. Dem Personal schienen sie endlos. Drei Tage lang tauchten an allen Ecken des Krankenhauses Polizisten auf. Sie befragten die Empfangsdame, die Telefonistin und unzählige andere. Manchmal wurden sie von der Oberschwester begleitet, die leicht mit den Schultern zuckte, so als wolle sie sagen: »Dagegen kann man wohl nichts machen.« Aber niemand ärgerte sich, es war viel zu aufregend.

Der Kriminalinspektor schloß sich lange Zeit mit der Oberschwester ein. Alle wußten davon; niemand erfuhr jedoch, was sie verhandelten. Auch Miss Norman wurde befragt, aber sie war gesprächiger:

»Er wollte wissen, ob Miss Hughes Drogen nahm, an nervösen Spannungen litt, oder etwas in der Art. Natürlich wußte ich nichts darüber. Ich hatte keine Ahnung, ob sie Drogen nahm. Es muß wohl so gewesen sein. Aber warum sie ausgerechnet vor der Heimfahrt etwas eingenommen hat...«

Die polizeiliche Untersuchung war lästig, führte jedoch zu

keinem greifbaren Ergebnis. Alle Medikamente, die als Betäubungsmittel galten, wurden noch einmal nachkontrolliert, aber nirgends fehlte etwas. Das war gut so. Denn der gute Name eines Krankenhauses hing davon ab; hätte man irgendwo Drogen vermißt, dann wären noch weitere Untersuchungen gefolgt und weitere Scherereien für die Krankenhausleitung, vielleicht ein großer Skandal. Aber so – wenn Marion Hughes Nembutal in ihrem Magen hatte, dann mußte es, zu diesem Schluß kam man, ihr eigenes gewesen sein. Man befragte ihren Hausarzt, aber er hatte ihr nie dieses Medikament verschrieben; das bedeutete jedoch nichts, denn, dem Hausarzt zufolge, konnte sich ein Süchtiger ohne große Schwierigkeiten jederzeit Nembutal verschaffen.
Aber wie Miss Norman sagte, man konnte sich das alles bei Marion Hughes sehr schwer vorstellen – daß sie sich Nembutal auf dem Schwarzmarkt besorgte. Aber schließlich wußte man so wenig von ihr, wie sollte man da sicher sein? Nein, es war ein Rätsel, die ganze Angelegenheit.
Das Ergebnis der polizeilichen Untersuchung verbreitete sich schnell im ganzen Krankenhaus; und einige Tage später erschien in der Lokalzeitung die Überschrift TOD DURCH UNFALL. Die Affäre begann bereits in Vergessenheit zu geraten.
Miss Norman wurde zur vorübergehenden Nachtaufsicht ernannt. Jedermann freute sich darüber. Gewiß würde sie bald offiziell mit diesem Posten betraut. Nach fünf oder sechs Tagen war Marion Hughes' Tod nur noch ein Gesprächsthema unter anderen, und auch das nur für das Nachtpersonal, denn für das Tagespersonal war Marion Hughes weitgehend eine Fremde gewesen.
Als einer der Krankenhausgärtner das Kabel seiner elektrischen Heckenschere durchschnitt und zwei Pfleger ihn schwer verletzt in die Ambulanz brachten, hatte sich ein neuer Gesprächsstoff gefunden. Der Gärtner erholte sich wieder – und über Marion Hughes wurde von da an noch seltener gesprochen.
Einige Nächte darauf traf Atkins während seiner Ruhestunde andere Pflegeschüler und Schwestern in der Kantine.
»Hallo«, grüßte er und steckte seinen Kopf durch die Küchentür. »Kaffee und Kreppel für mich«, rief er Mrs. Upton zu.

»Ich gebe Ihnen gleich ganz andere Kreppel«, schimpfte sie, und er lachte und setzte sich zu den anderen.
»Dieses Krankenhaus läßt einen verhungern. Warum verwöhnt man uns arme Schüler nicht mit ein bißchen Kuchen! In Zukunft bringe ich mir selbst etwas mit.« Dann stieß er den Schüler an seiner Seite an.
»He, was ißt du denn da?«
»Kreppel, Dummkopf, ich bring sie mir mit.«
»Gib mir auch einen«, sagte Atkins.
»Mach dir keine Hoffnung«, sagte der andere und begann, den zweiten Kreppel in sich hineinzustopfen.
»Freundschaft, das ist es, was mir am Nachtdienst so gefällt«, sagte Atkins. »Es geht doch nichts über Freundschaft.«
»Dann mach doch Tagesdienst«, sagte der Kreppelesser mürrisch.
»Was, jetzt, nachdem unsere liebe Hughes tot ist, nachdem ich sie so clever aus dem Weg geräumt habe? Du machst wohl Witze!«
»Du, du hast niemals die Courage, so etwas zu tun. Ich war es«, sagte der Kreppelesser. »Ich hab' mir das Nembutal besorgt und in ihren Tee geschüttet, den Mrs. Upton ihr hoch ins Büro gebracht hat. So war es doch, nicht?« fragte er Mrs. Upton, die gerade mit dem Kaffee für Atkins aus der Küche kam.
»Nein, war es nicht. In der Nacht, in der sie starb, gab es keinen Tee. Ich hab' es der Polizei gesagt. Das war in der Nacht mit dem Busunfall. Aber ... über solche Dinge soll man nicht scherzen, das gehört sich nicht«, sagte Mrs. Upton, wandte sich um, und ging wieder zurück in die Küche, wobei ihr breites Hinterteil vor Entrüstung zitterte.
»Der Fall ist widerlegt«, sagte die hübsche junge Schwesternschülerin aus der Orthopädie und fuhr fort: »In Wirklichkeit war ich es. Ja, wißt ihr, es war so: sie konnte die Hitze dort unten in der Ambulanz nicht vertragen, und als sie das viele Blut sah, wurde sie fast ohnmächtig. Sie hatte nämlich in Wirklichkeit seit Jahren keinen Patienten mehr aus der Nähe gesehen. Also sagte ich: ›Warten Sie einen Moment, Miss Hughes, ich kümmere mich um Sie.‹ Und dann habe ich ihr einen Brandy geholt und das Nembutal reingeschüttet und zu ihr gesagt: ›Trinken Sie das, meine Liebe.‹ Und sie trank, fromm wie ein Lamm, und das war ihr Ende.«

»So kann es gewesen sein«, meinten einige und begannen, sich mehr für das Thema zu interessieren. Eine junge Schwester sagte:
»Nein, das hätte überhaupt nicht funktioniert. Wenn sie den Brandy ausgetrunken hätte, dann wären ihr die Kapseln wie Kieselsteine auf der Zunge gelegen und sie hätte sie ausgespuckt. Als Mörderin taugst du nicht viel. Ich bin es gewesen!«
»Wie?« Alle beteiligten sich nun an dem Spiel und hatten ihr Vergnügen daran.
»Nuun«, die junge Schwester war offensichtlich nicht so phantasiebegabt, denn sie machte eine lange Pause.
Da mischte sich ein anderer ein, diesmal der Schüler von der chirurgischen Männerstation. »Ich war es«, sagte er. »Sie machte ihre Runde, und als wir zur Tür kamen, sah sie plötzlich ganz eigenartig aus und sagte: ›Kann ich bitte ein Glas Wasser haben?‹ und ich sagte: ›Oh, gewiß‹. Sie sagte ›Ich habe so hart gearbeitet dort unten in der Ambulanz, ich bin ganz erschöpft, und ich habe noch nicht einmal meinen Tee bekommen.‹ Also sagte ich: ›Ich weiß, Miss Hughes, ich werde Ihnen ein Brot schmieren und einen Tee kochen.‹ Und sie sagte: ›Ach, das wäre ganz reizend.‹«
Alle riefen durcheinander: »Ich wette, so ist es gewesen, ich kann es mir ganz genau vorstellen.« Und: »Die liebe, gute Miss Hughes, läßt sich auf der Station ein Mahl bereiten – niemals!« Einer der Schüler blickte bedeutungsvoll zu Carmichael hin, die stumm dabeisaß; aber sie senkte den Blick, nahm die Herausforderung nicht an.
»Sei still«, fuhr der Sprecher fort. »Genauso war es; sie kam in die Küche, und ich schnitt ihr zwei dünne Scheiben Brot ab und bestrich sie mit Butter, natürlich habe ich ihr auch die Rinde abgeschnitten; dann ging ich hinaus zu dem Medikamentenwagen, holte das Nembutal und belegte das Brot damit. Und sie aß das Brot und trank den Tee und sagte kein einziges Wort. Sie fragte mich noch nicht einmal, woher dieser eigenartige Geschmack komme. Und hinfort ging sie. Also, ich bin es, dem ihr dankbar sein müßt!« Er erntete allgemeines Gelächter.
»Also, von einem Brot mit Nembutalaufstrich hab' ich bisher noch nie gehört!«

»Ihr irrt euch alle, es war unsere gute alte Uppie drüben in der Küche«, sagte eine andere Schwester. »Sie hatte eine von Miss Hughes' Teetassen zerbrochen, und sie wußte, das wäre ihr Ende. Und so beschloß sie, sich zu retten...«

»Wenn ich ihre Teetasse zerbrochen hätte, dann hätte ich selbst das Nembutal genommen«, sagte eine andere Stimme. Das Gelächter, das folgte, wurde von Carmichaels Stimme durchschnitten.

»Ihr irrt euch immer noch«, sagte sie. »Ich war es, ich habe es getan. Es war ganz einfach. Sie war hier unten in der Kantine, und ich hatte dieses Nembutal...«

»Oh, ja, natürlich«, riefen die anderen, »in der Handtasche, eine Flasche Nembutal hat man ja immer dabei!«

»Ich hatte dieses Nembutal«, fuhr Carmichael fort, und ihre Stimme war ruhig und ausdruckslos. »Ich leerte die Kapseln in die Kaffeetasse vor mir, und als Miss Hughes für eine Minute hinausgerufen wurde, da wechselte ich die Tassen aus. Ganz einfach. Sie trank sie mit einem Schluck aus und ging fort. Ja, ich habe es getan.«

»Das ist das beste, was wir bisher gehört haben, Agatha Christie«, sagte Atkins. »Man trägt ja auch immer eine Mordwaffe mit sich herum, nicht wahr? Eine Flasche Nembutal oder ein Tranchiermesser! Darauf möchte ich wetten.«

»Nein, tue ich nicht«, sagte Carmichael. Die Erwähnung des Wortes Tranchiermesser ließ sie wieder zittern. »Es war ganz zufällig, daß ich sie hatte – die Flasche, meine ich – in jener Nacht.«

»Ach ja«, sagte Atkins, »ganz zufällig. Hat noch jemand eine Flasche Nembutal in seiner Tasche? Nur damit ich es weiß, ehe ich meinen Kaffee hier trinke«, alle amüsierten sich köstlich, und Carmichael war vergessen.

»Man kann wirklich nicht behaupten, daß ihr Tod große Trauer ausgelöst hat. Hier sitzen wir und machen alle unsere Witze darüber. Empörend, wie unsere gute Uppi sagt.«

»Nein, es ist nicht empörend; sie war eine Hexe, und wir alle wissen es. Sie hat in diesem Krankenhaus in fünf Minuten mehr Schrecken verbreitet als andere in ihrem ganzen Leben.«

»Ja, das muß ich zugeben. Und wenn man herausfände, daß sie das Nembutal nicht selbst genommen hat, sondern jemand

es ihr verabreichte, damit sie in den Fluß fährt und stirbt, nun, ich würde ihm eine Medaille verleihen.«
»Vielleicht wollte derjenige gar keine Medaille; vielleicht wollte er nur ein bißchen Frieden.« Es war Carmichaels Stimme, die durch den Lärm schnitt; aber obwohl ihre Stimme so klar und präzise war, ging sie unter.

Der Morgen kam und mit ihm das Ende der Nacht; die Sonne schien wieder auf die Fassade des St. Jude-Hospitals, und nach dem Nieselregen der letzten Tage schien der Frühling zurückgekehrt zu sein.
Schwester Carmichael stieg die Eingangstreppe hinunter, auf dem Weg zur Bushaltestelle und zu ihrem möblierten Zimmer. Sie fühlte sich wie neu geboren. Und in der Tat, sie sah auch anders aus als sonst. Sie ging erhobenen Hauptes und mit federndem Schritt und schien voller Lebensfreude.
Als sie das Hoftor erreicht hatte, ging ihr durch den Kopf, daß es wohl besser wäre, sich in nächster Zeit nicht in die Nähe der Altenstation zu begeben. Der alte Mr. Butterworth würde sich vielleicht an die Dame vom Sozialamt erinnern. Sie dachte wieder an sein überraschtes Gesicht, als sie sich seinem Bett genähert hatte, sich einen Stuhl ans Bett zog und die Flasche unter sein Bett fallen ließ, damit irgend jemand sie dort fände. Nein, sie würde nicht in die Nähe der Altenstation gehen – schließlich gab es auch keinen Grund dafür.
Sie war jetzt gar nicht mehr so erpicht auf den Posten in der chirurgischen Frauenstation. Sie wollte nicht Stationsschwester werden dort. Ein anderes Krankenhaus, eine andere Umgebung, das wäre besser. Irgendein Posten in einer Chirurgischen Ambulanz – danach wollte sie Ausschau halten.
Irgendwo, wo sie mehr Leute zu Gesicht bekäme, wo sie selbst gesehen wurde. Ja! Sie wollte sich nicht mehr in der Nacht verstecken. Am Tor wandte sie sich um und sah zurück zum Krankenhaus, zurück zu der schönen Fassade und der grünen Büste Königin Viktorias, die wohlwollend zu ihr hinüberzulächeln schien.

»Sie haben gelacht, als ich es ihnen erzählte«, sagte Carmichael laut, direkt zur Königin Viktoria, und schloß dann: »Aber wir zwei haben nicht gelacht, nicht wahr? Wir wissen es besser.« Dann wandte sie sich um und schritt durch das große Tor in Richtung Bushaltestelle.

Kriminalromane

Eine Auswahl

Simon Brett

Dunkelmänner haben keine Schatten
Band 8183

Mord stand nicht im Textbuch
Band 8169

Spekulanten spaßen nicht
Ein Fall für Charles Paris
Band 8158

Alain Demouzon

Monsieur Abel und der Fall Raguenaud
Band 8188

Mouche
Band 8170

Maureen Duffy
Die Lady ist fürs Feuer
Band 2616

Stanley Ellin
Das Kartenhaus
Band 8114

James Grady

Der Schatten des Condor
Band 2608

Die 6 Tage des Condor
Band 8116

Winston Graham

Debbie
Band 2612

Die Frau im Spiegel
Band 2602

Søren Jakobsen
Die Mamortaube
Band 8152

Roderich Klett
Der Tod kam live
Band 8174

Henry Kolarz
Kalahari
Band 2604

Seicho Matsumoto
Mord am Amagi-Paß
Band 8186

Ulf Miehe
Lilli Berlin
Band 8065

Mirjam Pressler
Mit 64 stirbt man nicht
Band 8134

Claire Rayner

Das Haus im Fenn
Band 8117

Mord im OP
Band 8118

Lawrence Taylor
Letzte Reise einer Lady
Band 8087

Fischer Taschenbuch Verlag

fi 503/1